台灣作家全集

2 珍貴的圖片

台灣文學作家的精彩寫眞，首次全面展現，讓我們不但欣賞小說，也可以一睹作家眞跡。

1 豐富的內容

涵蓋1920年到1990年代的台灣重要文學作家的短篇小說以作家個人爲單位，一人以一册爲原則。

縫合戰前與戰後的歷史斷層，有系統地呈現台灣文學的風貌。

榮譽出版發行／

前衛出版社

王拓集

台灣作家全集

短篇小說卷

台灣作家全集

短篇小說卷

難得一見的鏡頭，王拓西裝筆挺在書房中找資料

一九八四年九月出獄後，于文化界朋友爲他舉辦的歡迎餐會上講話。

一九七〇年王拓與其妻在結婚前夕郊遊時合影

一九八七年應美國愛荷華大學國際寫作計劃之邀，全家赴美在夏威夷合影。

一九八七年十二月，因人道立場以「外省老兵返鄉探親團」顧問的身分隨團赴大陸，在西湖邊留影。

一九八六年向加州台灣同鄉演講台灣的文學與政治

王拓在美國哥倫比亞大學演講的神情

王拓喜歡深入民間與民眾打成一片，傾聽民眾訴說生活實況

一九八四年九月，參加在林宅血案舊址建起的義光教會追思禮拜，接受同案受難者許天賢牧師致贈紀念品。

作者在北京拜訪被中共二度開除黨籍的報導文學家劉賓雁

美國愛荷華大學國際寫作計劃創辦人 Paul Engle，主持人聶華苓夫婦與王拓夫婦在台北的飯店合影。

一九八六年國際寫作計劃，來自捷克的作家（左）、來自中國大陸的詩人邵燕祥（右）是今天大陸民主運動的堅定支持者。

參與反對郝柏村組閣遊行

與海洋大學學生討論基隆市未來發展問題

一九八八年三月與教師人權促進會，爲爭取教師權益，到教育部請願抗議

No. 1

孩子，我們以你為榮

王拓

兒子：

自從你搬到學校附近住了以後，我們見面和聊天的時間比以前更少了。以前，我剛好由於工作的關係，必須有較多時間在學校，每星期只能回家一次或兩次，但是，每次回到家裏，總可以見到你，我們總有時間談談彼此的生活情況和感想，交換彼此的意見和想法。但是，現在，因為我們回家的時間不一樣，你在家時我不一定回去，我回家時你又經常不在。因此，最近，我們見面變得就像你媽媽說的，只有在街頭示威遊行的時候

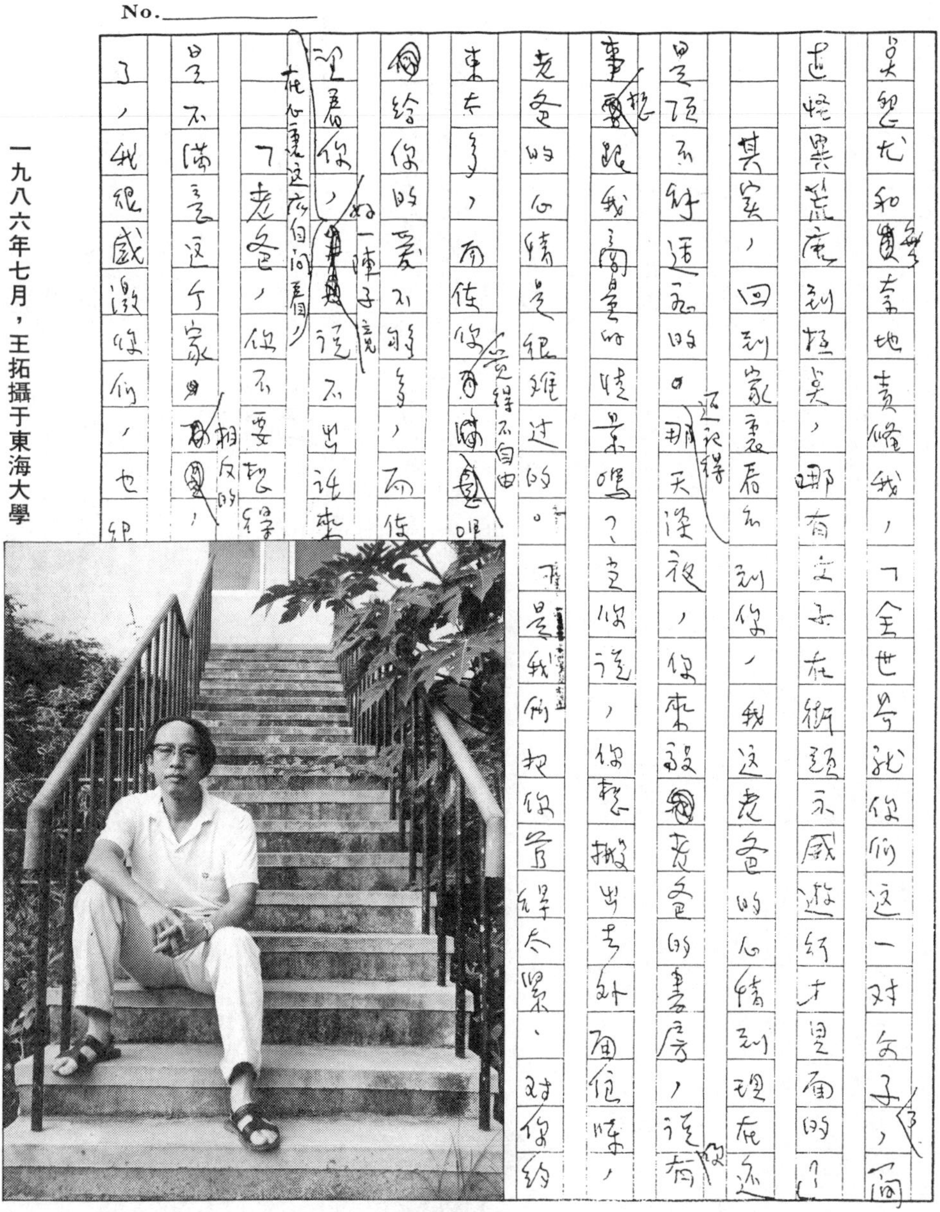

No.

只想和氣地責備我，「全世界就你們這一對父子，簡
直怪異荒唐到極點，哪有父子在街頭示威遊行才見面的？」
其實，回到家裏看到你，我這老爸的心情到現在還
是很不舒适的。那天深夜，你來敲老爸的書房，說有
事跟我商量的情景嗎？你說，你想搬出去外面住，
老爸的心情是很難過的。是我們把你管得太緊、對你約
束太多，而使你（覺得不自由）嗎
給你的愛不夠多，而使你
望著你，（好一陣子說）說不出話來
（在心裏這麼自問著，）
「老爸，你不要想得
是不滿意這個家的（相反的），
了，我很感激你們，也很

一九八六年七月，王拓攝于東海大學

出版說明

《臺灣作家全集》是臺灣新文學運動以來最有意義的選輯，也是臺灣文學出版上最具示範的創舉。全集係以短篇小說爲主體，以作家個人爲單位，涵蓋一九二〇年至九〇年代的重要作家，縫合戰前與戰後的歷史斷層，有系統地呈現了現代文學史上臺灣作家的精神面貌。

在內容上，包括日據時代，由張恆豪編輯；戰後第一代，由彭瑞金編選；戰後第二代，由林瑞明、陳萬益編選；戰後第三代，由施淑、高天生編選。全集計劃出版五十冊，後每隔三年或五年，續有增編，一人以一冊爲原則，戰前部分則因篇幅不足，有二人或三人合爲一集。

在體例上，每冊前由召集人鍾肇政撰述總序（文長兩萬字，首冊爲全文，其它則爲濃縮），精扼鈎畫出臺灣新文學發展的歷程、脈絡與精神；並由各集編選人執筆序言，簡要介紹作家生平及作品特色；正文之後，則附有研析性質的作家論，及作家生平寫作年表、小說評論引得，期能提供讀者參考。臺灣面臨歷史的轉捩點，瞻前顧往之際，本社誠摯希望能對臺灣文學的出版、推廣、教育及研究上有所貢獻。

台灣作家全集

短篇小說卷

緒言

鍾肇政

時代的巨輪轟然輾過了八十年代，迎來了嶄新的另一個年代——九十年代。

發軔於二十年代的台灣文學，至此也在時代潮流的沖激下，進入了一個極可能不同於以往的文學年代。

然則這九十年代的台灣文學，究竟會是怎樣的一種文學？

在試圖回答這個問題之前，我們似乎更應該先問問：台灣文學又是怎樣一種文學？

曰：台灣文學是台灣本土的文學、台灣人的文學。

曰：台灣文學是世界文學的一支。

倘就歷史層面予以考察，則台灣文學是「後進」的文學：比諸先進國的文學，即使是近鄰如日本，她的萌芽時期亦屬瞠乎其後，比諸中國五四後之有新文學，亦略遲數年。

只因是後進的，故而自然而然承襲了先進的餘緒，歐美諸國文學的影響固毋論矣，即日本文學、中國文學等也給她帶來了諸多影響。易言之，先天上她就具備了多種特色集於一身，因而可能成爲人類文學裏新穎而富特色的一支——當然這種說法恐難免落入過分單純化機械化的發展論，未必完全接近實際情形。事實上，一種藝術的發芽與成長，土地本身的人文條件與夫時代社經政治等的變易更動，在在可能促進或阻礙她的發展。證諸七十年來台灣文學的成長過程，堪稱充滿血淚，一路在荊棘與險阻的路途上踽踽而行，備嘗艱辛。

職是之故，若就其內涵以言，台灣文學是血淚的文學，是民族掙扎的文學。四百年台灣史，是台灣居民被迫虐的歷史。隨著不同的統治者不同的統治，歷史上每一個不同階段雖然也都有過不同的社會樣相與居民的不同生活情形，而統治者之剝削欺凌則始終如一。七十年台灣文學發展軌跡，時間上雖然不算多麼長，展現出來的自然也不外是被迫虐被欺凌者的心靈呼喊之連續。

台灣文學創建伊始之際，我們看到台灣文學之父賴和以文學做爲抗爭手段之一的筆跡。他反抗日閥強權，他也向台灣人民的落伍、封建、愚昧宣戰。他身體力行，諸凡當時的抗日社團如文化協會、民衆黨和其後的新文協等，以及它們的種種活動，他幾乎是每役必與，並驅其如椽之筆發而爲〈一桿稱子〉、〈不如意的過年〉、〈善訟的人的故事〉等小說與〈覺悟下的犧牲〉、〈南國哀歌〉等詩篇，爲台灣文學開創了一片天空，樹立了不朽典範。

中期，我們又有幸目睹了台灣文學巨人吳濁流之出現。第二次世界大戰進入最慘烈階段之際，在日本憲警虎視眈眈下，吳氏冒死寫下《亞細亞的孤兒》，戰後更在外來政權戒嚴體制的獨裁統治下，他復以《無花果》、《台灣連翹》等長篇突破了統治者最大的禁忌。他不但爲台灣文學建構了巍峨高峰，還創辦《台灣文藝》雜誌，創設台灣第一個文學獎「吳濁流文學獎」，培養、獎掖後進，傾注了其後半生心血，成爲台灣文學的中流砥柱。

七十星霜的台灣文學史上，傑出作家爲數不少，尤其在時代的轉折點上，每見引領風騷的人物出現，各各留下可觀作品。此處暫不擬再列舉大名，但我們都知道，在統治者鐵蹄下，其中尙不乏以筆賈禍而身繫囹圄，備嘗鐵窗之苦者，甚或在二二八悲劇裏飲恨以終者。以所驅用的文學工具言，有台灣話文、白話文、日文、中文等等不一而足，蔚爲世界文壇上罕見奇觀，此殆亦爲台灣文學之一特色。日據時，曾有「外地文學」之稱，輓近亦有人以「邊疆文學」視之，唯她既立足本土，不論使用工具爲何，其爲台灣文學則無庸否定，且始終如一。

不錯，七十年來她的轉折多矣。其中還甚至有兩度陷入完全斷絕的眞空期，其一爲戰爭末期所謂「決戰下的台灣文學」乃至「皇民文學」的年代，以及戰後二二八之後迄國府遷台實施恐怖統治、必需俟「戰後第一代」作家掙扎著試圖以「中文」驅筆創作、接續斷層爲止的年代。一言以蔽之，台灣文學本身的步履一直都是顚躓的、蹣跚的。到了七十年代，鄉土之呼聲漸起，雖有鄉土文學論戰的壓抑，反倒造成台灣文學的欣欣向榮，入了八十年代，鄉土文學不僅成爲文壇主流，益以美麗島軍法大審之激盪，衝破文學禁忌成了不可遏止之勢，於是有覺醒後之政治文學大批出籠，使台灣文學的風貌又有了一變。

八十年代已矣。在年代與年代接續更替之際，正如若干年來每屆歲尾年始，報章上總會出現不少檢討與前瞻的論評文學，也一如往例悲觀與樂觀並陳，絕望與期許互見。有一明顯的跡象是嚴肅的台灣文學，讀者一直都極少極少，在八十年代末期的消費社會、資訊多元化社會以及功利主義社會裏，文學的商品化及大衆化傾向已是莫之能禦的趨勢，於是當市場裏正如某些論者所指摘，充斥著通俗文學、輕薄文學一類作品，純正的文學乃又一次陷入危殆裏。

然而我們也欣幸地看到，八十年代末尾的一九八九年裏民主潮流驟起，舉世爲之震動。繼六四天安門事件被血腥彈壓之後，卻有東歐的改革之風席捲諸多社會主義共產國家，連蘇聯竟也大地撼動，專制統治漸見趨於鬆動的跡象。（草此文之際，世人均看到蘇俄首任總統終告產生。）這該也是樂觀論者之所以樂觀之憑藉吧。

不錯，新的人類世界確已隨九十年代以俱來。即令不是樂觀者，不免也會睜大眼睛看著世局之演變並對它有所期待才是。而九十年代台灣文學，自然也已是呼之欲出！君不見繼八九年年尾大選、國民黨挫敗之後，台灣的民主又向前跨了一步，即令有第八任總統選舉的權力鬥爭以及國大代表之挾選票以自重、肆意敲詐勒索等醜劇相繼上演於國人眼睜睜的視野裏，但其爲獨大而專權了數十年之久的國民黨眞正改革前的垂死掙扎，彰彰在吾人耳目。

在九十年代台灣文學即將展現於二千萬國人眼前之際，《台灣作家全集》（以下稱「本全集」）的問世是有其重大意義的。過去我們已看到幾種類似的集體展示，計有《日據下台灣新文學》（明集，共五卷，明潭出版社，一九七九年三月）、《光復前台灣文學全集》（八卷，後再追加四卷，遠景出版社，一九七九年七月）、《本省籍作家作品選集》（十卷，文壇社，一九六五年十月）、《台灣省青年文學叢書》（十卷，幼獅書店，一九六五年十月）等四種。無獨有偶，前兩者均爲戰前台灣文學，後兩者則爲清一色戰後台灣作家作品。而其中，除最後一種爲個人結集之外，餘皆爲多人合集。値得一提的是後兩者出版時，白色恐怖仍在餘燼未熄之際，前兩者則是鄉土文學論戰戰火甫戢、鄉土文學普遍受到肯定之後，因此可以說各各盡了其時代使命。

本全集可以說是集以上四種叢書之大成者。其一，是時間上貫穿台灣新文學發軔到晚近的全局；其二，是選有代表性作家，每家一卷，因而總數達數十卷之鉅，堪稱自有台灣新文學以來之創舉。是對血漬斑斑的台灣文學之路途上，披荊斬棘，蹣跚走過的前輩們，以及現今仍在孜孜矻矻舉其沉重步伐奮勇前進的當代作家們之獻禮，也是對關心本土文學發展的廣大海內外讀者們的最大禮物。

（註：本文爲《台灣作家全集》〈總序〉的緒言，全文請看《賴和集》和《別冊》。）

目錄

新社會的旗手

——王拓集序

高天生

一九四四年出生於基隆八斗子漁村的王拓，從小學開始，就利用課餘在街上賣油炸粿、冰棒、撿破爛、煤炭等協助母親維持生計，高中到大學間的假期，他曾到台電公司深澳廠當臨時工，也曾到基隆碼頭當苦力，學校開學期間，他曾去當家庭教師。但憑著堅苦卓絕的毅力，王拓大學畢業教了兩年書，又以半工半讀的方式完成中文研究所碩士學業，這些經歷是當代作家中特出而罕見的。

雖然早在七十年代，王拓已被視爲文學界掌大旗的中堅作手，但他爲了要解決包括漁民、礦工、農人、工人等中下階層勞動羣衆的問題，而於一九七八年前後挺身參與政治、社會改造活動，一九七九年底也和楊青矗一樣涉及高雄美麗島事件，繫獄四年餘，一九八四年九月五日始獲釋。

王拓早期寫作範圍即很廣泛，包括短篇小說、政論雜文和文學評論等，皆受到海峽兩岸文壇極大注意，即使坐牢期間，王拓也未中斷創作，他在桃園龜山監獄服刑期間，寫童話故事和兩部長篇小說〈牛肚港的故事〉、〈台北·台北〉，共約百萬字，只是出獄後，王拓迄未忘情政治，曾在民進黨中央任組織部主任、基隆市黨部主委等要職，一九九一年底在基隆市高票當選二屆國代，創作活動因而中輟。

本集收錄作品，都是王拓七十年代的舊作，其中〈墳地鐘聲〉表面上是一篇批判、揭露漁村不落實的教育與困境的小說，創作動機正如王拓自己所言：「文學是與社會一切不公不義的邪惡而鬥爭的最好利器之一；我也相信，一個優秀的作家必須先有一顆廣博的愛心與正義感，當他看到不公的事情時，他會昂然而起，拿起巨筆來與邪惡鬥爭……」，但當年卻是「鄉土文學論戰」初起時被圍剿的一篇代表性作品，站在官方立場的批評家和作家，有意將王拓打成「黑五類」，逼他不得不挺身爲自己辯駁，間接促成王拓一步步走回政治的不歸路，如今再讀〈墳地鐘聲〉，不禁感慨良多。

惟王拓今從文學走向政治，其實並不令人感到意外，他深入研究漁村問題時已感慨指出：「漁民問題實際上是整個社會問題與政治問題中的一個環節，當許多社會問題與政治問題不能解決時，漁民問題又怎麼可能得到合理解決呢？」在鄉土文學論戰時期，王拓也曾甘冒大不韙地揭出鮮明的文學主張：

㈠文學必須紮根於廣大的社會現實與人民的生活中，正確地反映社會內部的矛盾，和民衆心中的悲喜，方能成爲時代與社會眞摯的代言人，而爲廣大的民衆所愛好和喜愛。

㈡文學的發展必須與當時的社會發展相一致；文學運動必須能發展爲一種社會運動，或與社會運動相結合，文學方能更有效地發揮它改良社會的熱情和功能。

〈金水嬸〉、〈炸〉、〈春牛圖〉、〈一個年輕的中學教員〉諸篇都是王拓高擎筆劍討伐不公的典型代表作，從小說中流暢的理念和鮮活的人物中，我們不難窺見王拓身體力行企圖將文學從虛脫、無力的階段，拉拔至有力、有用境界的嘗試和努力。

日據時代在外族統治的高壓下，有一羣作家秉持「寧爲潮流先鋒隊，莫爲時代落伍軍」的氣魄，結合政治、社會運動的領導者，共同掀起一場轟轟烈烈的文化運動，透過文學創作，他們不但反映了民衆的心聲，也激起多數同胞的共鳴，一齊覺醒來致力於舊社會的改革和新社會的建立，當前的台灣政治、社會結構雖與日據時代有所歧異，但王拓所欲扮演的角色，則異曲同工，是呼喚新社會改造的旗手。

墳地鐘聲

上午十點鐘，太陽已經炎熱得火炭一樣了。

八斗國民小學馬蹄形的建築，鐵鉗一般把整個操場都吞了進去。樓房的陰影由東向西拉得長長的，俯蓋著辦公室樓下的升旗台。從辦公室東邊那一排高年級教室望過去，是一片小小的山坡。山坡盡頭，是一片藍色的、翻著白色浪花的沙灘。船隻已經靠到岸邊來了。清早船隊進港時的熱鬧已逐漸消失，只偶爾有幾隻海鳥在陽光下啄食海上漂浮的魚屍。辦公室西邊是一排低年級教室，教室後面，有一條狹窄的黃土徑，斜斜地伸向八斗子公墓那片高低不平的丘陵地。一個個掘過的棺材坑，零落地棄置著一片片朽腐的棺材板。一堆堆高隆的土墩和一座座砌得像廟宇的靈塔，在上午的陽光下，顯出一種冷肅陰森的氣氛。一大羣烏鴉吱吱喳喳在校園與墳墓之間，映著白金的陽光，在天空中穿梭飛旋。偶爾還停息在低年級教室旁邊那間倒塌了半邊的房子所留下來的斷垣殘瓦上，使一片校園顯得格外荒涼。

突然一陣「噹，噹——噹，噹——」的鐘聲，從辦公室的走廊那邊響了起來，墳場矮草樹叢中，不時飛起幾隻鳥，驚慌地拍擊著翅膀，飛旋在樹叢中靈塔的綠瓦紅牆上。

下課啦！學生「嘩」地一聲轟叫著竄出了教室。

「開先啦——玩開先啦——」

「不要，我們玩躲避球。」

「躲避球，玩躲避球！」

孩子們正分別招兵買馬玩他們的遊戲。大家都擠在高年級教室這邊的廣場上，遠遠地離開那座倒塌了半邊的房子。球一滾近這片瓦礫堆，小孩子就你推我、我推你地不肯去揀回來。像對那地方極爲恐懼的樣子。

「那裏不能去呀！那裏有鬼！」一個身材矮小的學生嚷叫著：「噯喲，我不敢去。」

經過了一番妥協，於是一個大個子陪著他。兩人拉了手跑過去，抱了球回頭跑幾步，就誇張地嚷著：「鬼來囉！鬼來囉！」運動場上立刻又「嘩——嘩」地轟叫起來。

烏鴉隨著鐘聲的消逝，又成羣地飛到校園裏來，在倒塌的牆垣上撲翅呱叫，偶爾也大膽地在孩子們的頭上盤旋，啄食著陽光。

杜滿福頭上縛著花毛巾，穿了一件汗衫，左邊的褲脚管直捲到膝蓋頭，右邊的脚管涇了一大截，黏貼在腿肚上，帶著滿身的魚腥和汗臭，跨著大步走進了校門。鴉羣像突然發現了魚屍一般地迎著他飛過來，且不斷在他頭頂呱呱叫。「幹——學校又不是烏鴉窩，那來這麼多死人鳥。」滿福在心裏嘀咕著。

今早他的船才剛進了澳，就看見他女人阿罔拉著男孩等在那兒了。怎麼阿生仔今天不上學，陪他阿母站在那裏幹什麼？他心裏不禁懷疑起來。一定有什麼不尋常的事故，不然阿罔忙家裏洗衣、燒飯的事，一定也要到了下午才有閒工夫。一跳下船，他女人果然就一五一十地告訴他，阿生仔在學校裏又被老師打了的事情。

「你看，打成這樣子。」她抓起阿生的手給滿福看。

孩子的手掌紅紅的腫得和饅頭一樣。阿生仔「嗯——嗯——」地哭著，滿臉眼淚鼻涕。

「單單爲了補習費交得慢一點，就這樣欺負人。再說，補習費我們從來也不欠他一文錢。手骨不知打斷了沒有，阿生仔平時也不壞，他這樣狠心，還說什麼沒錢就不要讀書。兒子是你的，你帶他去學校理論呀！這樣欺負人！」她女人說。

滿福嘴裏嚼著檳榔，突然呸地一聲吐了一口，檳榔汁便血一樣地黏在水泥地上。他連瞄都不瞄一眼，逕自拉著阿生，向學校的走廊跨著大步走去。阿生拖著兩條黃膿鼻涕，一邊呼嚕呼嚕地響，一邊嘴裏不斷「嗯——嗯——」地哭泣著，可憐兮兮地像受了很大屈辱似的。

「幹你祖公——哭什麼？還不趕緊擦掉。」滿福很氣憤地吆喝著，「看你那張臉，張飛都沒有你這樣花。不知道怎麼會生你這樣一個沒骨頭的人，一點男子漢的氣概都沒有。只會哭！哭——和伊娘一模一樣，我看了就火大。」

他用手一拉，阿生的小身體就踉蹌地往他身上撞了過去。孩子立刻「哇」地一聲又哭了出來，但立刻又忍住了，經驗告訴他，越哭越討打。他呼嚕地把兩條小蛇般的鼻涕吸進去，又用衣袖在臉上抹了一下，怯怯地看看他火大的父親。旁邊看熱鬧的小孩都圍了過來。「阿生仔，阿生仔！」認識他的同學都在叫他。他立刻害臊起來，把頭低了下去。

「騙人沒有做過老師，幹伊祖公——」滿福嘮嘮叨叨地咒罵著，「你老師在那裏？」他喝問著孩子，像有滿肚子氣沒地方出的樣子。

「我——我不知道。」阿生哭喪著臉吞吞吐吐地回答著。

「幹你娘！」他揚起手在阿生仔頭上打了一下，「沒路用——去死好啦。連你老師在那裏都不知道。你不敢講？你怕什麼？你爸在這裏他敢吃掉你？幹伊祖公，小孩給他打成這個樣子，塞伊娘不找他算帳，還給他看衰了。」

「你老師到底在那裏？學校這麼大間，不講，那裏找？」他氣狠狠地又拖了阿生一把。旁邊看熱鬧的小學生越圍越多，七嘴八舌地問著：「什麼事？什麼事？」有的說：

「老師上厠所了！」有的說：「在教室裏！」另一個斬釘截鐵地說：「不，我看見他到辦公室去了。」滿福抬起頭來，正好看見一個打光脚的小孩從走廊那邊跑來，他立刻大聲地叫：

「黑龍，你知道，你老師在那兒？」

「老師哦，在辦公室啦。阿福叔，我帶你去，我帶你去。」黑龍很高興的樣子，難得有機會在這許多同學面前出個小風頭。

滿福拉了阿生的手，跟在黑龍後面。滿福父子的後邊尾隨著許多小學生。黑龍停在辦公室門口，指著裏邊大聲地對滿福說：「老師在裏面啦。」滿福猶疑了一下，看了阿生一眼，立刻捲了捲右手的袖子，跨進了辦公室。

辦公室裏，老師們正三三兩兩交談著，吱吱喳喳的聲音使滿福立刻像被包圍了。他抬頭向裏邊打量了一下，老師們紛紛轉過臉來注視著他。他歪歪嘴向大家笑了笑。可是沒有人理會他，這使他覺得沒有意思起來。

「你老師是那一個？」

「黃老師。」阿生仔向正前方看了一眼，立刻又把頭低了下去。

滿福順著阿生的眼光望過去，前面隔了兩張桌子，那裏坐著一位男老師，嘴上叨根紙煙，臉色黃黃的像被煙薰了的顏色。眼皮腫腫的，臉頰上的肉鬆弛地垂下來。他矜持地向滿福點了點頭。

「阿生仔的老師?」他不敢確定地問著,歪了嘴巴堆著笑臉。這裏是學校不是他的家,也不比海上、船上,這是斯文的所在。他這樣想著,立刻覺得全身不自在起來。

「有什麼事?」黃老師坐在椅子上漫不經意的對他說,聲音粗啞得像烏鴉的呱叫。

「哦——老師!你是阿生仔的老師?」滿福堆著笑臉:「我這個孩子,我這個孩子——」他吞吞吐吐地,望了仍然站在那邊低著頭的阿生:

「過來,你過來呀!幹——耳朵塞了屎是不?」

阿生仔像很不情願地低了頭,磨了半天,才慢慢挪過來。

「喂!老師,我這個孩子。」他提起阿生紅腫的手,小心翼翼地說:「這手是怎樣?聽說老師打的?」

「你這個孩子很壞!」黃老師說,「很壞!不守規矩!」

「我的孩子壞?你把他打成這個樣子?」滿福看著黃老師。

「嗯!杜海生是全班最壞、全校最壞的學生,時常打架,功課又差,而且——而且這孩子的手很不好。」黃老師說。

「什麼?阿生的手很不好?你是什麼意思?」滿福的氣立刻衝上來,他突然覺得自己有天大的理由。

「老師，我要問你，爲什麼我這個孩子給你打成這個樣子，你看，你看。」滿福抓起阿生腫得紅麵龜一般的手說：「幹，沒有拐手都給你打拐了。」

「喂！你客氣一點！怎麼罵人了？」黃老師突然站起來，指著滿福問。

「我那裏有罵你，幹，我是問你，我的孩子的手爲什麼被打成這個樣子。我那裏有罵你？」

「你這不是罵人？你『幹』什麼？『幹』什麼？」

滿福被這樣又指又頂的質問，心裏一急，細聲小心的斯文話就講不出來了。他看看黃老師那樣氣勢兇兇要打架的樣子，不禁也火大起來。

「幹，你要吃人是不是？我孩子被你打成這個樣子，都還沒對你兇，你卻這樣大聲小聲，你要怎樣？幹！皇帝又不是你在做——」

「你這種人沒受過教育，你幹幹幹的，幹什麼？幹什麼？你的兒子就跟你一樣。」

「跟我一樣怎樣？幹你祖公！你欺侮我討海人沒讀書。塞你娘——」滿福捲著袖子，握緊著拳頭說：「今天你要給我說清楚。不然，我，你娘哩，絕對不饒你。」

「算了，算了，阿福仔，爲了小孩醸起大人事，讓人笑死。在學校裏，你看，學生那麼多，有事情好好講嘛！」老師們都靜靜地坐在那裏，也沒人過來勸架。辦公室外面的學生「嘩——呵」「嘩——呵」地鼓噪著，爭著看熱鬧一般，一個個擠到門裏來了。老校工潘懷義趕走了學生，立刻又走來拉住滿福。他在八斗子住了二十年啦，這些討海人的脾氣他清楚得很，要眞搞得不好，打起架來就有得瞧啦。

滿福看見老潘，突然像看見了老朋友似地興奮起來。這樣多的老師，他實在不放心。眞要打架，自己未免太孤單了。俗語講，猛虎難敵猴拳！

「潘仔伯，不是我不懂禮數，他做老師的這樣欺負人，幹！我阿福仔從來不受這種氣。孩子的手都被打拐了，他還說阿生仔手不好。伊娘！這不是欺負人是什麼？」

「你的孩子沒家教，偷人家東西，怎麼不該打！」

「什麼？偷東西？」，滿福像鼓滿的氣球被針扎了一般，轉過臉來兇狠狠地逼問著孩子：「阿生仔，你偷人家東西？」他不待孩子回答，揚起粗大的手掌，狠狠地就「劈呀」「劈呀」給了阿生兩個響亮的耳聒子。

「幹你祖公，我捶給你死，這種丟臉的事你也敢做？塞你娘——」他一邊罵，一邊又連續劈哩啪啦沒頭沒腦地打起來。阿生仔低著頭，抱住臉，哇里哇啦地哭叫起來：

「我沒有偷東西，我沒有偷東西。」

老潘拉住滿福，把他連推帶拉地趕到一邊。他怒氣難消，猶自氣虎虎地指著阿生：

「生你這種孽種，削祖宗的體面，好！好！塞你娘！」

「我沒有偷東西！我沒有偷！我沒有偷！」阿生的臉上，左右兩邊，印上了紅紅的橫七豎八的指痕，他邊哭邊辯白：「黑龍也知道，我沒有偷。老師誣賴我！」

滿福看了阿生一眼，白著臉對黃老師說：

「老師，這不是開玩笑的哦！我的孩子我知道，如果他眞的手賤作賊，你打死他我都不見怪，但是，這要有證有據。我聽我女人說，阿生仔補習費沒交，你就打他了？你講，是不是。」

「他偷人東西，偷東西不該打嗎？你說，你說。」黃老師把燒著的煙屁股摔在地上，氣憤憤地質問著。

「我沒有偷東西，我沒偷！」阿生仔哭著說：「我是向李正雄借的，我借來抄，老師也知道，我沒有偷啦！我沒有偷。」

「我的孩子我最淸楚，他不敢亂說。我知道，是因爲他沒交補習費，你就打他了，是不是？」滿福嚷起來：「幹——沒有看過你這樣的老師，我們又沒有欠過你的補習費，你這樣欺負小孩子。沒證沒據，誣賴他偷東西。你以爲我們沒讀書好欺負？塞你娘，我不會放過你。」

「你客氣一點，我當老師的會誣賴學生？他明明偷人家的筆記簿還不承認。你不服氣就把他帶回去，我不教這種學生。」

「呸！你做老師有什麼稀罕？做老師？」滿福在地上吐了一口口水，紅色的檳榔液像血一般黏在地板上，「單單爲了補習費就把學生打成這個樣子，還做老師？幹——猪狗禽獸都不如。做老師？做老師還去勾搭別人的女人？新聞都刊得那樣大。呸！你以爲你做老師稀罕？高尙？幹——垃圾鬼！你沒有看過錢？還誣賴我的兒子偷東西，做老師的還這樣白賊嘴，證據在那裏？我給你講，你不要這樣軟土深掘，欺負我是不識字的老實人！」

「你說誰勾搭女人？你說誰？媽的，這種事情你可以亂說？勾搭女人？我去勾搭誰的女人？」黃老師拍著桌子，黯黃的臉脹得猪肝一般，踏前一步，指著滿福的鼻子嚷起來，「你自己的兒子沒家敎，偷東西還不承認，你不服氣就帶回去好啦。媽的，誰勾搭女人？你說淸楚，誰勾搭女人？你如果不說淸楚，我就告你毀謗！」

「你敢罵我？幹你祖公太媽！」滿福伸出手去揪黃老師的領帶，被老潘把他架了開去。旁邊的男老師也都圍了過來。黃老師更大聲地嚷起來，並且還飛舞著雙手。

「你敢動手？他媽的，你敢動手？試試看！試試看！」他說。

「阿福，算了，算了。這是學校，不是在你家裏。你怎麼可以這樣起手動脚？新聞刊的又不是他，這樣亂講什麼。回去啦，回去啦！」老潘推著滿福：「有事情好好講，何必這樣開嘴罵盡所有的人，你實在——」

「把他送進派出所。」

「對，對！送進派出所，送進派出所。」老師們轟叫著。

滿福脹紅了臉，歪斜著頭，「呸」地吐著口水。這麼多老師圍住他，使他不禁心慌起來。但是討海人那種倔強粗暴、好勇鬥狠的個性，又使他嚥不下這口氣。

「你們仗著人多，你娘！欺負我討海人不識字？」他嚷叫著：

「幹——，你們要怎樣？要打架？來！」他捲著袖子，「我的孩子補習費慢一點交就給打得手都腫起來，手骨也斷了，我不能理論？騙鬼！以為別人沒做過老師，稀罕？皇帝位又不是你在坐。你娘的，全是假鬼假怪。就是這樣學校才會鬧鬼。全都是一些猴雞狗豬。塞伊娘！幹你祖公的太媽！」

「你罵什麼，你罵什麼！王八蛋！滾出去，滾出去！」黃老師指著滿福吼嚷著。老潘死拉活拖把滿福推到辦公室門口。學生們圍在走廊上，「嘩——呵」「嘩——噢」地鼓噪著。

「噯呀！你實在不懂事，這種地方也是你能吵鬧的？學校都被你鬧得不成個地方了。回去，回去！」老潘把滿福推到樓梯口，責備他說。

「好！好！你給我記住，姓黃的，你仗恃你讀了幾年書做老師，欺負我討海人不識字。記住哦！路頭路尾不要給我碰到，我絕不放過你。你記住，你給我記住哦——」滿福跺在樓梯口，放聲威脅著：「你做老師沒什麼稀罕啦！阿生仔！塞你娘，你這個不成材的畜牲！回去，回去！不要讀啦。讀書有什麼稀罕，做老師不曾看過錢，還勾搭別人的女人。這種老師，呸！不稀罕啦！」

滿福拉著阿生仔，三步兩步氣虎虎地走下樓梯。烏鴉立刻又嘰哩呱啦地嘩叫著圍了過來，就像辦公室裏那些吱吱喳喳嘈雜的聲音圍著他一樣。

「幹伊祖公的太媽，欺負我討海人沒讀書。給我記住！路頭路尾給我碰上，我就幹伊老祖公——」

老潘提了水桶和掃帚，從高年級的厠所那邊，沿著走廊走過來，不時俯身下去撿拾地上的紙屑。他是見不得校園裏有髒東西的，即使他穿得整整齊齊要上街，看見了廢紙什麼的，也要撿起來。這差不多已經他十幾二十年的老習慣了。這許多年來，他一直在早晨學生還沒有上學前，先把校園掃得乾乾淨淨。有好的環境，才能有好的心情，這是他的理論。所以他一直守著這個別人深以爲苦的工作，從沒人聽他說過一句怨言。但是，這兩天他卻顯得憂心忡忡的，連中午睡覺的時間，都看見他這樣提了水桶掃帚去淸除垃圾、打掃厠所。學校越來越髒了，他曾經在老師們面前這樣感歎。但是老師們都不懂他這是爲了什麼。大家都感到老潘這兩天很有點異於往常。

中午回家吃午飯的學生，差不多都已經來了，運動場上又熱鬧起來。小孩子們正在快樂地唱著「清道夫，眞偉大，能吃苦」的歌。

老潘走過走廊，小學生們就親切地叫他：「潘伯伯！」「潘伯伯！」老潘摸摸他們，笑著，滿心欣慰的樣子。他走到低年級教室的走廊下，才突然想起來，低年級那邊的厠所已經在前天倒塌了。他停了一下，想踅回辦公室，突然又下了決心，向那間倒塌的房子走去。學生們都遠遠避開這片破碎荒涼的地方，擠在高年級那邊叫呀跳的。漁村裏大家都在傳說，這個地方出了鬼啦！小孩子都受到警告，那地方太危險了，被鬼沖了邪就糟啦。

老潘站在那堆破碎的瓦礫前，蒼老的臉上刻滿了飽經風霜的皺紋，像風乾的橘子皮一般。太陽光燙得好像一隻紅熾的煤球，熊熊的炎熱從頭頂上灌下來。

前天，那也不過是比平常大一點的地震而已，據報紙說才只有三級，想不到這棟才建了半年多的房子卻倒了。大太陽下圍了許多漁村裏的男女老少，和學校的老師學生們，人聲嘈雜地互相驚疑地詢問著，「誰被壓住了？誰被壓住了？」

「不會吧？那有那麼巧，一定是跑到哪裏去玩了。」光禿了頭頂的朱校長站在那些看熱鬧的討海人面前，向四周張望著：「等一下回來一定要處罰，——哪能這樣頑皮？」

但是三年愛班的級任老師站在旁邊，卻憂愁地說：「他剛才說要到厠所去的，賴靖順又不是那種不聽話的學生，去玩也不會到現在還不回來呀！」

「這很難講，最好天公保佑沒事故，剛好在這個時候，實在也令人憂心。」一個討海人說。

一大堆人拿了鏟子鋤頭，手忙脚亂地在倒塌的瓦礫中翻著。

忽然一聲大叫：「在這裏，在這裏！」大夥兒立刻嘩地圍了過去。只看見一隻小手露在覆壓的瓦礫堆中，一條蛆蟲正在他的小手背上蠕動。人們立刻把瓦礫扒開，便看見賴靖順的身體，整個仆在屎坑裏，米黃色的蛆蟲密密麻麻地在他身上爬。人們把他從屎坑拉出來時，他的小卡其褲便「忽魯」掉了下來。黃污的屎塞滿了他的眼睛、鼻子、耳朵。人們讓他光裸著下體，直挺挺地躺在陽光下，發出熏人的屎臭。賴仔嫂發瘋一般，蓬著頭髮從校門口衝進來，沿路叫著：「阿順仔！阿順仔！」當她看見破草蓆下靖順的屍體時，她的臉孔立刻歪扭起來，不顧靖順滿身的臭屎，摟抱住他，「心肝呵！心肝呵！」地嘶嚎起來。太陽白慘慘地從天空灑下來。

「眞悽慘呵！這麼逗人愛的孩子」人們七嘴八舌地議論著：

「這一定是鬼在作怪，不然怎麼會這樣巧。別人都在睡午覺，他卻跑到便所去拉屎。阿順仔平時又不是那種頑皮的小孩。如果不是鬼招他去怎麼會這樣。」

「這地方本來風水就不好，當時挖地基就聽說挖到死人骨頭啦。怎會不出事？講起來賴仔實在衰運，半個月前他那條十五馬力的船才在海上翻了一次，要不是盛伯仔剛好在附近，恐怕他當時就沒命了。現在又出這種事故。他只有阿順仔這個男孩，疼得金粉一樣，難怪賴仔嫂這樣搥胸挖心的。唉！眞是坏運！」

「是啊！這個七月實在不吉利，鬼節凶命多。」

一隻烏鴉突然從瓦礫堆中，撲著翅膀掠過老潘的頭頂，飛向升旗台那邊，鳥嘴上還啣了一條白色的蛆蟲。老潘想著賴靖順那個略顯蒼白尖削的小臉，不禁傷心起來。

這個小孩他是頂熟悉的，每天一早就跑到學校裏來敲他的門，叫：「潘伯伯！潘伯伯！」然後一定要幫他澆完花圃裏的花，才肯到教室裏去做功課。老潘自己沒結過婚，卻頂喜歡小孩，他常常逗靖順，說要收他做義子。沒想到他卻是這麼一個夭折的命。

那也不過是比平常大一點的地震而已，別的房子都不倒，偏偏這間才建了半年的新水泥房卻垮了。這怎麼可能？

「地基打得不穩也說不定，」老潘對議論著的討海人說，「我老潘當了幾十年兵，在死人堆裏滾過睡過，都沒見過鬼。這種太平年頭，這樣安定的地方，怎麼會有鬼？」

但是討海人不信他這一套。「老潘，你不懂就不要死鴨硬嘴板。」討海人說。不管怎麼樣，老潘不過是個老校工，能懂得什麼？村裏的人背後議論他，這樣硬嘴板，實在是侮蔑了鬼神的嚴威。敬神拜鬼是八斗子人的傳統。他，一個外鄉人懂什麼？竟這樣大聲干預村裏的事，實在太過分啦！

連校長都這樣當著討海人的面前斥責他：「老潘，這裏沒有你的事，你去掃你的地、洗你的廁所好啦！幹嘛這樣胡說八道擾亂人心？年紀都一大把了，說話一點分寸都沒有。」

老潘跑過那堆瓦礫，脚下就響起瓦片「劈啪——劈啪」破裂的聲音。白色的蛆蟲爬到那些頹斷的樑木和牆垣上。糞便的臭味在陽光下蒸薰著。老潘略顯佝僂的身影在太陽光下被扭扯成一截寂寞古怪的黑影。突然，一隻烏鴉揚起頭對老潘呱叫起來，老潘作勢唬了牠一下，牠才「撲翅」飛了起來。瓦礫上到處都是烏鴉青黑的糞便。

老潘的神經可能眞的有點不正常吧？八斗子的討海人都這樣猜測著。不然，學校房子倒了這兩天，他怎麼半夜起來敲鐘做什麼？「噹，噹——噹，噹——」把人的心神搞得惶惑不安起來。平時看他做人還蠻好，不是那種哽嘴板的人，莫不是他也被鬼給沖了不成？不然昨天督學到學校來調查，朱校長和那個管理總務的林錫金老師，都惶惶恐恐把承建工程的包商找了來證明，絕不是因爲建築上的毛病。而他老潘卻一本正經地去見督學，大發謬論。說一定是地基有問題，不然舊房子都不倒，怎麼新的房子卻倒了。他說，已經是什麼時代啦，怎麼還相信神鬼作怪？校長爲了這個，還大大發了一陣脾氣，把他訓斥了一頓。老師們也爲了這件事，都在議論老潘不知好歹。

「他怎麼搞的，吃飽了飯沒事做還是怎麼的？幹嘛這樣自討苦吃，學校鬧不鬧鬼跟他沒關係呀。」

「可不是，你看他這兩天，簡直像丟了魂似的，連半夜都那麼神經兮兮的，敲什麼鐘嗎？有人問他，你道他怎麼說：暮鼓晨鐘！天──我們簡直都住到和尚廟裏了。」

「我看老潘眞的老嘍！越來越瘋瘋癲癲的，連事情的輕重都不知道，也不想想，這種事情是不是他管得了的？」

老潘走過運動場，學生的球滾過來，遠遠就聽見他們叫「潘伯伯！潘伯伯！」他把球擋住了，用脚把它踢回去。學生們立刻「嘩──嘩」地歡呼起來。老潘隨即又蹲下來，撿拾滿地的紙屑。

學校最近是越來越髒了，到處都看見垃圾，掃都掃不完。拉圾鬼！

他突然想到滿福早上在辦公室裏叫罵的話：「伊娘，全是假鬼假怪，連別人的女人都要勾搭，有什麼高尙？幹！新聞都刊得那樣大張。」

想起這件事情，老潘就覺得痛心，學校裏有熱情、有愛心的老師多得很，但是，這世界原來就是這樣，大多數的好人總是被少數幾個敗類給害了。

他的脚一跨進走廊，便聽見樓上辦公室傳出吵架的聲音。他三步兩步奔上了樓，便看見那個黃老師正在和李奇謀老師拍著桌子對罵。

「我警告你，講話要小心點。我怎麼樣？我把學校名譽搞壞了？」黃老師嚷著說：「學生家長沒見識，跑到學校來吵架，這也是我的錯？我問你，你說這話是什麼意思？我把學校名譽搞壞了。呸！你不撒泡尿照照自己。拉圾鬼！人家罵的是誰？媽的！我都不好意思說你，你倒教訓起我來了。報紙刊得那麼活靈活現，當明星的是什麼人。我破壞學校名譽？你眞的眼睛長在屁股上了。我姓黃的雖然一家七、八口，也不至於爲了收不到補習費打學生。你自己又多麼高貴啦？有錢有派頭啦？呸，你好意思講？」

「有話慢慢說嘛！不要吵架啊！」辦公室裏的老師們坐在自己的位置上勸架，臉上顯出不慌不忙的像在看馬戲團表演的那種表情。

「你——你，你侮辱我？」李老師顫抖地指著黃老師吼嚷起來，「你這不長人眼的東西，我李某人是你能罵的嗎？媽的！要在當年看我不槍斃你！你敢這樣侮辱我？我李某人又不是沒見過女人。你敢誣賴我？媽的，當年我二十二歲當縣長的時候，多少女人親自送上門要給我做姨太太我都不要，我還會稀罕一個年紀輕輕的山地婆子？你太侮辱人啦！你當我是什麼人？當年什麼樣的女人我沒有經歷過？我還會去偷那個山地婆子？媽的！你證據在那裏？你說了話要負責。不然——我要告你！」

牆上的掛鐘正指著一點。

老潘默默地走到鐘塔下，猛力地拉著那條油光發亮的皮繩。

「噹，噹——噹，噹——」

學生們嘩叫著跑進了教室，老潘的眼睛忍不住湧出淚來了。

下午兩點鐘的太陽，鋼刃一般閃晃著白熾的光焰，刺入人們的眼瞼。運動場上龜裂的黃土，升騰起炎炎的熱氣，泛著白悽白悽的光暈。從教室裏傳出來的，是一陣陣斷斷續續充滿倦意、帶著催眠作用的囈語。學生們在午睡醒來之後，特別感覺到一種倦怠懶散的情緒。整個校園像一片仰臥在太陽下的墳墓，顯出屍體般森白的顏色和死寂。

老潘站在高年級教室後面的山坡上，向海那邊眺望。突然，在沿著海邊蜿蜒著伸向八斗國校的碎石路上，緩緩地出現了一行隊伍，略顯混亂地在路上前進。漸漸地可以看見，走在前頭的是一個頭上盤著高隆圓椎道冠的道士，穿一襲紅黃相間、前胸後背各繡了一幅八卦圖的法衣，右手持劍，左手拎了一支叮噹響著的銅鈴。道士的左右兩邊，又各有一個道士，披著黑色袈裟，手上一邊挽著一片銅鈸，沿路敲打得「愴——愴——愴——」地響，尾音拉得長長的還帶點兒震顫。

隊伍慢慢地走近國校的大門了。道士的後面緊隨著一個中年男子，憔悴木然的臉上，長滿了刺蝟的鬍鬚，手上舉著一支白色的旛旗，黑黑斗大地寫著「招魂旛」三個大字。

然後是一頭髮散亂的女人，抱著小孩，臉上憔悴蒼白得沒有一絲血色。懷中的小孩猶自惶急地吸吮著她胸前鬆弛垂掛著的泛青的乳房，顯出一副悽慘的模樣。一大堆人尾隨在後面，男的女的老的少的，三三五五地結成一隊散漫的隊伍。每個人的手上都恭謹地捧持著香炷，白色的輕煙緩緩地從人們的鼻尖升起。只聽見道士的銅鈸「愴——愴——愴——」地響著，在銅鈸聲短促的間隔裏，可以聽見銅鈴的叮噹與道士低聲誦經唸咒的聲音。人們被催眠了一般，低垂了眼瞼，在炙熱的陽光下蠕行。

討海人的隊伍在道士的導引下，沿著國校的運動場緩緩地繞走了一圈。孩子們都從教室裏嘩叫著擁到運動場來。運動場上不知何時已擺上一張長條的桌子。桌子的邊緣，對著倒塌的房子那邊，垂掛了一條畫著八卦圖的紅色布簾。桌上疊架著幾盞紙糊的神像，有地藏菩薩、觀世音、聖母媽祖、武聖關老爺，還有齊天大聖孫悟空，以及一些黑臉紅臉怒目獠牙不知名姓的天將神兵。討海人在長桌的周圍排成一個圓圈，把道士和那個撐旛旗的男子圍在中央。大家凝神睜目地看著場中的道士，一本正經地相互稽首作禮，然後就一字排開地站在長桌前。那個頭頂道冠的人豎起一隻左手，向那堆倒塌的牆垣，緩緩地拜了下去。左右兩邊穿黑架裟的，和後面撐著旛旗的中年男子，也跟著俯身下拜。然後悽惶的「愴——」一聲鈸聲，突然在充滿陽光的操場上響了起來。道士手中的銅鈴也開始緩慢有序地叮噹起來。道士們像合唱一般在銅鈴的輕脆的叮噹下，拉曳著長長的充滿鼻音的聲響，矯揉造作地呢喃唱誦起來。

孩子們興奮地在場外，叫呵跳哦地舞著手脚，也學起道士的姿態來。老師們站在辦公室的玻璃窗前，臉上顯出似笑非笑的神色。圍成一圈的討海人又議論起來了。

「發生這件事故的那個早晨，賴仔他家就有壞兆頭了。」一個抽著紙煙的男人說：「前天我的船一大早就回來了。看見賴仔他家那條黃狗，咬著他家阿順仔的褲脚不放。後來我看順仔用書包打牠，才把牠打跑了。牠還在後面拉長了狗螺的尾聲，足足號了十來分鐘。平時也從未見過這種事情，俗語說，狗眼照鬼影。一定是他家的黃狗看見鬼在順仔後面跟著才這樣。」

「講起鬼這種事情來，學校裏以前也沒聽說過。但是兩三天裏，我那個讀三年級的老二回來，一直在講學校鬧鬼的事情。說他們小朋友曾經在廁所裏看見什麼鬼手啦，看見教室裏的什麼鬼脚印啦。說得他自己臉都白了。他還說，昨天有個女孩子連廁所都不敢去，嚇得哇哇叫。聽來實在令人驚疑。」

「怪異的事情也不止你講的這一些，」一個頭戴帽子的老人，皺著眉頭說：「我那個最小的孩子阿來，平時和賴仔他家那順仔頂相好。兩個人同班又同一張桌子，常手拉了手一起玩，親熱得像兄弟一般。阿來仔從來也不生病，就像他阿爸一樣。但是昨天晚上實在害我嚇一跳。好好的睡到半夜，突然又喊又叫地握緊了拳頭，臉色整個都青掉了。

兩眼都往上吊。只聽見他不斷叫順仔！順仔。實在驚死人。我立刻到祖先靈牌前燒香許願，一家人爲了這件事忙到大半夜，阿來才哇啦一聲哭醒過來。今天我聽說阿枝仔他家那個男孩子也和阿來昨晚一個樣子。看起來阿順仔死得眞冤枉，鬼魂恐怕不能瞑目，這實在是叫人憂心。」

「是啊！昨晚我家那個添丁，差一點也把我給驚死了。伊娘哩——害我以爲我家也見鬼啦。」那個叫阿枝的男人說：「現在看這樣招了魂，祭一祭能不能把鬼氣壓下去，否則學校孩子這樣多，不知道什麼人還要再遭毒手。枉死的鬼魂總是要找替身的，這確實是危險的事情。」

「就是這樣講嘜！但是這一定不是三天五天的事情。早在二十年前要建學校的時候我就說過了，別的地方那麼寬闊爲什麼不去建學校，偏偏要在墳地上和死人爭地方。我當時就一再說會出事，會出事，就沒有人聽我的。現在可被我說中了吧！人住的地方被搶了都要發怒，何況是鬼？而且人和鬼鬥，怎麼鬥得過？當年拔了那麼多墓頭，許多骨頭恐怕都沒有挖走。這種損陰德的事情，依我看呵，」花白了頭髮的阿吉叔說：「鬧鬼恐怕不止這樣。招個魂就想打發了那些孤魂野鬼，恐怕也不是容易的事情。這樣下去，不要說一年半年，恐怕九年十年都有得鬧。」

討海人突然都安靜了下去，顯得憂心忡忡的樣子。陽光毫無憐憫地灑下來，以針刃般尖銳的亮光刺戟著人心。天以銅牆鐵壁般的姿勢向人們壓迫過來，涔涔的汗液從人們的臉上淌下來。一片空茫的白慛像死人的臉，像乾枯了的白色的骷髏般，打從天頂向人逼來。

鈸聲愴惶地響著「愴——愴——愴」。穿著紅黃袍子的道士緩緩地揚起右手，掌心向前，五指朝上，在空中畫了一道半圓的弧線。隨即又緩緩地跪下，匍匐在地上，作了三個頂禮。他口中唱唸的經咒便漸漸高昂起來。左手更隨著經咒的節奏不停地在空中揮舞著。手掌玄妙地在空中轉著划著，偶爾還打拳一般掄動著臂膀在空中砍擊。呢呢喃喃的經咒充滿了濃重的鼻音，像小孩糾纏著母親撒嬌時那種哼咕咕噥的聲音。

在壓抑的節奏裏，又顯出哀傷的音調，似乎充滿了對人生的歎息，對死者的悲憫。烏鴉又成羣的從墳場那邊飛過來了，喧嘩地呱叫著，飛呵翔呵，愉悅歡快地啄食人們頭頂上的陽光。

「現在已經不單是學校的教室裏厠所裏鬧鬼了。我還聽說昨天晚上，連校長家裏都鬧了鬼。」阿吉叔繼續說：「這種事情不是越來越嚴重嗎?你們以爲這麼一個招魂祭就要打發那些無主野鬼，我看沒那麼簡單。」

「什麼?校長家裏也有鬼?這怎麼說呢?」

「這個我也是聽我媳婦說的，今天她去買菜的時候，在路上遇見春桃，聽說春桃昨晚看見鬼啦，是春桃親自告訴她的。」阿吉叔說，「聽她講得有腳有手的樣子，我看八成不會是她編造的。」

「校長是讀書人拜孔子公，那一種鬼敢這麼大膽驚擾他？如果連校長家也都鬧鬼，那事情就相當嚴重啦。」

「喂，阿吉叔，你說的春桃是不是禿頭校長家那個煮飯的女孩，奶大大的，屁股又肥又翹，常常穿著紅衣服，走路這樣一扭一扭的那個？」突然一個冒冒失失的聲音衝著阿吉叔大聲地問。

大家的臉上立刻都嘩嗬地笑起來。阿吉叔也笑著訓斥地說：

「少年人講話一點分寸都沒有，你阿火仔安分賣你的魚就好了，管人家什麼奶啦屁股的做什麼。又不是你女人。」

「呸！我的女人？塞伊娘，我才不要做烏龜仙。我會去娶那種女人？」阿火仔輕蔑地說。但隨即又眉飛色舞地嚷叫著：

「我告訴你們一件事情，這件事情我如不說，幹——你們死都不會想到。」他說，「前幾天我挑魚到學校宿舍去賣，在禿頭校長後門那裏叫：買魚啦，鮮跳跳活溜溜的魚啦——叫了半天，就沒有人出來。我心想那個叫春桃的，每次來買魚，總是眉開眼笑地招呼我來坐啦，來坐啦。那天，伊娘的，我一定是給鬼牽了脖子了，竟探頭到他們窗戶底下張望。伊祖公哪——衰運！這要不是給我親眼看見了，我死都不相信。那個春桃和禿頭校長全身都光溜溜，正在那裏這樣這樣這樣。」他把兩個手指頭在空中絞來勾去。

「阿火仔，這種事情你是不能歪嘴板胡亂講哦，沒證沒據的事情——」阿吉叔警告阿火仔說。

「這是我親眼看到的事情，我還會冤枉他？幹——我不是吃飽了太閒，沒有事做。我明明看見禿頭校長全身光溜溜的騎在春桃身上，我可以賭咒。伊娘！對著這些神鬼，我可以賭咒。」阿火仔嚷著說。

紙糊的神像燒起來了，火光閃動著曖昧的紅燄，白色的煙霧漸漸從紙糊的神像上昇騰起來。烏鴉越來越多了，在空中對著燒起的火光，穿梭飛旋，不斷發出「咭呱——咭呱——」的歡愉的呼聲。紙糊的鬼神們猶自以那種永恆固定的神色，或寂然垂坐、或睜目怒視地對著圍在四周的人羣，銅鈸的聲音更加愴惶地呻吟起來，「愴——愴——愴——」地刮擊著人們的耳膜。道士誦唸的經咒奮揚起來了，濃重的鼻音帶著竹筒般破裂的沙啞，沒有句讀的經咒，只能捕捉到幾個斷斷續續的單音：「祭煞……佛祖……菩薩……天兵天將……孤魂野鬼……收魂……平安……」穿著紅黃道袍的道士，左手持著法螺，右手仗著寶劍，循著漸漸高熾的火焰繞走起來。穿黑袍的道士和那個手持旛旗的人，也緊隨在他後面，圍著燃燒的火光繞旋。銅鈸的節奏變得更加緊促了。「愴——愴愴——」

「愴——愴愴——」偶爾銅鈸還互相摩擦著，引起一陣低抑微弱的呻吟。穿黑袍的兩個道士忽然又都回到祭桌旁邊了。只見那個穿紅黃道袍的人突然旋身踢腿，右手高擎著寶劍，左手的法螺也同時按在嘴邊，一陣牛嗥般的聲音便「嗚——嗚——」地響了起來。道士手中的寶劍在陽光下揮呵舞呵，閃晃著一陣刺戳人眼的亮光。他這樣揮舞了一陣，然後又以一種重新調整過的噪音，徐緩而凝重地唱誦著，拉曳著漫長的尾音，讓人感到一種悽涼慘惻的憂傷。他突然高聲喊著：「亡魂回來哦——」於是他身後的男人便搖著「招旛旗」，也跟著喊：「亡魂回來哦——」

烏鴉在空中啄食那些飄飛起來的點點的紙灰，昇騰的煙霧迷漫在太陽光下，使鴉羣更加快樂地互相穿梭追逐。「咭呱——咭呱——」的鴉鳴，應和著銅鈸「愴——愴——」的聲音。一隻烏鴉突然低低地掠向在空中招展的旛旗，隨即又「呱——」地一聲，迎身斜飛上去。

火光因爲新添的冥紙，又熾烈地燃燒起來，熊熊的熱氣電流一般傳向周圍的人羣。火光紅紅地映在道士旋舞著的道袍上，映在白色的旛旗上。太陽的火焰，加倍酷烈地烤炙著人心。

突然一聲尖銳慘厲的哭號，尖刀一般劃割在人心上。

「阿——順——仔——」

顫抖的尾音，拉曳著漫長深刻的悲哀，慘厲地撕裂著人心。那個蒼白的女人，蓬鬆著滿頭的長髮，瘋子一般，以破裂瘖啞的聲音嘶嚎著：

「阿——順——仔——」

她雙手摟緊了懷中因受驚而嚎哭著的女兒。每呼喚一次「阿順仔」的名字，她就痛苦地彎曲了腰腹，眼睛和鼻子因爲張大的嘴巴而緊皺在一起。那種嘔肝吐血般的嘶嚎，令人感到全身的肌肉神經都要歪扭絞縮起來。熊熊的火光映著女人蒼白的臉頰，映著她深凹的眼眸。紅色的光燄，蛇一般竄跳在人心上。

「阿——順——仔——」

「亡——魂——回——來——哦」

陽光白慘慘地灑下來，白色的旛旗在空中悽惶地搖呵搖呵。每個人心裏，都感受著一種慘厲的悸動。

突然，一陣「噹——噹——噹——噹——」的鐘聲，在討海人同聲回應著道士的喚魂時響了起來。迴響在學校上空，並傳向墳場那邊，雜樹和亂草叢中露出綠瓦紅牆的靈塔與墓碑之間，和那女人撕裂人心的哀嚎，以及討海人喚魂的聲音，交織成一片不斷哄響的聲浪，以淸越挺拔的聲勢向遠方擴散。使人猶如置身在鬼魅的世界中，頽斷的禪宇僧舍裏，棲著幾隻千年老狐和鬼魅在白慘的陽光下，迎著廟裏的鐘聲伸頸哀嗥。使這荒涼的校園，倍增無限的冷幽和神秘。

鴉羣在鐘聲裏惶急地飛到高空去了，隨即又徐緩地在高空中飛旋著向下窺視。討海人只看見一團團的黑影在頭頂上穿梭。

「阿——順——仔——」

「亡魂歸來哦————」

道士招魂的舞頌，在悽白的陽光與「噹，噹——噹，噹——」的鐘聲裏，鬼魅般地跳舞著。

——原載一九七一年六月《純文學》第五十四期

炸

興旺雜貨店裏黑壓壓地擠滿了人，喧吵的人聲夾雜著不斷的吆喝：「四八啦！四八啦！」昏黃的燈光把每個人的臉色映照得慘黃，像患了長期病的人臉上黃腫的顏色。濃濁的煙味與汗臭，使屋子裏充滿窒悶沉重的味道。

「好啦！收場啦！七八點鐘了，還不回去吃飯！」

雜貨店的老板娘興旺嫂放大了喉嚨對那些賭博的人數說起來：

「你們就不能有三天、五天的清閒，幾天大風浪不能出海，就像瘋了一樣，賭得沒白天、沒夜晚的，這種男人——」

她用力推開擋在她前面的人，擠到櫃桌前，一邊開著抽屜找零錢給一個買醬油的小孩，一邊嘀咕著：「這樣子要我們怎麼做買賣呀？」

她狠狠地關了抽屜向她的丈夫吼叫著：「興旺啊！你是夭壽了是不是？生意都不必

做了，光賭！」

「五點啦！哈哈！通吃！通吃！」

「幹伊老母！衰運！」

「早要知道這樣，我就靠莊家啦！」

「哈哈！要是早知道，就不會有窮人了。」

屋外下著濛濛細雨，天空已經暗下去了。雜貨店的門前隔著一排老榕樹，走過去就是海灘，海灘上參差地排列著一艘艘漁船，都用拇指般粗的麻繩縛在榕樹上。強勁的海風呼嘯著從海灘上掠過樹頂，發出沙啦沙啦的聲音。

陳水盛從人堆裏擠了出來，覺得頭腦昏昏脹脹的，一走出雜貨店的門外，迎面吹來一陣冷風，使他全身忍不住都抖索起來。他拉了拉身上單薄的襯衣，把原先捲起的袖子放下，從口袋裏摸出一個被壓擠得扁皺皺的紅色煙盒，裏面連一隻煙都沒有了，但是他還不死心，把煙盒整個撕下來查看一番，才惱恨地把它揉成一團，隨手向地上一摔，帶著幾分洩憤的神氣。雜貨舖的門檻上有幾支被丟棄的短短的煙頭，已經有點潮溼了。他彎身撿起來，很珍惜地拿在手上細心地捏弄了一下，才摸出火柴來，躲靠在牆脚下點了一隻。猛力地吸兩口，眼看已經吸到盡頭，嘴裏都覺得有點燙了，他還要再輕輕地吸一口，然後又接著點一隻，在已經昏暗的吹著冷風細雨的天空下，顯出非常微弱細小的紅光。

全輸光了！賣了一天地瓜賺來的一百多錢塊，全給輸了。

他挑起擱放在牆角下的空籮筐，覺得輕飄飄的。

「早知道會輸，就不賭了。一百八十幾塊錢，苦了春花幾個月，挑肥除草，就巴望著這一天，賣了錢湊給孩子去註册讀國中。現在，全輸掉了。」

細細的雨絲打在水盛的身上，使他感到冰冷冰冷的。

「回去怎麼向春花解釋呢？反正一百多塊錢也不夠註册，所以就拿去賭了，我原以爲用這些錢去贏更多的錢，孩子上學就不用發愁了，誰知道會輸呢？早知道會輸，我就不賭了。」

他心裏這樣設計著一些問答，以便向妻子做個交代。事實上，他原來也眞是這樣的想法，但是，這並不能使他沉重的心情感到稍稍的安慰。

「孩子明天就要註册了，連這點錢都沒有，難道叫孩子不要上學，也在這個貧困的漁村混一輩子嗎？也讓他一輩子都在借債過日子嗎？」

水盛這樣想著，對自己的無能，不禁又自責起來，心裏充滿了疚恨。

當他一跨進家門，春花就關切地迎著他問：「怎麼這麼晚才回來呀，沒有人買嗎？」

「統統賣完了。」他低頭用衣袖擦著臉上的雨水。

「眞的啊？賣了多少錢？」

「兩百塊！」他避開她追尋的眼光，望著飯桌說。

飯桌上放著一鍋稀巴巴的地瓜稀飯，一碗曬乾的鹹魚脯。春花邊替水盛裝了一碗稀飯，邊興奮地說：「二叔公剛剛也借給我們一百二十塊，只要再借兩百塊就夠了。」

水盛雙眼望著桌面，默默地吃著地瓜。

「阿雄一直等你等到剛剛才去睡，他很興奮呢！」

「他感冒好一點了嗎？」水盛放下飯碗，還剩下的半碗沒吃完。

「他今天已經不流鼻涕了。」她望著水盛剩下的半碗稀飯，訝異地說：「怎麼？你不吃了，你在外面吃飽了才回來？」

「沒有，我怎麼捨得花這個錢？」水盛突然惱怒地說：「妳不要以爲我會這樣亂用錢。」

「那你就吃嘛，在外面辛苦了一天，一百斤地瓜挑了幾里路，怎麼會不餓？吃嘛！」

「我不吃，沒有胃口。」他站起來，眼睛望著屋外，瘦削的臉，乾瘦的身材，雙眼失神的樣子，像一尊沒有上過油彩，還沒有開眼的乾枯的雕像。

「你今天怎麼了？人又不是鐵打的，怎麼能不吃。」

「噯呀，跟妳說沒胃口，不吃就不吃，嚕哩嚕囌個什麼？」他惱恨地在廚房裏來回地走了幾步，然後折向房間裏，看了已經熟睡了的孩子一眼，雙腳叉開地坐在床緣，望著跟進來的春花。

她的身體因爲長期的營養不良和過分操勞，而顯得很單薄，瘦削的臉龐和她的丈夫有些相似，下巴尖尖的，在暈黃的燈光下顯得很蒼黃。她才卅歲出頭，就已經顯得很老態了，頭髮已顯得有些花白，背也略略地彎著，經常喊腰痛、頭痛。有經驗的女人說，那是因爲生小孩時坐月子沒有坐好的緣故。

「你怎麼了？」她關問說。

「沒有啦！」

「我們現在只欠兩百塊，先向人家借一下，十分利也沒關係，很容易借到的，」她說：「你不必爲了這個事焦急成這樣。」

「借？向誰去借？能借的都借過了，舊債沒還，向誰借？」

「只借兩百塊，我不相信借不到，」春花說：「我們又不是那種借錢不還的人，等到夏天不就可以還他們了嗎？」

「夏天？」他冷笑了一聲說：

「這些有錢人，狠得像土匪，舊債未還，十分利他們會借妳？想啦！」

「十分利不借，那麼再多一點也沒有關係。」她說。

「妳願意，妳去借好了。」水盛突然暴怒起來，氣勢洶洶地把春花推了一把，說：「再多也沒關係！妳說得輕鬆？甘願給人家這樣吃，妳去好了，妳去借好了。」

「不借？不借還有什麼辦法？難道這種日子還過不夠？還要孩子跟你一樣？」春花說：「我也是爲了孩子的將來，你不必對我這樣兇。」

「前幾天我就跟你說好了，我會想辦法，妳就是不相信，這樣哩哩囉囉的。借！借！借是容易的嗎？到了夏天，賺的錢都拿去還利息，要我們不吃，光喝海水？」

「你有辦法就使出來給我看呀，不必對我這麼大聲小聲吼。我要不是爲了孩子，也不願意管你借不借。家裏兩三月來，有得吃沒得吃，你從來也沒有關問過一聲，光用嘴巴說你有辦法有辦法，你到底能有什麼辦法？要不是我種了一點地瓜蔬菜，全家人早都餓死了，你有什麼辦法？還對我這樣大聲小聲。」

說著便賭氣地轉身走到厨房裏，自顧自地收拾著桌上的碗筷。

他從床緣上跳起來，雙手握了拳頭，惱恨地大步跨出了家門。

雨仍然稀稀疏疏地飄著，海風夾著浪濤銳利的嘶叫猛烈地吹過來，使水盛不得不低了頭拉緊身上單薄的襯衣。風裏摻合著海藻特有的腥味。水盛深深吸了一口氣，那種類似魚腥的味道，使他感到一種溫暖，伴隨著一股強烈的渴望從心底升起。他走到自己的那一艘舢舨前面，在已經黑暗的天光下，仔細地、親切地撫弄著它的船舷。

「我並不是沒有盡力，但是我還是這麼窮，我有什麼辦法呢？老天爺只准我們夏天出海，冬天我們只好吃地瓜喝海水，我並不是不努力呀。」

他歎了一口氣，爬到船頭上眺望大海。海浪在黑暗的夜空下「嘩——嘀——嘩——嘀」地叫嘯著。他兩眼直視大海，全身感覺著它震撼大地的騷亂與不安。

「我要怎麼辦呢？明天阿雄就要註册。怎麼能再讓他過這樣的生活呢？」

他閉起眼睛，不禁對生命感到一種茫然的傷慟與悲哀。

「賭輸的錢無論如何是拿不回來了，誰叫我那麼傻？只想到贏錢沒想到輸錢。只好當它是遇見鬼啦，破財消災！現在，爲了孩子的將來，只好再去借，即使是再高的利息也只好認了。不然還有什麼辦法呢？總不能再叫孩子過這種日子呀！」

他從船頭跳下來，踅向來時的路子。

海風嘯叫得更悽厲了，夾著海藻特有的腥味。天空黑寂寂地飄著細雨。

水盛低著頭，輕悄悄地跨過興旺雜貨店的門階，暈黃的燈光，仍然映著一張張絞扭的興奮的臉孔。聽見骰子在碗裏滾動著，發出輕脆的聲音。突然，一聲破銅鑼似的聲音，石破天驚地從人堆裏響起來：

氣氛。

「幹你娘！我拚了！我那塊地賭五百塊啦，有人要嗎？」人們好像被這意外的聲音給驚嚇了一般，都突然靜默了下去，靜默裏凝結著怪異的氣氛。

「怎麼？沒人敢賭嗎？幹你娘，不然——四百塊啦。」只見黑狗從人羣裏冒出來，像個賣貨郎，大聲地向店裏的人們宣講著：

「看清楚啊，地契就在這裏，絕對公道，絕對便宜！四十幾坪的地，你們要到那裏去找？」

「兩百塊啦，黑狗，兩百塊我跟你賭。」興旺說。

「兩百塊？幹你老母雞巴，四十幾坪地，虧你還說得出口，幹——，你有良心沒有啊你！」

「不然兩百五十塊好啦，你那塊地放著還不是白放著，每年還要白白繳一筆稅。」興旺說。

水盛一面看著黑狗和興旺在討價還價，一面慢慢挪近坐在櫃台的興旺嫂旁邊，心裏絞扭著矛盾的心情。興旺嫂好像沒有注意到他，正在精神專注地觀賞著丈夫和黑狗在賭桌上比鬥狡智和耐心。水盛幾次把已經擠到嘴邊的話，又吞了下去，打不定主意到底要不要向她借這筆錢。如果借了，就等於寫了賣身契，連本帶利，五年也還不清；如果不借，就只好讓春雄失學，一輩子都不能翻身了。

「三百五十塊啦！我跟你賭！」黑狗說。

雜貨店裏立刻響起一陣如雷的嘩叫。

「黑狗眼睛都發直了！」

「他瘋了，簡直賭瘋了。」

「他要是輸了，我看他老母今晚就會去跳海。」

人們議論著。

「興旺嫂！」水盛輕輕地叫，但是她似乎沒有聽見他的叫喚。

「興旺嫂，興旺嫂，」水盛推了她一下，才使她如夢初醒地「哇！」了一聲。

「是你啊，水盛，夭壽哦，差一點給你嚇破膽。」她矯張作緻地拍著胸脯，暗紅的燈光映著她臉上兩塊特別隆起的顴骨，短眉細眼，配著下顎一團鬆軟的皮肉，十足的福態又給人尖銳的感覺。

「怎麼？要來跟我算利息了？我等你來已經等得好久了。」她拉開抽屜，摸出一本紅皮簿子，翻開來，裏面密密麻麻地寫著一行一行的數目字。

「不是的，興旺嫂，不是的！」水盛的聲音低得只有他自己才聽得到。

「去年五月我們已經算清了以前的帳目，從八月開始，你又借了兩次三百，三次二百，三次五百。本錢和利息一齊算的話，」她熟練地抓起身邊的算盤，嘩啦嘩啦地點算了一下，立刻報出一筆令水盛感到心驚肉跳的數目來：「總共是三千五百六十二塊！」

她放下算盤，抬起圓滾的下顎，顴骨上塗抹的脂粉在燈光下顯得更鮮紅了，令水盛感到一種刺眼的暈眩。

「不是的，興旺嫂，這些錢，等到夏天我一定很快就會還給妳，」水盛說：「妳也知道，現在這種風浪，船又不能出海，我們連吃飯錢都沒有。」

「你怎麼會沒錢？剛才我還看你在賭博，」她帶著一種奇異的笑容看著水盛，尖酸地說：「我還以爲你贏了錢來和我算利息的。」

水盛的眼皮下垂著，心裏感到一陣針刺的痛楚，惋惜中絞雜著悔恨。看到別人贏錢像喝水一樣，轉眼之間，鈔票就贏了一大把，連算都沒有時間算，第二把鈔票又滾進來了。那麼輕易，那麼快速！早知道會輸就不賭了。一百八十幾塊，苦了春花好幾個月，挑肥除草，挖了半天地，自己還挑了幾里路。結果，就那麼——全給輸了。簡直像一場惡夢。

「我會還給妳的，」水盛軟弱地說：「夏天一到，我很快就會還給妳的。」

「夏天是夏天的事，那還遠得很呢！多多少少你也總得還我一點利息吧，我們又不是自己印鈔票，」興旺嫂指著簿子上一行一行的數目，說：「錢拿去了就見不到人影，你也要替我們想想，我們向銀行借錢，不但要利息，還要抵押。你這叫我們怎麼辦呢？你也替我們想想呀！」

「是的，就會還妳的，興旺嫂，只要妳再借我一些錢，不必等到夏天，我很快就會還妳的。」

「怎麼？不必等到夏天，你到底有什麼辦法呀，」興旺嫂懷疑地望著水盛，大聲說：「你是要去搶還是去偷呀？那是要坐牢的。」

「妳小聲一點好不好？興旺嫂，」水盛神情緊張地望望旁邊的人，低著頭在興旺嫂的耳邊說：「只要妳再借我五百塊，我就有辦法很快還給妳了。」

「五百塊？我那裏有這麼多錢，你看好了，」她拉開抽屜，指著裏面一些零星的銅角和紙票，「我總共也不過才這一點錢，你一開口就是五百，又是只有去的沒有來的，我們又不會印鈔票，那有這麼大的本領。」

水盛站直了身體，抬起頭來，以一種堅定而帶哄騙的口吻說：「絕對保證啦！到下個月底以前，一定還妳所有的錢。」

「眞的嗎？」她懷疑地望著水盛，壓低了聲音說：「水盛，借錢的事我們等一下再說吧，講實在的，三四千塊也不是小數目，你說看看，你到底用什麼辦法可以在一個多月裏統統還我？」

「這個妳不用管啦，興旺嫂，只要妳肯再借我五百塊，到月底我一定連本帶利還給妳就是了。」

「這怎麼行？你不說出你的辦法來，我怎麼敢借給妳？五百塊不是五角呢！而且你還欠我三千五百六十多塊沒有還，如果你眞的能說還就還，這三千塊又是怎麼欠的？」

「興旺嫂，妳說話不能這樣傷人呀，我們只要有錢，從來也沒有拖著不還，妳怎麼可以這樣說？如果不是爲了阿雄明天要註册，我也不敢再來向妳借錢，十分利也不是玩的。」

「我是好意的，水盛，」興旺嫂肚子裏很淸楚，借錢給水盛這樣的人是最牢靠、最穩當的了，從來一塊一角都是淸淸楚楚的，絕對不必擔心他會倒掉跑掉。他的利息雖然不是每月都來算一次，但是利息不算，對興旺嫂卻只有好處沒有壞處，利息又變成本錢，本錢再生利息，利息又變成本錢，這樣重重覆覆錢上滾錢，夏天一到，水盛最後總是一角不欠跟她算得淸淸楚楚。這樣的債戶是再好也沒有了。

「我是說，如果你賺錢的方法實在穩當的話，我不但可以借錢給你，而且不要你利息。」她笑著眼睛都瞇成線了，下巴上鬆軟的皮肉還一顫一顫的。

「只要也讓我參加一份，由我出一半本錢好了。」她說。

「這種事情要人命的——」水盛的神情突然冷漠起來。

但是她仍然以迫切的口吻追問道：「到底是什麼事情啊？說來參考一下嚒，對你又沒有壞處。」

水盛抬起頭來直視著她，心裏對她感到萬分的厭惡和仇恨。

興旺嫂看到水盛雙目直視著她的眼光，突然聯想到一件非常邪惡的事情來了。她立刻用手抓自己胸前的衣服，以一種疑懼的口氣說：

「你不是要把春花賣去煙花街吧？」

「什麼？妳在說什麼啊？」水盛像被人出其不意地打了一記悶棍一般，終於忍不住了，把脹紅得像豬肝一般的臉孔，伸向那兩塊突起的觀骨前面大聲吼叫著：「妳這樣侮辱人，幹妳老母，我陳水盛是窮，也是一個男子漢，就是會餓死也不會去賣老婆。幹妳老母，妳怎麼這樣侮辱人呀！」

這個時候圍在賭桌周圍的人不知道爲了什麼而高聲哄叫起來，其中黑狗的聲音最大最尖銳。

「哇！被我吃到了吧，吃到了吧！幹你娘哩，我就不相信我黑狗永遠衰運！終於讓我吃到了吧，你娘哩——」

興旺嫂望著水盛憤怒的臉孔，反而覺得鎮定了下來，她已確定並沒有她所想像的那碼子事，於是她便以和緩的語氣對水盛說：「既然你是爲了孩子借學費，這是好事，我可以借給你。」她拉開抽屜，從腰間掏出一串鑰匙來，打開抽屜裏的另一個小紅木箱子，裏面整整齊齊地放著一疊一疊的鈔票。

「仍然算你十分利好了，」她說：「不過，你要有個東西給我看才行。」

水盛一聽願意把錢借給他，態度也就立刻緩和了下來，「我的爲人妳是知道的，寧可自己做牛做馬也不會欠妳的錢不還。我們的地契也已經交給妳了，那裏還有的東西可以給妳看的，就請妳做個好事吧！我們全家人都會感謝妳。」

「這怎麼行，我們向人家借錢也是要抵押的。」她用一隻肥胖的手把小木箱蓋起來，瞇了眼睛望著水盛，像手上拿著食物的弄獸者，逗弄一隻非常病弱飢餓的猴子，任他哀叫著來取悅自己。

「你既然是爲了你的兒子來借錢，那麼，這樣好了。」她突然像想出了什麼好主意，臉上立刻顯出光彩來了。「你就寫一張紙，蓋個手印，拿你家阿雄來做抵押好了。」

興旺嫂原來有兒子，七年前死了，興旺嫂爲此還傷慟得大病一場，在床上躺了七八個月。這幾年，他們夫妻一直都巴望著能再生個兒子，但是等了這些年，總是一點消息都沒有。這兩三年來，他們實在有點焦急了，便到處託人找秘方，也到處去求神拜佛，但是一直也沒有絲毫的動靜。夫妻兩個每天關了店門結完帳，心裏就會產出一種茫然空虛的感覺。也許就是因爲這種緣故吧，使他們變得更貪婪，更想擁有更多更多的錢財。

但是更多的錢並不能減少他們沒有兒子所產生的憂慮和空虛。常常，他們在這昏黃的燈光下算完帳，數完鈔票的時候，相對無言中不禁就會想到：這麼多錢有什麼用呢？死了連個捧靈牌的兒子都沒有，這些還不都是空的。這種念頭常常使他們在空虛焦慮中，感覺著一種難於言喻的恐懼。斷子絕孫，這是比任何不幸都更使他們感到難於忍受的事。因此他們也曾商量過要去抱養一個兒子，但又覺得不放心，怕自己辛苦攢積的財富被一個血統不好的敗家子傾蕩光了，或是被不可靠的親家給霸佔了。所以一直到現在，還是沒有一個兒子來安慰他們漸近老年的寂寞。

現在，興旺嫂對自己這個突然想起的奇妙計劃感到非常得意了。這是再可靠也沒有了。陳家的春雄是她眼睜睜看著他長大的，雖然瘦弱了一點，卻蠻聰明伶俐的，在這個偏遠的澳底村的國民小學裏，春雄一直是老師們心目中的模範學生，功課好又守規矩，每年都是第一名。這樣的小孩長大了一定有出息，不擔心他會把財產浪蕩掉。再說水盛的為人，也是她興旺嫂所深知的，不嫖、不喝、不賭，借了錢總是一角不缺連本帶利算得清清楚楚，全村再也找不出像他這樣的人了。如果要說這種人有什麼缺點的話，那就是他太老實，太正直了。所以他老是吃虧，老是被人家佔便宜。但是這不就是她興旺嫂所最希望的嗎？和這種人做這筆親家的交易，絕對不必擔心他會動霸佔她家財產的歪腦筋。這種人，連用炸藥去炸魚都會覺得有傷忠厚，怎麼會動歪心去侵吞別人的財產呢？

這是再牢靠再穩當也沒有的事了。

興旺嫂想著想著，臉上都漾出笑意來了。

「這樣你並沒有吃虧，你的兒子還是你的兒子，我卻要白白給他吃、給他住、給他穿，還要替他弄便當送他上學。你想想看，水盛，這樣子是不是對你只有好處沒有壞處呢？」她把鬆軟的下巴抬起來，瞇著眼睛望向屋頂，那神情就像浸在一種無限快慰和滿足裏一樣。

「不過，你必須清清楚楚寫明還錢的日期，過了期限，你的兒子就要做我的兒子。」她說。

而這時候的陳水盛卻氣得全身發抖，乾瘦的臉上已經由憤怒的豬肝色變成蒼白了。

「我幹妳老母哩！妳這樣欺負人？一下說我賣老婆，這下又逼我賣兒子，妳是人嗎？妳還是人嗎？我陳水盛窮是窮，也是一個男子漢，妳這樣侮辱人？」

圍在賭桌邊的人都轉過臉來望著臉色煞白盛怒的水盛了，不知道這個平時溫馴的老實人何以會對雜貨店的老闆娘現出如此聲色俱厲的態度。

「我不必向妳借，幹妳娘，欺負人到這種地步，我即使會餓死也不會再向妳借了。」他說。

興旺嫂對水盛這種煞白著臉、怒氣沖沖的樣子，也感到非常的意外。在她想來，這個買賣對他們兩方都有好處：水盛一直那麼窮，把春雄抵押給她不是可以減輕他的負擔嗎？而她自己又多麼渴望有個兒子。於是她立即追到店門口，對著盛怒的背影大聲說：

「你想想看吧！對你沒有吃虧呀，想妥當了再來好了。十分利息，再寫個抵押的紙據就好了。」

這時又聽見正在賭博的興旺大叫：「四八啦！看你要逃到那裏去？」接著黑狗的咒罵也從人堆裏冒出來：「幹你老母雞巴，衰！衰！」同時一陣震動屋宇的哄叫，也「嘩──嗬──」地傳出雜貨店外老遠老遠的地方，連已經消逝在黑暗中的水盛都聽得清清楚楚的。

天空還在下著雨，風颳得比原來更兇猛了，夾著尖銳的嘯聲，「咻──咻──咻──」。

水盛垂著頭懊喪地從杜村長的家裏走出來，他的衣服已經全溼了。黏貼在他乾瘦的身上，偶爾還在風裏「啪嗒，啪嗒，」地飄起來，使水盛感到一陣陣炙骨的冰冷的寒意。村裏所有他能想到的可以借錢的人的家裏，像三叔公、五嬸婆、杜村長，還有那個專門賣火藥的外省人老胡，常去炸魚的郭承業、阿貴、烏義，他全部去拜託過了，只有五嬸婆好心地把她積存了好幾年的私房錢總共七十三塊錢借給他。他拖著一雙累重腿走向沙灘，站在自己那艘老舊了的舢舨前面，帶著一種無助的焦灼的心情，把臉貼靠在船身，像一個軟弱的孩子在向父親求助。

「沒有辦法想了，我並不是沒有盡力呀，我眞的已經無法可想了。」

海浪「嘩嗬——嘩嗬——」地滾唱著，挾著強風的嘯叫與海上特有的腥味。

「明天阿雄就要註册了，我要怎麼辦呢？」

他抬起臉來望著黑茫茫的大海，海浪像黑色的鐵板翻起來又落下去，發出轟隆轟隆的聲音。那雙細瞇的小眼睛，掛滿鬆軟的皮肉的下顎的滾圓的臉孔，又在黑暗中出現了。他的怒氣突然如滔天巨浪般在心裏翻騰起來。

「賊婆！幹伊老母！我陳水盛窮是窮，也是一個男子漢，妳敢這樣侮辱我？幹妳祖母哩！……但是阿雄明天就要註册了，我要怎麼辦呢？剛才還在春花面前誇口：有辦法有辦法，現在，辦法在那裏呀？如果使阿雄因爲這樣而失學，那麼我這個做父親的怎麼對得起孩子呢？」

水盛雙手抱住頭顱，胸口被焦灼的心情刺痛得禁不住呻吟起來，那聲音就像野獸掉在獵人的陷阱中受傷時所發出的無助、絕望的聲音。

「想妥當了再來吧！那個賊婆不是這樣說嗎？立個紙據給她有什麼關係呢？伊娘哩，反正是決心要去炸魚了，錢不是很快就可以還給她嗎？」

水盛突然感到一陣冰冷從脚底下升起來，使他連打了三四個噴嚏，頭也覺得沉重起來，剛才到承業、烏義和阿貴家裏時，在昏暗的燈光下和他們面對面談話時所看到的景象又浮現在記憶中了；烏義整個左眼都凹進去了，顯得空空洞洞的，左手斷了半隻，右手只剩下三根指頭；承業的左掌也整個被炸斷了；阿貴的右腿從關節的地方整個是懸空的，只看見褲管在空蕩蕩地飄著。這就是炸魚必須付出的代價。水盛感到一陣陰森森的恐懼。

「但是，我應該怎麼辦呢？我是絕對不能再讓孩子過這種生活了。」他想。

當年，他早就覺得待在這個偏遠的小漁村只有死路一條，吃不飽穿不暖，年輕的豪情壯志都活活給拖磨死了。因此他也曾經很想離開這個澳底村到外面去闖天下，而且已經積極地要準備行動了。但是他的父親不肯放他，老是和他吵吵鬧鬧的，到後來甚至展出他做父親的威權，專橫蠻強地威嚇著他：「你娘哩，你心腸這樣硬，說走就眞的要走啦!?家裏這批老老小小你都不顧了？你爸是棺材板鑽半截的人，這個責任你不擔要由誰來擔呀？外面就眞的有那麼好？滿地都是金銀財寶隨你撿？騙鬼！你爸就不信！如果眞的有那麼好，別人早就好過了，還會有剩餘的留給你？憨想哦，你——！陳家是三代衰運才會出你這樣的後代。嫌討海生活艱苦，世間有那一種生活是免受苦的？你講！再艱苦祖先們幾百代不都這樣過來了嗎？全澳底村的人不也都是在這樣過著嗎？難道只有你聰明，別人都是傻瓜？我老實告訴你，除非我死了，兩眼閉了看不到你、管不到你，不然——幹你老母哩！你免想要給我離開這個澳底村一步，我告訴你！」

到現在，每當他在飢餓寒冷中回憶起這一生所走的路程，他不禁就要把他這一生所過的這種晦暗陰鬱的日子委罪於他那個在海難中死去的父親，而在心裏對他生出一種微微的永遠不能釋懷的恨意。而現在他自己兒子一生前途的光明與晦暗，就端看他這個做父親的此時的作爲，而將要有一個重大的決定了。他的心裏感到一種沉重的壓迫。

我怎麼能因爲自己的無能而使孩子再吃這種苦，受這種折磨呢？姓陳的後代一定要有所改變了，一代接一代都過這種生活，到什麼時候才能翻身呢？——去炸吧！別人都可以這樣，爲什麼我不敢呢！爲了下一代的幸福，去炸啊！伊娘——就立個紙據給她吧！反正炸了魚很快就會還給她了，怕什麼呢！去炸吧！伊娘——去炸呀！

他咬著牙，雙手握緊了拳頭，手心都沁出汗液來了。

「明天帶阿雄去註完册就送他到雜貨店去吧——她會打他嗎？會虐待他嗎？」

那兩塊特別高突的顴骨，連著下巴一團鬆軟的皮肉，又浮現在水盛的腦海裏了。

「過了期限，你的兒子就要變成我的兒子了。」她說。她一定會虐待他的，這個精打細算的刻薄的女人，一定會打他，叫他做很粗重的工作，把他年輕幼弱的力量都搾取光了。我怎麼能這樣把阿雄押給她呢？我還要白白給他吃、給他穿、給他住，還要替他弄便當，給他去上學。她這樣說。伊娘哩！她要會這樣好的話，天都會下紅雨，馬都要生角，太陽也不會落山啦！她想欺騙我呀，幹伊老母哩，欺騙我？沒有這麼簡單啦！……不過她既然親口這麼說了，也不能不算數呀。我去請杜村長、三叔公來做公證人，他們都是村裏有頭有臉的人，我就當面和她講清楚，她自己親口這麼講的，怎麼能不算數？但是，以後我要如何向春花交代呢？爲了五百塊錢就拿兒子去抵押，她會把我陳水盛想成什麼樣的人呢？廢水！垃圾！從此她就會更瞧不起我了。……但是，爲了孩子，這也是值得的，何況我很快就會把錢還掉，很快就能把孩子接回來了，將來她會諒解我的。但是在孩子的面前又要如何向他解釋呢？爸爸把你押給別人了……。

水盛不敢再想像兒子的反應，他的眼淚已經漣漣地從腮邊滾了下來。

海浪在黑暗中翻滾，一菱接一菱，隱隱約約從遠處奔騰而來，發出震撼人心的「嘩——嗬——，嘩——嗬——」的聲音，挾著海風「咻——咻——咻——」的嘯叫。天空仍然下著細雨，雨裏有著海浪特有的腥味。

第二天一大早，天空已經放晴了，風仍然強勁地吹著。年紀大一點的討海人都已經像平常一樣，習慣地聚集在興旺雜貨店前的大榕樹下，張著空洞的眼睛向大海瞭望。突然有個人大聲地問著大家：

「喂，昨天夜晚你們有沒有聽見爆炸的聲音？」

「是啊，我也聽到了，好像是從白浪嶼那邊來的。」

「那一定是火藥在空中爆炸的聲音，不然怎麼會聽到，到底是誰又走火了？」

「會不會是承業他們父子呢？他們最近一直都在炸魚，眞是要錢不要命了。」

「不會啦，郭承業老經驗了，怎麼還會出事？」

「這很難講，火藥這種東西，一點起火來，比閃電還快，稍微不注意，連媽祖都救不了。」

正當大家在這麼紛紛議論的時候，只見郭承業的大兒子雞添匆匆忙忙地，從大水溝那邊走了過來。一下子大家的注意力都集中到他身上去了。還沒有等他走近，大榕樹這邊已經有人大聲問了：

「喂！雞添仔，昨夜到底發生了什麼事呀？」

雞添大概是剛剛才睡醒，連臉都沒有洗就匆匆跑出來了。他以一種焦灼而又帶著幾分興奮的口吻對大家宣布：

「你們家裏有火藥的人要趕快回去準備了，要藏得隱密，等一下刑事憲兵一定都會來搜查。」

「出了什麼事了？到底出了什麼事了？」

大家的情緒因爲他的警告而騷動起來。

「昨夜，水盛被炸傷了。」他說。

「什麼？水盛也去炸魚？」

「他怎麼會去炸魚？伊娘哩！平時——」

「我也不知道，」雞添仔說：「我看他傷得很重，整隻左手都炸斷了，還飛了五六步遠，連肚子都炸傷了，流了很多血。要不是我們聽到他的慘叫聲，沒有人發現的話，他現在早已經死了。」

「水盛實在太莽撞了，從來沒有摸過火藥的人也敢和人家去炸魚，唉！」

「你看，他會死嗎？」

「醫生說，血流得太多了，要是不輸血就會死。」雞添說：「烏皮和我從白浪嶼揹著他，一直跑到十五里外的王外科醫院，這中間就一兩個小時了，醫院又不准他掛號，說什麼傷勢來源可疑，他們不敢負責，又拖延了三四十分鐘。」

「幹伊娘，這種病院，只看錢不看人，活活的人都要被他們拖死。」

「後來還是一個年輕醫生說，人先抬進來吧，再不止血就要死了。於是醫院才准我們掛號，」雞添說：「連掛號費都是那個年輕醫生出的。」

「現在水盛怎麼樣了？」

「輸過血了，還是不夠，血流得太多了。」雞添捲起衣袖，露出粗壯的胳臂給大家看：「我和烏皮都抽了這麼多血給他，」他用手指比了一個高度說：「是那個年輕醫生先抽自己的血給他，我們是同村的人，如果不抽一點給他，也會被人家笑話。」

「水盛家裏的人知道嗎？」

「春花已經在醫院照顧他了，是我告訴她的，」雞添搖著頭說：「實在，眞可憐！」

「喂，雞添仔，照你這麼說，警察局怎麼會知道呢？」

「幹伊娘，都是王外科那個光頭大肚的院長打電話給警察局，刑事和憲兵很快就來了，我和烏皮都嚇一跳，連跑都來不及。」雞添心有餘悸地說：「刑事一進門就問烏皮，水盛的傷是怎麼來的？烏皮騙他們說是被機器絞斷的。但是刑事不相信，還把烏皮罵了一頓，說那明明是炸藥炸傷的。然後又問炸藥是那裏來的。」

「烏皮有沒有回來？」

「怎麼能回來，刑事說他說謊，把他帶到警察局去了。所以你們家裏有火藥的人要趕快回去藏好，如果被搜到就慘了。」

「烏皮被捉去了，你怎麼能回來？」

「我是好運呢！幹伊娘哩，那個刑事也問我，我說我什麼都不知道，只是在路上看見烏皮揹著受傷的水盛，我才過去幫忙的。伊娘哩，」雞添仔得意地說：「那個刑事終於被我騙了，要不是我機巧，連我都要被捉去坐牢。還有刑事也審問水盛，害我煩憂得要死，水盛的做人，大家都清清楚楚，又笨又直，根本就不懂得彎彎曲曲的人，我眞怕他會糊裏糊塗地直說是被火藥炸傷的，那我就——幹伊老母娘哩，衰死了！好心還要坐牢。幸虧他連一句話都說不出來，臉色白得像死人，眼睛閉得緊緊的，嘴巴張開像一條快要死的魚那樣喘著氣。那個刑事也實在是，幹伊母的——笨桶！明明看到人都昏死了，他還在問口供；什麼陳水盛啊你是明白的人，你的火藥那裏來的。說啊，不說就要把你關起來。問伊娘的大鳥！後來還是那個年輕醫生過來說：病人再經不起這樣問口供了，必須讓他休息，不然是會死的。這才制止了那個刑事的審問。」

正在大家這樣議論的當中，有些人匆匆忙忙地回家了，也有另外一些人繼續從村裏的各個角落攏聚了過來，人羣越聚越多了。興旺雜貨店的大門也開了，露出一個滾圓的臉龐，兩塊特別隆起的顴骨，鮮紅的脂粉一直抹到下巴鬆軟的皮肉上，細小的眼睛微微地瞇著，以一種誇張的驚訝的表情和聲調，向榕樹下的人們招呼：

「嗳喲，你們大家好早啊，是什麼喜事啊，講得這麼高興。」

大家看著她，沒有人接腔。她便自顧自地走到人堆裏。當她聽說水盛被火藥炸傷的時候，立刻像一隻被刺傷的怪獸一般叫了起來：

「什麼啊？水盛的手被炸斷了，這怎麼可以啊？」

大家似乎都被她這種出乎意外的尖銳的嗓音和言語給嚇了一跳，只見她慌慌張張地往店裏跑，晃動著她肥碩的臀部，向店裏大叫：

「興旺仔！興旺仔！」

到了店裏，她還在死命嚷著：

「水盛的肚子被火藥炸傷了，興旺仔，店給你照管了，我要去問問他，我要去問問他！」

然後又見她拎了一個閃亮的綠色珠包，提動著肥壯的身體慌張地走出店門口，下巴上那團鬆軟的肥肉都抖動起來了。

「水盛讓火藥炸傷了，欠我們的四五千塊他要怎麼還呀，我要去問他，他要怎麼還呀？」

她連看都沒有看一下圍聚在店門口的人羣，只顧慌慌張張地沿著那條碎石路，搖擺著她肥碩的圓臀沿路叫著：

「四五千塊不是小數目啦，他怎麼可以這樣子呀？我要去問問他，他要怎麼還我們這些錢呀？他要怎麼還呀，四五千塊！」

榕樹下的人們注視著她矮短肥壯的背形，有人向地上吐著口水說：

「這種人，難怪她要絕了後代！」

一走進醫院，興旺嫂立刻感到茫然起來。她突然後悔要來的時候沒有問淸楚水盛是住在那一個病房。她在走廊不知所措地站了一會兒，才看見一個中年婦人從醫院裏走出來，興旺嫂立刻像見到救星一般向她迎過去問說：「借問一下，有一個叫做陳水盛的病人住那個病房？」

「我不知道，」那女人說：「你去掛號的地方問問看吧！」

「掛號的地方？在那裏呀？」

「進去就看到了。」

興旺嫂走進去，果然看見五六個人在窗口排隊，她立刻擠上前，後面的大聲對她說：

「喂！要排隊啊！」她只裝著沒聽見，只顧對著玻璃窗向裏面的護士小姐大聲問說：

「喂！有一個叫做陳水盛的男人住在那個房裏呀？」

護士小姐連頭都沒有抬起來，只顧忙著做自己的事。

「喂！妳是聾子還是啞巴？」她用手在玻璃上敲著，大聲叫：「陳水盛住在那裏呀？耳聾也有兩個洞，啞巴也會用手比，怎麼都像死人一樣？」

一直等到排在最前面的人拿了一張單子走了，護士小姐才抬起臉來望著窗外。興旺嫂立刻捉住機會又大聲問：

「喂！有一個陳水盛是澳底村的人，他住在那裏呀？他是昨天半夜來的。」

「樓上！」

「什麼？」興旺嫂把耳朵貼向玻璃窗，此時護士又低下頭去替掛號的人塡單子了，她不禁著急起來，尖著嗓子叫：「妳說什麼呀？大聲一點，我聽不見！」

「樓上！」

「樓上，哦！樓上！」

興旺嫂爬到樓上一看，完全與樓下一個模樣，每一個房間都緊緊地關著，這一來，她不禁滿腔怒火了。

「只告訴我在樓上、樓上，叫我海底摸針，怎麼找呀？死賤人！夭壽短命！」

她走向一個最近的房間推開門向裏面張望，並沒有看到水盛，便只好把頭縮回來又走向另一個房間。

「妳要找誰呀？」突然一個護士小姐從她的背後走過來，以一種猜疑的眼光望著她說：「這裏是辦公室，妳要找誰？」

「哦，我要找陳水盛啦，一個手斷掉的人。」她說。

「在那邊，」護士指著右邊的通道說：「兩百十五號。」

興旺嫂匆忙地向二一五號房走去，以一種盛怒的姿勢，用她肥壯的身體推開了房門。突然她又把身體縮了回來，氣喘著，用手拍著胸口自言自語：

「夭壽，有一個警察在裏面，害我嚇一跳。」

她邊說就邊離開了二一五號病房，走到樓梯口，她才突然又醒悟了過來，對自己說：

「我怕什麼？火藥又不是我賣給他的，我怕什麼？」她鼓勵著自己，又走了回去。但等她要開門的時候，卻又不禁猶疑了起來。

「水盛買火藥的錢是我借給他的，刑警不要爲這個也把我捉去坐牢就糟糕了。我看，我還是不要進去好一點。」

興旺嫂忖量著情勢，心裏委決不下。

「但是四五千塊不是四角五角，我怎麼可以這樣就算了？我一定要進去問問他，四五千塊，他準備怎麼還我？裏面也圍了那麼多人在看熱鬧，我就假裝是看熱鬧的人，等警察走了再問他不是就好了嗎？」

興旺嫂這樣想著，立刻又感到勇氣十足了。於是她推開房門閃了進去。

興旺嫂站在人羣後面，探頭望向水盛，只見他直挺挺躺在床上，全身用白色的床單蓋著，只露出一張沒有血色的臉孔，閉著眼睛仰對著天花板。床單上染了一大片已經變得黯紅的血漬。這景像使興旺嫂吃了一驚。要不是水盛胸上的床單還那麼微微地伏著，她眞會以爲他已經死了。春花就坐在水盛床尾的一張椅子上，披散了頭髮，眼睛已經哭得紅腫起來，還兀自在那裏以乏力的聲音軟弱地乾泣著：「水盛仔，你叫我怎麼辦呀？你叫我們母子怎麼辦呀？」對面坐了穿著黃色制服的微胖的中年刑警，正在一本簿子上記錄著什麼，旁邊還站了一個穿白上衣的年輕醫生。

「根據我們的判斷，你是被炸藥炸傷的。同時根據徐烏皮的口供，也證明你是在炸魚時被炸傷的。現在，我們要調查的是關於火藥的來源，以及其他私藏火藥的人的名單。」刑警說：「陳水盛，你是明白人，台灣是戒嚴地區，私買火藥炸彈是犯法的事。如果你跟我們警方合作，我們會同情你是被生活環境所逼迫，而對你寬大爲懷從輕處分。如果你還繼續這樣裝死裝活的話，你是明白人，後果也不必我跟你說明了。」

但是水盛好像沒有聽見，仍然死屍一般地躺著，動都沒有動一下。刑警只好轉頭對春花說：

「陳劉春花，妳是陳水盛的妻子，關於他所持有的火藥的來源，妳應該知道吧。我希望妳能跟我們警方合作，不然的話，妳的丈夫是要坐牢的。」

「大人啊，我眞的不知道呀，」春花嗚咽著向刑警訴苦：「平時我們窮得連買米的錢都沒有的時候，他也不肯去炸魚，這次我怎麼知道他會連生命都不要冒險去做這種傻事，大人啊，我們是貧苦人，請你原諒吧！饒恕吧！」春花說著說著，又撲在水盛的床緣大聲嚎哭起來：「盛仔，你怎麼會去做這種傻事呢？你叫我們要怎麼辦呀，盛仔！怎麼辦呀？」

「好啦，張警官，你已經問了半小時了。患者的身體很虛弱，必須讓他休息。」年輕醫生說。

「這是我的責任，」警官說：「上級對炸藥的來源以及私藏炸藥的事很重視。」

「但是你這樣問也沒有用，他不能回答你的問話，他的身體很差，」醫生說：「他必須休息。」

此時，病房的門被推開了，護士小姐推了一輛車子進來，車上放著許多瓶子、罐子和疊好的紗布。

「吃藥的時間到了，大家都回到床上去，」醫生說：「護士小姐來了，快回到床上去。」

「陳太太，妳的丈夫還要輸血，他流血流太多了，如果不趕快輸血恐怕會很危險。」醫生對春花說。

「這要怎麼辦呢？這要怎麼辦呢？我們那有那麼多錢？」春花懇求著醫生：「請你救救他吧，醫生，請你救救他吧。」

原先圍在水盛床前同病房的人在他們親友的扶持下都回到自己的床上了，只剩下與旺嫂仍然站在那裏。她怔怔地望著躺在床上的水盛，心裏一直擔心著：水盛恐怕快要死了。她的心裏漸漸被一種從未有過的因死亡所引起的驚懼感所壓迫了。她不知不覺地睜大了那雙細小的眼睛，下巴上鬆軟的肥肉也跟著微微地抽顫起來。

「妳要趕快想辦法去替他買血，不然——」醫生說：「很危險的！」

「這要怎麼辦呀，天啊，這叫我怎麼辦呀？」春花流著淚向醫生懇求：「請抽我的血吧，醫生，請你抽我的血給他吧！」

「妳的血不能給他，我已經替妳檢驗過了，你們的血型不同。」

「這要怎麼辦呀？盛仔，你怎麼會這麼傻，你要有個三長兩短，叫我們母子怎麼活下去呀，盛仔！盛仔！」她雙手絕望地揉著水盛床上的被單，那種傷慟悽慘的哭訴，使站在旁邊的興旺嫂都不禁心酸起來。

「春花，春花，」她不自覺地叫著春花，想要安慰她。

春花抬頭一看是興旺嫂，立刻像見到親人一般，把她平時的貪心狠毒都忘得乾乾淨淨了。

「請妳救救他吧，興旺嫂，我求妳，我求妳，我願意替妳做一世的奴才，請妳救他一命吧！」

「春花！」興旺嫂細小的眼眶紅起來了，鼻子酸酸的。

「妳是他的什麼人？」警官指著興旺嫂問。

掩蓋了。

見的。」

「我？」興旺嫂突然從傷感中驚醒過來，已經感動的情感立刻被一種強烈的驚駭所

「我不是他什麼人，」她驚慌地掩飾說：「只是鄰居，來這裏看一位朋友，湊巧碰

「妳知道不知道澳底村是誰在賣火藥？」

「不知道，我不知道！」

「妳的左右鄰居有那些人私藏火藥？」

「沒有，沒有！」她說：「我不知道。」

「興旺嫂，我求妳，救水盛一命吧！我情願替妳做一世的奴才，」春花抓住興旺嫂肥胖的手跪下去：「妳做好心吧，興旺嫂，救他一條命，我們全家人都願意替妳做牛做馬報答妳，求求妳好心救他一條命啊，興旺嫂……」

「不要這樣，春花，妳不要這樣！」興旺嫂推開春花的手驚慌地說：「我要回家了，我還有事，我要回家了。」

興旺嫂雙眼警戒地望著警官，邊說邊慌慌張張地走到門口。她連衝帶撞地開了房門，背後還傳來春花悽厲的呼叫：

「我求妳呀，興旺嫂，我求求妳呀……」

興旺嫂跑到街上，對剛才警官的問話仍然感到心驚肉跳。幸虧他沒有問起水盛買火藥的錢是那裏來的，萬一問起來的話，要逃都逃不掉了。她拍拍自己的胸脯，定下神來才又想起水盛欠她的四五千塊，她的怒火立刻又從胸口冒了起來。

「好狠好毒啊，以爲害我去坐牢就不必還我錢了，傻想哦！四五千塊是容易賺的嗎？無論如何，不還我錢是絕對不放過妳的！妳既然這樣陷害我，我又何必顧念鄰居的情分呢？」

興旺嫂心裏越想越氣，不禁發起狠來。

「妳沒有錢，家裏也有東西也有人，我就搬妳家的東西來抵帳，還有妳那個兒子，是妳丈夫寫了紙據給我的，又有公證人，我不怕人家說我欺負妳。你們不知欠人家多少錢，我還是先搬了妳家的東西再說，不然等別人來分，連本錢都拿不回來了，這怎麼可以呀？」

興旺嫂越算越覺得自己精明，不禁對自己笑了起來，連下巴上那團肥肉都抖顫起來了。

水盛家的大門敞開著，那是一棟用石灰石塊凌亂地堆起來的屋子，矮矮小小的。興旺嫂站在屋外向裏面張望了一下，便挺著肥壯的身體大大方方地走了進去。屋裏靜悄悄的，陽光從屋頂的破洞穿射過來，使滿屋裏飄揚著灰塵。興旺嫂向四周仔細地打量一番，只看見飯桌上擺著一個黑色的土鍋，三個碗和少數的碟盤，飯桌旁邊擺著三張破舊的竹椅，竈上一個鐵鍋，旁邊堆了一綑木柴，屋角還堆放了漁網和漁具。興旺嫂又向房間走去，裏面黑漆漆地，她站在房門外向裏頭張望了一會兒，才看清楚這個所謂的房間，只不過是用幾塊木板拼造成一張床，然後在床頭的屋上懸掛著一條活動的破舊的布幔，以便與厨房分開而已。床上亂七八糟地堆著一團弓起的棉被，床裏面的角落放著一個竹簍，裏面散亂地放著一些衣服。這使興旺嫂感到失望極了，所有她能帶走的東西，連兩百塊的價值都沒有。

「這怎麼可以呀？差得太遠了。」

她站在房間裏，覺得自己像被人騙了一樣，不禁越想越懊惱。

突然棉被蠕動了一下，一個微弱的聲音在叫：「媽媽！媽媽！」興旺嫂的心立刻感到一緊，趕忙走近床前把被抓開，只見一個瘦小的孩子在床上仰躺著，閉著眼睛，微張著嘴巴在叫：

「媽媽，媽媽！」

「你是阿雄嗎？阿雄！」

「媽媽！」

「怎麼？你生病了？」興旺嫂摸摸孩子的手，又摸孩子的額頭，不禁驚叫了起來：「噯呀！好燙！你生病了。」

「媽媽！媽媽！」孩子張開眼睛望著興旺嫂，仍然微弱地呼叫著。

那聲音使興旺嫂的心裏漸漸像被一種無形的東西給脹滿了一般。她張大了眼睛，仔細地望著躺在床上的孩子，看他張著空茫的眼神微弱地叫：「媽媽！媽媽！」這情景立刻使她想起她那個已經死去的兒子。

興旺嫂再也忍不住了，她激動地奮力把孩子抱過來，緊緊地擁在懷裏，把她圓滾的臉龐貼在孩子發著高燒的額上，她的思潮立刻跟著熱騰沸滾起來，想著此刻躺在病床上即將死去的水盛和哀哀欲絕的春花，興旺嫂立刻感到一股無法抵抗的壓力從胸口脹升了起來，那壓力越來越大，越來越洶湧，終於如一團火藥般在她的心裏爆炸開來，猛力地撞擊著她的心胸。

「我怎麼會用這種手段對付這一家人呢？我怎麼會變成這樣沒有心肝的人呢？這樣害人，神明更要罰我斷子絕孫了……」

她越想越感到一種痛徹心肺的悔恨和恐怖，終於使她嚎啕大哭起來。

她把孩子抱得緊緊的，哭得連腰都彎了，把整個臉埋到孩子的身上。

而此時，屋外突然聽到有人以慌張驚悸的聲音在大叫：「炸藥快藏好呀！刑事和憲兵在村頭搜查了——」

——原載一九七三年十一月《文季》第二期

金水嬸

一

一到了下午，太陽就顯得格外炎熱，白熾白熾的，一點都不像已過了中秋的天氣。魚季已經過去了，海上空蕩蕩的，所有的船隻都拉到岸上，橫七豎八地擱在沙灘準備整修了。路上靜悄悄的，只有幾隻土狗跑來跑去，互相追逐著。

突然，一個女人尖銳的聲音從那個大路轉彎的地方傳了過來：

「賣雜貨哦——，雜貨啦！」

正在沙灘上油漆船隻的水旺一抬頭，便看見金水嬸微彎著背，低了頭挑著她的雜貨擔，以細碎的脚步搖搖擺擺從大路那邊晃了過來。隔著一片沙灘，他就對她大聲說：

「金水嬸，眞勤勞哦你！」

金水嬸將雜貨擔從肩上卸下來，雙手扶著扁擔站在路中央，也大聲說：

「水旺，日頭赤炎炎你怎麼不穿衣服？要不要買件內衣啊？」

「熱得全身都是汗，穿衣服做什麼？討厤煩的！」水旺說。

「旺嫂在不在家？前天她還問我買香皀哩。」

「我不知道，妳去家裏看看吧！」

「好啦，我先在就近的地方轉一轉，等一下再去你家。」金水嬸說：「你不要買點什麼嗎？毛巾、內衣或是牙膏、牙刷？」

「免啦，家裏通通有。」水旺說著，又繼續油漆，還嘮嘮叨叨：「伊娘，買什麼香皀？浪費錢！能洗就好了，什麼皀還不是都一樣！」

金水嬸也不停留，立刻挑了擔子沿路高聲叫：

「買——雜貨啦——！雜貨哦！」

「買——雜貨啦！」

在八斗子這個偏僻的小漁村，有兩個名字只要一被提起，就沒有一個人會不認識。一個是度天宮的聖母媽祖，一個就是賣雜貨的金水嬸了。金水嬸在八斗子之所以會這般出名，一來是因爲她整年從年頭到年尾，每天挑了雜貨擔在八斗子的每一戶人家走動兜售化粧品、家庭的日常用品，以及小孩子們的糖菓餅乾。而且也由於她這種職業上的方便，自然對八斗子每一個家庭的大小事情，諸如土生叔的媳婦生了雙胞胎啦，阿木嬸家的母豬又生了一窩小豬啦，或者龍嫂的婆媳間又吵架啦等等事情。她都了解得一淸二楚，所以她的地位無形中也就顯得極端重要了。二來不但是因爲她的肚皮爭氣，前後生了六個兒子，並且還因爲她的兒子們的上進，個個都讀到大學，而使她成了八斗子大多數做父母的人尊敬和羨慕的對象。她的大兒子叫阿盛，已經當了銀行經理；二兒子叫阿統，在稅務處做專員；第三個兒子叫阿義，在遠洋漁船上當船長；第四個兒子則在商船上工作，已經當大副，據說不久就可以考得船長的執照了。第五和第六的兒子都還在讀書，一個已經大學二年級，一個今年就要高中畢業了。四個較大的兒子都已經在基隆市建立了他們的小家庭，兩個小的也都住在學校的宿舍裏。金水嬸的家道原本極爲艱苦，她的丈夫是一個沒有責任好吃懶做的人，而她竟能使每一個兒子都讀書。所以，一提起金水嬸來，八斗子的人無不豎起大拇指打從心底稱讚她。

她是一個瘦小的女人，外形與她生兒育女的成就簡直不成比例。今年已經五十幾歲了，皺紋層疊的前額與鬆弛的雙頰顯得很乾枯，頭髮經常從前額挽向後腦，梳成一個圓形的髻，梳得水光滑亮的，露出高廣的額頭。鼻子高高的，略呈鷹鈎。肩胛扁窄瘦削，從腰以下卻圓敦敦的。經常穿一身灰黑的粗布衫褲和布鞋，都洗得泛出白色來。

今天，她仍然像平日一樣，早上在家裏把家事忙完了，吃過午飯，就挑了雜貨擔出來到處兜售。

她要走完那個彎曲的小巷，再向左拐過去，才看得見水旺家門前那株高大的榕樹。還沒有走到小巷的盡頭，他就聽見小孩的聲音在叫：「金水嬸！金水嬸！」

「來囉！來囉！」

她搖搖擺擺地加快了脚步，剛拐了彎，就看見旺嫂那七、八歲大的孩子衝著她跑過來。

「金水嬸，快一點啦！」他拉著金水嬸的雜貨擔就往他家裏拖。「我阿母已經等你很久了。」他說。

「你不要這樣拉我呀，夭壽孩子，我會被你拉跌倒。」

「那妳快一點嘛！」

「好啦好啦，你想要買糖吃是不是？急成這樣！」

孩子笑著，仍然拉著金水嬸顚顚晃晃地往前跑。

「叫你不要這樣拉，夭壽！怎麼講不聽？」

金水嬸忍不住也笑了起來，遠遠看見站在大樹下的旺嫂，就大聲說：「旺嫂，妳看妳這個兒子，想買糖吃急成這樣。」

「嗳喲！金水嬸，妳怎麼這樣會摸？聽見妳的聲音老半天了，怎麼現在才來。」旺嫂說。

金水嬸走到大樹下，放下擔子喘著氣。

「是這樣啦，」她說「剛剛先到春梅家，又到龍嫂家，她們買了一些針線和釦子就揀了大半天，又說了一陣子的閒話。」說著，她又對坐在大樹下的別的女人打著招呼：「妳們都在這裏講話啊？」

「這裏坐啦，金水嬸！挑這麼重的擔子妳怎麼不累，還不先休息一下。」

金水嬸拉過一把椅子，坐下去，捶著雙腿說：「怎麼不累？跑了整天，兩隻脚酸得要斷掉。」

「妳這個人就是這樣，好命得像什麼，還這樣愛拖磨。」

「鬼啦，好命在那裏？一輩子做牛做馬，拖磨得要死。」金水嬸掏出毛巾來擦著臉說。

「妳怎麼不好命？兒子六、七個，做經理的做經理，當船長的當船長，不像我們討海人，要風平浪靜才有錢賺，妳怎麼不好命？」

「金水嬸，如果我是妳，每個月坐在家裏，等兒子拿錢回來孝敬就油膩膩了，何必還要這樣操勞？」

「是啊，你少年時代雖然吃了許多苦，但是現在總算也給妳熬出頭來了。」

「鬼啦，那裏有？只是名聲好聽而已啦。」

金水嬸聽大家這麼稱讚她，嘴巴雖然講得客氣，瘦削的臉上卻忍不住笑得眼睛鼻子都縐成一團了。

「金水嬸，說眞的，妳那些兒子難道沒有每個月多少拿一點錢回來給妳？」

「鬼啦！那裏有？他們少年人不懂得節儉，愛住得爽、穿美、吃好，看到中意的東西，再貴、再多錢都敢買，用錢像用水一樣，一到月底沒錢就叫艱叫苦，那裏還有錢給我？」她仍然笑著臉說：「現在阿盛、阿和兩兄弟跟人合股做生意，連生意本也都是我替他們去四處借，去標會！」

「現在做生意最好啦，妳還愁沒錢？」

女人們一講起話來似乎就沒有個完，而旺嫂那個孩子此時卻已經很無耐性地在他母親的身上嗯嗯哼哼地揉來磨去了。

「嗯──阿母，妳說要買芝麻餅，快一點！嗯──」

「你是在嗯什麼？人家大人在講話，你這樣嗯嗯哼哼的沒規沒矩，現世成這樣，像是三百年沒有給你吃過。」

「是妳自己說要買的，哼──，講話都騙人，嗯──阿母！快一點嘛！」

「你是在嗯什麼呀？想吃芝麻餅？」金水嬸轉過臉來笑著對孩子說：「我就知道你

要吃芝麻餅。這麼大了還嗯嗯哼哼的。旺嫂，他還在吃奶啊！怎麼在妳身上這樣擦來磨去的。」

「就是這樣子嘛，那裏像個人？」旺嫂舉起手來在孩子屁股上打了一巴掌，「這樣大了也不怕人家笑，現世成這樣。」

「是——是妳自己說要買的。」孩子很委屈地站在一邊，聲音都哽咽了起來。

「噯咦？怎麼這樣就哭了？這麼大的人還哭？會給人家笑哦！來來來，不要哭不要哭！」

金水嬸從擔子裏揭開一個鐵盒子，拿出幾塊芝麻餅遞到孩子手上。

「拿去拿去，不要哭啦！」她說。

孩子這下突然又變得怯怯的，竟不敢去接，只拿眼睛望著他母親。

「拿去啊，怎麼？卻客氣起來了？是我要請你的，不要怕，趕快拿去吃。」金水嬸拉起他的手，把餅乾塞進他的手掌裏。

他看了一下攤在手掌裏的餅乾，又拿眼睛怯怯地望著他母親，嘴裏還不斷地「嗯——」「哼——」著。

「旺嫂，妳看妳這個孩子怎麼這樣古怪？眞要給他，他卻不要哩。」金水嬸說：「趕快拿去，不要緊，是我要請你的，你阿母不會罵你。」

旺嫂斜著眼睛瞄了孩子一眼，沒好氣地斥喝：

「還不趕快拿去死，站在那裏嗯什麼？沒有看過你這種孩子，現世到這樣！好像三百年不曾給你吃過餅乾。」

孩子一聽母親這麼說，立刻握緊了手掌，低著頭走開了。仍然顯得委委屈屈，一副不甘願的樣子。

金水嬸看了孩子的背影，笑著對旺嫂說：

「好啦，這麼小的孩子，不必理他啦。」金水嬸說：「妳們需要買點什麼嗎？香皀、毛巾、牙刷、牙膏，還是香水、香粉、胭脂、口紅，樣樣都有。」

「對啦，上次我問妳的香皀有沒有？」旺嫂說。

「怎麼沒有？我特別替妳帶來這種瑪麗的，」金水嬸拿出一塊香皀送到旺嫂面前說：「妳聞聞看，香得——」

「金水嬸，跟妳買一瓶香水啦，有沒有？」

「有！怎麼會沒有？這種巴黎牌香水最出名，香噴噴的，」金水嬸拿出一個小瓶子來放在自己鼻尖嗅了嗅：「十五塊錢就好啦，到基隆街上沒有二十塊錢保證妳買不到，我做生意最公道啦！」她說。

「妳有洗臉的毛巾沒有？」

「洗臉的毛巾，有！這種三朵花的最好，又厚又好洗。」

大家七挑八選，金水嬸一下拿這個，一下拿那個，忙得團團轉。

「金水嬸，我剛給十塊，妳還沒找我。」

「好啦，我馬上找給妳。」她在腰間掏摸了半天，終於掏出一團縐縐的零票。「十塊找妳三塊，六塊找妳五角。阿桂，我還要找妳多少錢！一塊半。喂，旺嫂，妳要替水旺買一件內衣嗎？日頭赤炎炎也沒內衣穿。」

「是他自己不穿，家裏內衣還有三四件。」旺嫂拿了那塊香皂嗅了又嗅：「金水嬸，這種香皂耐洗嗎？」她說。

「怎麼不耐洗？硬鏘鏘的，一塊可以洗一、兩個月。」

「那就買一塊吧。妳說五塊半是不是？」旺嫂一手拿著香皂，一手在腰間努力掏了半天。「咦？我的錢包放到那裏去了？夭壽！金水嬸，五塊半下次來再給妳好不好？」她說：「連同上一次牙刷、牙膏的錢，剛好是二十塊對不對？」

「好啦，妳先拿去洗不要緊。」金水嬸說：「上次妳不是也拿了兩塊錢餅干和糖菓嗎？」

「那兩塊錢我是現錢給妳的，妳怎麼忘了？」

「有嗎？——好啦，兩塊錢而已，隨便啦！」

金水嬸又拿出一個玻璃紙袋來對一個年輕的女人說：「月裡，這種內褲要不要買一條？現在最流行的。」

「多少錢？」月裡接過紙袋仔細地捏弄端詳了半天：「十五塊？嚇死人！怎麼這樣貴？薄稀稀，洗不到三次就破了。不好！」

「很漂亮哩，像妳這樣年輕漂亮的女人穿這種內褲最好啦，很多人穿哦！」金水嬸把褲子拿出來抖開了遞給月裡，「妳看，這麼漂亮，又軟又好穿。」她說。

「嗳喲，嚇死人！金水嬸，妳也要積點德，這麼一點布是要怎麼穿？」旺嫂湊過臉來，把褲子拿到手上揚起來，還尖聲怪調地笑著說：「薄稀稀，遮都遮不住，這是要怎麼穿？」

「怎麼遮不住，都市裏的女人都是穿這種，又好洗又快乾，色澤也漂亮，」金水嬸從旺嫂手上把褲子搶回來，面向年輕的月裡說：「這是專門賣給二十幾歲的年輕女人穿的，買一件回去試試看吧，又漂亮又好穿！」

「我以前穿過，眞的很好穿呢！」月裡對旺嫂說，又從金水嬸手中把褲子接過來捏弄弄了一番：「以前都沒有這麼貴，減兩塊錢啦，好不好？」

「十三塊我就沒賺錢啦，」金水嬸說，想了一下，又像作了重大的決定：「嗳呀！好啦，第一次賣這種內褲，隨便賣妳一件啦。」

「我身邊只剩下五塊錢，」月裡說：「妳下次來再給妳好不好？」

「好啦，不要緊，妳記住就好。」

「我看，妳還是記帳吧，萬一忘記了——」

「不必啦，我會記得。雜貨賣了十幾年了，我從來也沒記過帳。什麼人欠我多少錢，什麼時候還給我，我都清清楚楚。」金水嬸說：「這樣，連妳上次拿的一支口紅一盒胭脂，總共欠我三十八塊對不對？」

「什麼、不對啦，口紅和胭脂的錢，我上次就給妳了，」月裡說：「金水嬸，妳不要這樣跟我番來番去好不好？」

「那裏有？妳上次明明就說下次才要給我。」

「嗳——呀！妳這個人怎麼這樣子？」月裡尖著聲音說：「那一天妳坐在我家大廳，我還特地到房間去拿錢給妳，三十塊錢妳還找我五塊，妳怎麼忘記了呢？」

「那裏有？妳明明就沒有給我，我年紀一大把，怎麼會騙妳這二十五塊？」金水嬸綯著眉頭，瘦削的臉上滿是狐疑的神色望著月裡。

「妳要這樣番來番去，我不敢跟妳買東西了，」月裡把褲子丟還金水嬸，憤憤地說：「我明明拿了三十塊給妳還找我五塊，妳還說沒有！我七少年八少年怎麼會騙妳二十五塊？我難道不怕給雷公殛死？」

「不然，會是我了記錯嗎？我賣了這麼久的雜貨，從來也沒有跟人家這樣番過，」金水嬸把褲子遞給月裡，「妳不要生氣啦。我再回去算算看，」她綯著眉頭，布滿了煩惱的神色，「眞的會是我記錯了嗎？」她說。

「我不會騙妳啦，騙妳二十五塊我又不會富有。我難道不怕神責備？七少年八少年騙妳老人家！」

「讓我回去再仔細想想看，年紀一大記性就壞了。」金水嬸對其他人說：「妳們還要不要買一點什麼別的？」

「金水嬸，我們錢都已經給妳了哦！」

「對啦，對啦，我不會跟妳們番啦。賣雜貨賣這麼久，我從來也沒跟妳們番過！做生意是大家歡喜甘願的，要公道才好！騙那幾塊錢，吃了良心也不安！」

金水嬸邊說邊把盒子箱子布包，一疊疊整整齊齊地收進雜貨擔裏。

「你們不再買，我就要走了！」她說。

太陽已經偏西了，榕樹的影子被拉得長長的，貼蓋在屋頂上。金水嬸挑起擔子，微駝著背，邁開細碎的脚步搖搖晃晃地走了。她那嘶啞的叫賣聲已漸漸遠了，只能隱隱約約聽到：

「賣雜貨啦！」「雜——貨……」

「唉！艱苦一輩子，現在終於給她等到出頭天了。兒子六七個，做經理的做經理，當船長的當船長，個個都成才，還怕老來不好命嗎？天公祖的眼睛光閃閃，好人才會有好報……」

人們這樣議論著。

二

一入了冬，八斗子的天氣就變得昏黑陰慘了起來，海浪「嘩——啊——」「嘩——啊——」地嘯叫，掀起小山般的浪頭，混混濁濁的。溼冷的腥鹹在強勁海風的吹襲下，毫不留情地鑽進每一個空隙裏，瀰漫了整個大地。雨接連地下個不停，日裏、夜裏都是溼漉漉黏溚溚的，人像是活在一團潮溼腐敗的破布堆裏，寒冷、陰溼、愁慘。

人們已經很久沒有看到金水嬸出來賣雜貨了。孩子們都躲在家裏盼望著金水嬸那個雜貨擔裏的芝麻餅和棒棒糖，稍微聽到一點類似「雜貨哦！」「雜貨哦！」的聲音，就立刻冒著冷風打開門戶，張大了喉嚨叫：「金水嬸，跟妳買啦！」「在這裏啦，金水嬸！」結果卻只聽到吹過樹梢的海風在「喳——忽——」「喳——忽——」地響。

「金水嬸怎麼這麼久都不來了？」

連旺嫂都等得焦慮起來。只要有脚步聲從門外經過，她就把眼睛湊到門縫向外張望。

「這種天氣，鬼敢出門？風雨嘩嘩叫。」水旺說。

「以往這種天氣她都來，怎麼這陣子十幾天了——」

「妳這麼想她做什麼？這種風雨，人家金水嬸又沒起狂發瘋，還出來受風、受雨！」

「你知道什麼？她入了我兩個會，會錢都已經過兩天了，」旺嫂說：「我要去她家看看。」

「阿母，我要跟妳去！」

「夭壽，阿母要去收會錢，你跟去做什麼？風雨嘩嘩叫。」

她找了一頂斗笠，拉開門栓，一陣強勁的冷風「忽哇！」從門縫灌進來。「好冷！」她全身顫了一下，把門拉開一個大縫，隨即迅速一閃，在她兒子還沒有追上來就把門拉上了。

「水旺，來把門栓起來啊，」她大聲叫，又隔著門板安慰她又哭又鬧的兒子：「阿郎不要吵，阿母回來帶糖給你吃。」

她戴上斗笠，低著頭，在凜冽的風雨中快步走向金水嬸的家。

金水嬸家的房間裏，爲了省錢，連一盞燈都捨不得裝，只有屋頂上開著一個小小的天窗。天光灰黯地從天窗漏進來，正好照在床尾那隻大尿桶的周圍。房間裏散發出一陣陣微微的霉溼與尿臭混合的味道。金水嬸擁著棉被弓起膝蓋，靠坐在床尾，膝蓋的棉被上平穩地放著一只臉盆，水一滴滴從屋頂上落下來，發出輕脆的「滴！溚！」「滴！溚！」的聲音。金水平躺在床頭。兩個人似乎都已經睡著了。屋裏靜悄悄的，只聽見滴溚的水聲和重濁的呼吸。

金水嬸在恍恍惚惚中，突然像遭到電擊般，迅快地伸出雙手抓住膝蓋上的臉盆。接著又聽見她長長地吁了一口氣。

「夭壽，差一點弄翻了。」她嘀咕著。

「幾點了？」

「我不知道。」金水嬸說。隔了一會兒，又聽見她說：「唉！每一次下雨，屋頂總是漏得滴滴溚溚的。等天晴了，你也得撥個時間去檢修檢修。」

「嗳——呀！這個時候，我心裏煩得都要脹破了，妳還在講這些？」金水很不耐煩地說。

「單單在那裏憂煩有什麼用？」

「不然，妳又有什麼辦法？妳娘！妳還不是講著好聽！」

「唉！怎麼知道事情會變成這樣，」金水嬸說：「都是那個夭壽人，什麼死人牧師，信教死了沒人嚎的人，才會那麼壞心腸。」

「好啦好啦，妳有完沒完？我頭痛都要脹破了，妳還在那裏哇啦哇啦唸個沒完。」

金水嬸沉重地歎了一口氣，一種深刻的煩憂和焦慮在寂靜中怪異地、痛苦地啃囓著他們的心思。隱隱約約聽得見屋外的風聲和沙灘上海浪叫嘯混合的聲浪。

突然，一陣急促的敲門聲打破了屋裏的寂靜。

「金水嬸，開門哦！金水嬸！」

「是誰在叫門啦？」金水煩燥地說：「妳坐在那裏幹什麼？還不趕快去看看。」

「這個時候不會有貴人來啦，你何需這般慌狂？」

金水嬸爬下床來，先把那半盆水倒進尿桶，再把面盆擺在原來的位置才走出房來。

「誰啊？」

「我啦，金水嬸，快替我開門啦。」

金水嬸一拔起門栓，旺嫂就連同冷風一齊衝進屋子裏。

「旺嫂，這種風雨妳也來？——」金水嬸說。突然又覺察自己講這些話很不對，於是就沉默了。

旺嫂摘下斗笠往地下甩了甩，抬頭一看金水嬸，突然吃了一驚。

「噯喲，金水嬸，妳生病啦？」

「沒啦！」

「幾天沒看到你，怎麼就瘦成這樣？嚇死人！」旺嫂說：「我就知道妳大概是生病了，不然，像妳這般勤快的人，怎麼會在家裏坐得住。有去看醫生沒有？」

「沒啦！又沒有什麼大病痛。」

「金水嬸，妳千萬不要這般鐵齒銅牙床，妳看妳瘦得兩個眼睛都凹下去，連青筋都浮起來了，兩邊面頰也只剩下一層皮，妳還說沒有什麼病痛。」

「這幾天都睡不著。」金水嬸摸摸自己的臉頰說。

「妳要趕緊去給醫生看。」

「旺嫂，會錢——」

「我就是來向妳收會錢的。這幾天，我一直在家裏等妳，妳都沒來。這種大風大雨，我只好自己來。」

「會錢——妳再給我寬限兩天好不好？」金水嬸吞吞吐吐地，「這幾天，我手頭有點緊。」

旺嫂瞪大了眼睛，似乎很感意外地看著金水嬸，顯得很爲難的樣子說：「照我們的約定，會標了以後第三天就要把會錢繳齊。以前妳標到，我也是在兩、三天內把會款交給妳，現在已經過兩天了。人家阿木嫂要娶媳婦急著用錢，我要怎麼跟她講？」

「再過兩天，我一定親手送到妳家去，這幾天，實在手頭有點緊。」

「妳的會錢不是都由妳那些兒子拿回來給妳嗎？」

「這幾天，風雨這麼大，我也不能去基隆，等天晴了——」

「妳不能先從別的地方撥來給嗎？三、五百塊而已。」

「如果有地方撥我早就撥給妳了，我跟人入會妳一向也知道，幾十年了，如果不是眞的沒辦法，我也不好意思叫妳多給我寬限兩天。」

旺嫂看看金水嬸，猶疑了半天，才很爲難地說：「好啦，我去告訴阿木嫂再給妳寬限兩天。兩天內妳要眞的拿出來哦。收會錢從來沒有人這樣。」

「會啦會啦，妳放心！幾十年了，妳知道我不是那種人。」金水嬸說。

旺嫂一走，金水嬸立刻長長吁了口氣，顯得很疲倦。金水嬸躺在床上，隔了一段很長的時間，才聽見他說：

「唉！兩天內要去那裏籌這些錢？又不是只要三五百塊就可以了。阿樹的一萬塊，南山的一萬五，利錢也已經過期三、四天了。——唉！剝皮給人都不夠。」

金水嬸默默地坐在床尾，想起那天早晨爲了拿那幾萬塊生意本去給她大兒子，趕火車跑得氣喘成那樣，沒想到，結果竟是白白送去給人家吃掉了。她心裏忍不住就感到一陣陣的抽痛和心酸，眼淚忍不住簌簌流了一臉。

「當初我就向他們說了，要想得妥當一點，要探聽得清楚一點，他們的心就全都那樣活跳跳，沒有一個要聽我的話。說什麼絕對妥當啦，人家做牧師傳道理的人怎麼會騙我們？而且起先投資了三萬塊，不到一個月本錢就差不多分回來了，怎麼會不妥當？——幹！傻到這樣，好像被人家騙小孩一般。」

金水一想起這件事情的前因後果，心裏比金水嬸還難過。他是一個安於現實的人，一生沒有賺過什麼錢，所以對錢一向也很謹愼小心。對於家裏吃的、用的，有一點錢時他就掌家，沒錢時他就一丟不管了。而他這一生，沒錢的時候遠遠多於有錢的時候。他從來不敢想要做什麼大生意賺大錢，只要有飯吃就好了。他這樣也過得很滿足，反正沒有什麼責任需要他負。孩子的事、家裏的事，都全由金水嬸照管著。這樣，他還可以常常挑剔一下這個、那個，「妳這個家是怎麼管的？」「這些孩子妳是怎麼敎的？幹！——」心情不好就打打老婆孩子出氣，反正錯的事都與他無關。

這一次，由於他的兒子都那麼一致堅信，會賺錢啦！會賺錢啦！他也見過那個人，老老實實、客客氣氣的，事前絕想不到他會是個騙子。而且，他年紀大了，兒子也娶妻成家了，在社會上還巒可以和人比上下的，所以他也變得有點怕自己的兒子了，再也不像以前那樣，動不動就對這些兒子幹公幹母、脚來手來的。兒子的意見他也唯唯聽著，有兒子在旁邊，他也變得比較不敢對老婆粗言粗語。他也從來不去兒子辦公的地方，怕自己鄉下人沒見過世面，出醜。有事就到兒子家，對媳婦也是客客氣氣，再加上兒子們每個月經常一百、五十的給他花用。所以，在他的心目中，兒子們都變得高高在上了。

因此，這一次，當兒子們都堅信一定會賺錢時，他也便毫不遲疑地，把幾年來兒子們給他的一百、五十積存起來的萬把塊全都拿出來，並且還向人借了一些，也算是入了股。結果，沒想到卻通通被吃了。這一來，他立刻感到心頭上一種從未有過的壓力，使他憂煩得每晚都失眠了。

「也不知道你們是怎麼看的，像是吃了他的符水一樣，被人騙得死死的。現在，給人家剝皮——」

「噯咦呀！到這個時候妳還在講這些做什麼？起先怎麼會知道他是這種人？也是阿盛認識的朋友，他都全心活跳跳，一直說妥當妥當，誰會知道他是這種人？妳如果這麼仙，能未卜先知，早就富有啦！怎麼現在還是這麼窮？」

「不然，這些錢是要叫我們怎麼還？剝皮給人家也還不完。」

金水嬸用衣袖抹抹鼻涕，抽抽溚溚地說：「我想來想去，只有去跳海死了，什麼事情都不知道，別人要笑、要罵由在人。」

「好啦！好啦！妳們女人就是這樣，事情來了不去想辦法，就單會跳海，只會哭！妳娘哩，妳以爲死了妳就逃得掉？」

屋外的風聲已經稍稍減弱了，但是海浪仍然「轟嘩！」「轟嘩！」從沙灘那邊傳過來。屋裏靜默得只聽到清脆的「滴溚！」「滴溚！」的聲音和偶爾響起的一兩聲歎息。時間已經過午了，他們仍然窩在床上，一點辦法都想不出來。隔了很久，才聽見金水說：

「不然，只好再去向素蘭借一些。兄妹之間，我以前也很顧著她。」

「不行了，人家素蘭姑現在也是艱苦巴巴的，姑丈才死沒多久，孩子又一大堆；以前我們向她借的也還沒還，你怎麼開得出口？」金水嬸猶疑了一下說：「倒不如去向鴛鴦借，她們現在做五金生意也很賺錢。」

「這個，妳不要傻想啦！鴛鴦的做人妳又不是不知道。以前信田還在的時候，我還不時去看看他們，好歹我跟信田的兄弟情是厚的，但是這個弟婦，——伊娘哩，那麼會計較，連我在她家吃了幾碗飯，她都算得淸淸楚楚。以前爲了這，信田還打過她三次。我會做乞丐都不向她伸手。」

「不然，」金水嬸想了半天，終於說：「只好再去向那些孩子們開口。」

「金水沉默了片刻，突然憤憤地：「不向他們開口要向誰開口？俗語說，父母債子孫還！伊娘！講來講去，如果不是他們，我們也不會去認識那個牧師。」

「只是，他們平時就已經在叫艱叫苦了，現在，唉！——前幾天也才向他們伸過手，現在又要……」

「妳要這麼會替他們想，那妳就自己去還呀！妳娘，這些錢是給他們拿去做生意本，又不是我們拿去虛華掉，他們不還要叫誰還？養他們養到這麼大，還給他們讀書，連這種人情義理都不懂？」

「但是前兩、三回，你說他們臉色難看得那樣——」

金水一聽這麼說，立刻感到很心虛，沉默了一會兒，才歎息著說：

「唉！兒子六、七個，都只是好聽的，還輸給人家沒子沒孫的人。」他搖搖頭，顯得很灰心。「時代很不同，社會已完全變樣了。養兒子？唉！白養的！」他說。

最近幾次，他到兒子家去，發覺幾個媳婦都不再像平時那麼客客氣氣，甚至躲在房間裏半天不出來，讓他自己坐在客廳裏，冷冷落落的，越坐越不是滋味。他滿腔的怒火又不便當著媳婦的面發作，熬到兒子回來見了面，也不像往時那麼恭敬有禮。只見兒子媳婦在房間裏吱吱喳喳，也不知說了什麼。過了半天，兒子才出來，拿了幾張鈔票遞給他，說：

「阿爸，這些錢給你零用啦。我們現在手頭也很緊，再多實在也沒辦法了。」

這下子，他再也忍不住那滿腔的怒火，霍地從沙發上跳起來，指著兒子的臉破口就罵：

「幹你娘，你們以爲我是做乞丐來向你們討飯吃的？養你們養到這麼大，我欠人的錢不叫你們還要叫誰還？再說這些錢也是爲你們才丟的，你敢用這種態度對待我？忤逆！你娘！養你們大了，都變成太太的兒子了，不是父母的了。我——幹你祖公太媽哩！

我有辦法生你、養你就能殺你！你娘，我今天就活活打死你，——」

「你不要這樣，阿爸！你不要這樣！」兒子說。

「你怎麼可以打人？你這個人怎麼這樣？——」媳婦說。

兒子抓住他的手，媳婦拉著他的臂膀。把他的衣服都扯破了。

畢竟年紀大了，已經不如兒子那麼身強力壯。他心虛得很。

「好，好！你們敢對我這樣捉手捉脚。忤逆！不孝！好！你娘，算我沒眼睛才會養了你這種不孝子！從今以後你也不要認我這個老父，我也看破了！幹你娘！塞你娘！雷公點心，好！——」

就這樣，他出了兒子的家門，沿路氣憤難消。而且，前後幾次，幾個兒子都是這樣。這不禁使他感到一種老來的悽涼和悲傷。現在，還要向他們開口要錢，像乞丐一樣。他覺得很沒有面子、很心虛。被兒子這樣忤逆，他——他突然又無比地憤怒起來。

「好，他們既然這般不孝，我也不必念什麼父子親情，」他霍地從床上跳起來，好像這些兒子就站在他面前一樣，狂暴地吼叫：「我一刀一個，像切菜一樣，你老母哩！生你們、養你們，我就能殺了你們！」

「夭壽！你是要死了還是怎麼的？這般發癲起狂，活活要嚇死人！」金水嬸慌忙跪起來，拚命拉住金水的臂膀，也顧不得打翻了臉盆裏的水弄得被窩溼淋淋的。

「妳娘?都是妳會教示，才養出這種兒子，還給他們讀書。讀個屁!妳娘哩!」

「好啦好啦!像你這種雷公性,鬼看到了都怕。孩子年紀輕,你應該好好跟他們講，動不動就要這樣幹公幹母、起脚動手的，鬼忍受得了?我是苦命一輩子才被你欺負，兒子、媳婦都是讀書人，怎麼能忍受你這樣?」

「妳那麼會教示，那麼會疼惜他們，那妳就去向他們拿錢呀，妳娘!當初何必叫我去向他們開口、伸手?兒子是妳生的、養的、搖大的，妳去叫他們替妳還債繳會錢啊!怎麼還在這裏搖頭吐大氣?妳娘!」

「兒子也不是沒有體貼我們，阿盛跟阿和的錢也被那個人倒了。阿義平時就沒有什麼錢，阿統帶了那個氣喘病，平時吃藥、打針也用了許多錢，這些你也不是不知道。現在欠人家這麼多錢，他們就是有心要給我們也是很困難。」

「妳這麼會替他們想，他們怎麼一絲都不替妳想?他們是出社會見過世面的人，總比我們有地方借。我們除了八斗子以外能到那裏借?舊帳未還誰會借給我們?都是二十外三十幾歲的人了，如果有想到父母，會連這點都想不到?騙鬼!妳這麼會體貼他們、疼惜他們，明後天人家就來拿會錢、收利錢，妳去割肉給人家?割皮給人家?妳娘!」

金水低垂著頭，眼淚直往下淌。乾癟瘦削的臉龐在灰黯的房間裏，顯得一片漆黑模糊。

「唉！好啦，」隔了一段好長的時間，才聽見金水嬸長長地吁了一口氣，乏力地說：「明天我去跑一趟。幾十年了，節腸耐肚、艱苦巴巴才養了他們這麼大，我不信他們眞的會遺棄我們兩個老的不管。」

房間裏寂靜得很可怕，只聽見金水重濁的呼吸和屋頂的雨漏滴在被窩上「撲！突！」「撲！突！」的聲音。

三

一大早，八斗子的天氣仍然是又風又雨，海浪像一片灰色的鋼板掀起來又蓋下去，混濁冰冷，發出一陣轟轟的巨響。冷風像兩面鋒利的刀刃刮在臉上，直鑽進骨頭裏。但是，一到了基隆的街市，太陽卻又慨慨地露出臉來，照在港口一排排灰黯的屋頂與市街。空氣裏飛揚著灰濛濛的塵埃，使人感到一種大病後昏昏欲睡的倦怠。

金水嬸把能夠穿的衣服都穿上了，外面罩著一件幾年前從舊貨堆裏撿出來的灰黑的破舊大衣，衣領和袖子都毛茸茸的。身體臃腫得像一團黑色的發脹的棉球，只剩下青黃細小的臉龐露在外面，像一顆放得過久的乾癟的橘子，滿布皺紋。她以平時挑雜貨擔時那種慣常的細碎的脚步和半跑的姿勢走在大街上。左手挽著一個灰色的布包，右手握著一把黑雨傘。陽光照著她微微佝僂的身體，走著走著，使她漸感燠熱起來。她用挽在手臂上的布擦擦臉，解開大衣的扣子，不經意地瞥了一下大衣底下敞露出來的長短參差的衣襟，猶豫了一下，又把大衣重新扣好。她略略把脚步放慢，過不久，又不自覺地繼續以那種慣常的細碎的脚步和半跑的姿勢走起來。汽車「嘩！」「嘩！」地從前前後後飛馳過去。

她走上一座橋，拐了一個彎，走完一條長直的街道，又拐進一個巷子裏，走入一棟公寓的三樓。她爬到樓梯口，喘著氣，用手敲門，喊：

「阿秀！阿秀！」

隔了半天沒有人應。她用手扭動了門把。門鎖了。

「大概出去買菜了！」她自言自語，把大衣脫下來，看看自己衣服下擺那些長短不齊的衣襟，遂大把大把往褲頭塞進去，塞了半天，仍然有一大團堆在腰間。於是又懊惱地通通把它拉出來。

她感到很疲倦，於是就靠著門邊，坐在地上將布包擱在膝蓋頭。外面有太陽的地方飛揚著灰撲撲的塵埃，裏面有一種陰暗的清涼和寂靜。聽得見街上陣陣汽車的喇叭聲和輕微的人聲，有點怪異，像來自另一個世界的聲音。

她把頭伏在布包上，不知不覺就昏昏地瞌睡著了。不知過了多久，她彷彿聽見有人在叫：

「阿母！阿母！」

她驀地一驚，從恍恍惚惚的睡夢中醒來，抬頭一望，便看見她的四媳婦提了一籃子的菜站在前面。

「啊，阿秀，妳回來了？」

「阿母，地上冷兮兮，妳怎麼坐在這裏睡？」

「這幾天晚上都睡不著，坐在這裏卻睡得這樣死。」金水嬸說著，努力在地上一撐，想站起來，因爲衣服穿得太臃腫，終於又坐了下去。

「阿母，這種天氣，日頭赤炎炎妳怎麼也穿得這麼多？」阿秀拉起金水嬸，開了門，說：「妳趕緊去沙發上躺一下吧，我去洗米就來。」

「免啦，我又不愛睏，」金水嬸跟著阿秀走進屋裏，在厨房的桌上解開布包，拿出一個紙包來。「這些乾魚脯，今年夏天自己曬的。」

「阿母，妳怎麼每次來都要這樣麻煩？帶這、帶那的，這種乾魚脯這裏的菜場也很多，何須這樣帶來帶去做什麼？要吃我們自己會去買。」

「我很久才來一次，也沒什麼好東西可以帶給你們，這些乾魚脯是自己曬的，只要人工，而且也比買的好。」金水嬸把紙包打開，拿出一條小魚，放到嘴裏就嚼了起來。「曬得乾酥酥的，用油炒一炒，又香又脆。」她說。

「阿母，妳去沙發上坐一下，」阿秀說：「拖鞋放在客廳門口。」

金水嬸撿起布包走進客廳。突然，脚底一滑，身體撞著電視機，發出豁啷一聲碰撞的巨響。她一手抓著電視機的邊緣，一脚跪在地上。

「噯喲！眞夭壽，地上怎麼這樣滑？」她說。

「阿母，你要小心一點，電視機上的花瓶是日本帶回來的，不要打破了！」阿秀從厨房伸出頭來大聲說。

金水嬸小心翼翼地走到沙發邊，坐下去，才長長吁了一口氣。

隔了片刻，阿秀走進客廳，端了一杯開水放在金水嬸面前。

「阿母，你怎麼不穿拖鞋？」阿秀說：「地板昨天才叫人來打過臘，比較滑，穿襪子容易摔倒。」

「難怪，前兩次來都不覺得滑，這次差一點就摔死了！」金水嬸說。

接著，阿秀就雙手捧著自己的茶杯，只是默默地望著金水嬸，臉上維持著一種端莊的微笑，沒有說話。金水嬸等了一會兒，似乎也覺得找不出什麼話來和媳婦說了，遂也只好捧起面前的茶杯，「嘘——嘘——」地吹著，喝了兩口，看了媳婦一眼，終於說了一句「好燙！」像是故意要找個話題來和媳婦講。但是阿秀似乎並沒有聽見，仍然只是微笑著，很有禮貌地望著金水嬸。

客廳裏只聽見壁鐘在牆上「滴嗒！滴嗒！」響，偶爾也聽得見街上汽車的喇叭聲和汽車急馳而過的「嗶——嗶——」的聲音。屋裏有一種怪異的靜默。陽光穿過玻璃窗照進屋子裏，照在阿秀披著長髮的後肩。金水嬸又抬頭望了她一眼，臉部背著光，模模糊糊地看不清她的神情。金水嬸漸漸感到一種微微不安和焦急。她努力在腦子裏搜尋著話題，很希望能和媳婦由一種親切的談話中，把自己的心意說出來。但是——

她不禁在心裏怨恨起自己的笨拙來。

這樣靜默了好久好久，阿秀才終於很客氣地開口說：「阿母，中午請你就在這裏吃飯吧！」

金水嬸把杯子放在茶几上，立刻鬆了一口氣，說：

「噢！中午——，好啦！」

「中午阿和也會回來吃飯。」

「哦？阿和的船進港了？」

「昨天就進來了。」

「眞的？昨天就進港了？夭壽！你怎麼不早一點告訴我？」

金水嬸立刻覺得全身輕鬆起來，望著媳婦，整個臉都笑開了。

「阿母，妳坐一下，我去煮飯。」

「我去幫妳煮！」金水嬸霍地站起來，興致沖沖地說。膝蓋一不小心碰著茶几，豁啷一聲，杯子倒了，流了一桌一地的水。

中午剛吃過飯，阿秀正在厨房裏收拾碗筷，客廳的電視機裏有一個身段苗條的女人在扭扭捏捏地唱著歌。金水嬸坐在沙發上，陽光照得她全身暖洋洋的。對面坐著她的第四兒子阿和，白襯衫、紅領帶，西裝褲熨得畢挺，從頭到脚打扮得整齊白淨。金水嬸滿心歡喜地望著他。

「阿和，你吃飽了沒有？我看你怎麼只吃了一小碗。」

「有啊，怎麼會不吃飽。」阿和眼睛專注地望著電視機說。

金水嬸回頭望了望厨房的方向，壓低了聲音叫著兒子：「阿和，這個月的會錢和利錢——」

他突然站起來，走過去把電視關掉，客廳裏立刻靜默了下去。他回到原來的坐位，神情肅穆地看著她。

金水嬸突然覺得心虛起來。

「都是那個夭壽的什麼牧師，才會把我們騙得這般苦慘。那五、六萬塊，他吃了怎麼也不怕脹死？不怕給雷公殛死？——」

「騙都被他騙了，罵也沒有用。」阿和說：「就算我們傻，花了錢也買了一次經驗。」

「經驗?這種經驗誰買得起?現在會錢也到期、利錢也到期，人家來討錢討得急的像鬼要捉去。」

金水嬸眼睛望著兒子，只見他用手把茶几上的杯子向左轉過來又向右轉過去。沉默地，一直沒有接腔。金水嬸突然覺得很灰心，剛才的欣慰和歡喜都漸漸往下沉了，沉到一個深黑冰冷的潭底。隔了好一會兒，才聽見兒子說:

「我們現在手頭也很緊，那麼多錢——」

阿和說著，突然站起來，走出客廳。

金水嬸望著兒子的背影，不禁心酸起來，眼淚忍不住也流了下來。

陽光慽慽地穿過玻璃照進屋子裏，塵埃飛揚著，有荒郊古墓的淒涼，壁鐘從牆上發出「滴嗒!」「滴嗒!」的聲音，有一種恐怖的寂靜。

大約隔了一盞茶的工夫，阿秀跟阿和雙雙走進客廳。阿和仍然低著頭坐在金水嬸的對面，阿秀先替金水嬸倒了一杯熱水，然後在她的旁邊坐下去，顯得無比關切地望著她。

「阿母，」阿秀開口說:「講起來都要怪那個夭壽人，心腸那麼惡毒，連阿和向朋友借的七、八萬塊也統統被他騙去了。這幾天，人家天天來討錢也是討得——唉!一次七八萬，我們怎麼還得起?但是，」她看看坐在一邊沉默著的丈夫，又望著金水嬸:「妳是我們的父母，妳的事我們也不能不管。」她將一把十元鈔票放在桌子上，說:「這是兩百塊，再多我們實在也沒辦法了，妳先拿回去湊湊數，先給了明後天的會錢或利錢，以後大家再來設法。妳的兒子那麼多，大哥、二哥都買了房子，妳才應該去向他們拿。總不能大的二的都不管，卻要由我們小的一個人來負責。」

阿秀很流利地說了這許多話，金水嬸聽在心裏，一下子也覺得蠻有道理。但是單單兩百塊要做什麼用？金水嬸看看自己的兒子。只見他仍然低著頭，一副無限愧疚的樣子。後來，終於也這樣說：

「阿母，我們目前的困難妳也知道，大哥、二哥比較有錢，妳應該去向他們拿，而且做大的人更有責任。」

金水嬸失望地歎了一口氣，很想不要他們那兩百塊。但是，回頭一想，又覺得或許再到別個兒子那裏，還可湊出一個數目來。

「好啦，既然你們都這樣說，我也——」

金水嬸突然覺得心酸起來，話沒說完，眼淚已經掉了下來。她挽著布包，用雨傘當拐杖，蹣跚地走下樓梯。兒子和媳婦都在後面殷勤地叫：

「阿母，小心一點走，不要跌倒了。」

「有空時常來啦，阿母，時常來走走看看啦！」

她沒有回頭看他們，只是在嘴裏應著：「好啦！好啦！」眼淚卻忍不住潸潸地流了一臉。

她木木地走進昏昏欲睡的陽光裏，走進空氣裏飛揚著灰撲撲的塵埃的基隆的市街。不知從何處傳來的一陣乞討的聲音：「噯喲！好心的阿叔阿嬸啊——，可憐我是無依無靠的人哦——！可憐我——哦！」像一首歌，唱著生命的荒涼。

她想前想後，想來想去，越想心裏越傷心。不論怎麼樣，她都不相信她的兒子會對她這樣。尤其是這個阿和，小時候是一個那麼乖巧聽話的孩子。

「阿母，妳不要哭啦，等我長大，一定賺很多錢給妳，妳不要再哭啦！」

每次遭到丈夫非理的拳脚踢打，總是這個兒子來安慰她，使她在痛苦中始終對將來、對這些兒子抱著無限的希望，使她在幾度想自殺，想逃離家庭的時候有繼續活下去的勇氣。那一次，也不過是去年的事，阿和當兵回來不久，他們母子在飯後談起他即將來臨的婚事。

「阿母，我現在已經有很好的職業，等我結了婚，我一定要接妳來和我們一起住。」她說：「妳爲我們這些孩子辛苦一輩子，以後，妳應該好命，應該過得舒服爽快。我每個月已經賺不少錢，妳不必再這麼艱苦啦，每天挑雜貨出去賣，會給人家笑，兒子這麼多——」

這些話使她感動得眼淚都流了下來。她想，爲兒子受了一輩子的苦，沒有白費。但是，現在——

她左思右想，無論怎麼想都想不明白。

一個乖乖的孩子，怎麼突然會變得這樣？如果不是有人常常在他耳邊咦哦示唆，怎麼會變成這樣？

她這樣想著，腦海裏閃過阿秀那個靜默的微笑的神情，心裏不禁就疑疑惑惑起來。這個女人，平時看她沉靜靜的，但是，講起話來卻又像是很厲害的樣子，如果她在阿和耳邊咦哦示唆，少年人耳根軟綿綿的，怎麼經得起女人教唆？

她沿著運河的河堤一步步蹣跚地走，心裏這樣一想，就決心不去大兒子家裏了。她過了橋。繞過基隆郵局。她要到銀行去找她大兒子。

太陽已經隱藏起來了，天空低垂著一大片烏雲，沉甸甸地壓在一排排高樓灰黯的屋頂。人們慌匆匆地在街上行走，有的甚至急促地跑起步來。大雨似乎又要來了。

金水嬸在走廊裏來回逡巡了兩、三趟，在那一排機關辦公室的門口怯怯地張望了半天，不知道應該從那一個門進去才對。她從來沒有來銀行找過她大兒子，只是有幾次和她最小的兒子經過這裏時，他曾經告訴她：阿盛就在這裏上班。於是她就記住了，但是也記得不眞切。每一個門都好像是，又好像不是。她又不認得字，看不懂門口的招牌。

「這位先生，借問一下，合作金庫是那一間？」

「那間啦！」

金水嬸半跑著追在那人後面，指著那一家的門說：

「這間是不是？是這間哦？」

「是啦！」

金水嬸向裏面望了望，把挽在手臂上的布包向肩上挪一挪，挾著雨傘，走進去。迎面有一排半圓形的櫃台，櫃台上豎著幾支牌子。金水嬸只認出上面寫的數目字。櫃台外面朝裏站著幾個人。她走近櫃台，向裏面坐著的一排一排的人張望了半天，但是沒有看到她的大兒子。

「喂，借問一下——」她向櫃台裏面的人說。

人們望了她一眼，沒有理睬她，又各自忙著自己的事。

她把頭伸向櫃台裏邊，對距離最近的一個人說：

「讓我借問一下，這位先生——」

他似乎沒有聽見，連頭都沒有抬起來，仍然自顧在翻著一些帳簿。

金水嬸望著那許多人，不禁覺得心虛起來。她猶豫了一下，終於又鼓起勇氣，略略提高了聲音說：

「讓我借問一下啦——」

「什麼事？」那人仍然埋著頭。

「我要找一個人。」

「妳找人要去派出所，我們很忙，沒有時間。」那人邊低頭忙著工作邊說。

金水嬸怯怯地望了他半天，不知怎麼辦才好。這時，她發現站在櫃台外邊的一個年輕人正在望著她，便又鼓起勇氣向他問道：

「借問一下，有一個叫王財盛是不是在這裏辦公？」

「什麼人？我不知道。」那人指指櫃台裏面的人說：「問他們才知道。」

「喂，你們這裏有沒有一個叫王財盛？」那年輕人大聲說：「這個阿婆要找他。」

「妳要找王經理？」剛才那個男職員停了工作望著金水嬸。

「是啦！」

「妳是他的什麼人？」

「阿盛是我的大兒子啦。」

「哦，妳是王經理的老母，失禮！失禮！」他站起來，很熱切地招呼著金水嬸，「有啦，王經理在裏邊。」

他把櫃台上的一塊木板拉開，現出一個門來。

「妳由這裏進來，我帶妳去。」他說。

「眞多謝！眞多謝！」金水嬸跟在那人後面，「你眞好心，勞煩你啦！」她說。

那人走到一間房間門輕輕敲了一下，就進去了。金水嬸立刻也跟著走進去。她一眼就看到她的大兒子正坐在一張很大的桌子前面，低著頭在寫字。

「王經理，老太太要找你。」那人恭敬地說。

「阿盛！」她興奮地叫。

金水嬸滿心歡喜得笑瞇了眼睛，望著她的大兒子，剛才那陣緊張的心情都輕鬆起來。

他抬起頭來，看見金水嬸，神情突然愣了一下，立刻對那人說：「好，謝謝你！」

那人微微向他鞠個躬，出去了。金水嬸還在後面說：「眞多謝，你這個人眞好心哦！多謝啦！」然後，她就低著頭邊解開布包邊對她的大兒子說：

「阿盛，你們這裏的人眞好心——」

「什麼人叫妳來這裏找我？」

「這包乾魚脯是我今年夏天曬的——」

「到底是什麼人叫妳來這裏找我的啦？我在這裏忙得連吃飯的時間都沒有，妳拿這些乾魚脯來這裏給我做什麼？妳不會拿到家裏去？」

金水嬸這才看到兒子滿臉不耐煩的急怒的神色。她心裏突然一沉，雙手捧著那包乾魚脯，怔怔地楞在那裏，像做錯了什麼大事，嚇得變了臉色。

「妳要來也要穿得體面一點，穿得這樣黑墨墨破落落的，給人看到叫我要把面皮放到那裏去？」他似乎極力在壓抑著他激怒的心情，以低啞而急促的言語責備她。

金水嬸站在一邊，迷惑惶恐地望著兒子，一句話都說不出來。

「妳到底有什麼天大地大的事情，一定非要到這裏來找我不可？到家裏去不可以嗎？我五點多就下班了，妳難道就不能在家裏等？」他說。

「那些會錢和利錢，人家每天來討得鬼要捉去一樣，不然，我也不會來銀行找你。」她幽幽地說，自己覺得像是在作夢。

「這種事情，在家裏告訴我不是一樣嗎？在這裏，我忙得——怎麼有時間和妳談這些？」

他草草把布包裹起來，抓起雨傘，塞進她懷裏。

「妳趕快回去，等我五點下班回到家裏再講。」他說。

他開了門，拉著她往後面的一個小門走。

「由這個後門走出去，直直走完這條巷子出去就是大街。」他說：「以後有事情，到家裏告訴阿貞或者等我回來再講都可以，絕對不要再來這裏，我忙得——那裏有時間來陪妳？妳自己好好走，我要回去辦公了。」

金水嬸站在那個後門口，望著那條直直的狹小的長巷，心裏感到無比的惶恐和茫然。

這些經過和她原先的想像太不相同了，她的思想一下子適應不過來。她心裏疑疑惑惑的，不懂爲什麼兒子長大了都會變得這樣。她簡直不相信這是眞的，倒像是在作夢。

灰灰的長巷直直地向遠處延伸，兩邊的大樓陰沉沉地聳立著，巷子裏只有大雨嘩嘩的下著。汽車聲、喇叭聲、人聲，都隔著一排高樓傳過來，隱隱約約的，恍如陰陽隔世。

四

金水嬸回到八斗子已經是下午六、七點鐘了。風雨依然嘩嘩地下個不停。

一走近家門，她就看見從門縫裏漏出的亮光，她立刻覺察到一種異乎尋常的氣氛。推開門，果然看見大廳裏坐的、站的擠滿了一屋子的人，有她家的堂親三叔公、阿傳、阿標和他們的女人以及幾個後輩的子姪，還有做里長的土生叔、隔壁的旺財嬸和一些別的人。她的子姪一看到她，立刻大聲說：

「好啦，二嬸回來了。」

金水嬸訝異地望著一屋子的人，一種大禍臨頭的預感使她心裏撲通撲通跳。只見三叔公站起來走到她面前，用一種緩慢低啞的聲調對她說：

「今天下午，金水跟他的結拜兄弟南山和阿樹吵架，金水那個雷公性，自己氣得頭痛，倒在地上滾。」

「嗳喲，怎麼這般夭壽？做祖父了還和人吵架，不怕人笑才這樣。」金水嬸立刻向房間走去，「有怎麼樣沒有？眞夭壽哦這個金水。」

「金水嬸，妳現在不要進去，劉先生替他打了針，他剛剛才睡去。」土生叔說。

「這個人就是愛這樣跟人家番，自己這幾天身體也不淸爽，一直在叫頭痛，怎麼也愛跟人家這樣。」

三叔公把幾個紙包遞給她，說：「這些藥，劉先生開的，醒來先給他吃一包，以後照三餐飯後吃。」

「醫生說有要緊沒有？」

「沒什麼啦！」三叔公說：「打針吃藥就會好了。」

「沒有別的事，我們也應該回去了。」土生叔站起來說。

「再坐啦，土生，你反正閒著，也沒有事做。」三叔公說。

「不能啦，已經六、七點，要回家吃晚飯了。」

其他人也紛紛站起來。金水嬸跟在衆人後面，頻頻道謝地送出大門。

「眞多謝！慢慢走啊。」

屋子裏只剩下三叔公以及阿傳、阿標和他們的女人等一干堂親。

「眞夭壽哦，到底是爲了什麼事會和人家番得這樣？」金水嬸說。

「我們也不知道，這種風雨，大家都把大門關得緊緊的，只聽到二哥在幹公幹母說，我金水沒有那麼衰啦，欠錢不還？幹——噯喲，我都學不來。」阿傳的女人說：「和阿傳過來看的時候，金水已經倒在地上哀哀叫了。」

「金水到底欠他們多少錢？怎麼會弄得幾十年的換帖兄弟變成仇人一樣。」

「近萬塊啦！」

「這一點錢，何不叫妳兒子拿回來還。一輩子名聲那麼好，到老了才給人這樣議論，很不值得哦！」三叔公說。

「唉！大家都在叫艱叫苦！」

「平時會錢不都是寄回來了嗎？怎麼現在才在叫艱叫苦？」

「以前生意還有賺一點，現在，都給人倒掉了。」金水嬸幽幽地說。

「噯喲夭壽哦！二嫂，妳怎麼不早一點告訴我？這怎麼可以？」阿標的女人突然嚷起來：「這樣，我借給妳的兩千塊怎麼辦？妳要還給我。」

「會啦，我要還給妳啦。做牛做馬我都會還——。」金水嬸的眼淚忍不住汩汩地流了下來。

昏黯的燈光照在她蒼老疲倦的臉上，灰白的頭髮散亂地披在她的鬢頰，背微微佝僂著。大家突然發覺，金水嬸這幾天好像一下子就老了十幾年。

「妳不要在這個時候逼她。跑了一整天，也得先讓她休息。」三叔公說：「我們都回家吧！這麼晚了，也都該吃飯了。」

「二嫂，妳也來我家隨便扒一碗飯吧！」阿傳的女人說：「自己一個人，這麼晚了，煮了也麻煩。」

「免啦，我吃不下。」

金水嬸看衆人站起來，也跟在後面。三叔公又回頭來叮嚀她：

「不要緊啦，以前比現在還艱苦的日子都有過。現在孩子都大了，妳把心情放寬一點，晚上好好看顧金水。他只是脾性壞，做人倒是很實在。幾十年的夫妻──」

「是啦，二嫂，心情放開一點。晚上如果有什麼變化就來叫我們。」

衆人走了，金水嬸正要關門，突然看見阿標女人匆匆忙忙又跑回來。

「二嫂，妳要眞的哦，那兩千塊要眞的趕緊還給我，我這幾日也急著用錢。」她說。

「會啦，妳放心，我一定會還給妳。」

「妳要眞的哦，我是好心借給妳，妳要趕緊還我。」她轉身走了，還哩哩囉囉低聲說：「眞夭壽，你們的錢怎麼會給人倒了？」

屋子裏靜悄悄的，外面的風雨呼哇呼哇叫。金水嬸熄了客廳的燈，走向房間。裏面黑烏烏的，天窗已經透不出光來了。金水嬸在床頭叫：「金水，金水……」他顯然是睡熟了，一點動靜都沒有。她摸摸他的頭，沒有發燒。

「眞夭壽你這個人，欠人的錢還敢和人大聲小聲。」她說。

金水嬸摸到床尾，接水的臉盆還在那裏卜通卜通響。她把水倒進尿桶，隨即上了床。棉被溼潤潤的。她弓著身體，曲起膝蓋來頂住下顎，眼睛睜得大大的，腦子裏一片空白。許多事情都像在作夢，使她不能相信。但是，一摸到金水冷冰冰的脚，她卻又恍然大悟，這不是夢，是事實。於是，她的眼淚又汨汨地流了下來。

房間裏寂靜得只聽見漏水掉在臉盆裏的聲音，由滴嗒滴嗒，漸漸變成卜通卜通。金水嬸任她的眼淚在臉頰上乾了。

她突然發覺屋裏的寂靜有點怪異，但是，仔細一聽，又覺得一切都很尋常，仍然只是臉盆裏卜通卜通的單調的聲音。而正是這份單調，才使她感到微微的不安。她聽不到金水平常濁重的呼吸。

「金水！」她輕輕叫著，沒有反應。她又輕輕踢著他的脚。

「金水，金水！」

她突然恐怖起來。

「金水，你是怎麼了？」

她慌張地爬到床頭，推著他。一面把手放在他的鼻下，一面把耳朵貼到他胸上。微微的鼻息和心跳才使她放下心來。

「睡得這樣死！」她說。

她替他把棉被拉好，弓著身體傍著他，坐在床頭，把他一隻冰涼的手緊緊握在她溫暖的手掌裏。三十幾年了，就是這個人，命中註定，她要跟定了他。從少年一直到老，一點都沒有改變，從來沒有給她好日子過，不是打她就是罵她。但是，她還是這樣跟他活了三十幾年。現在，他就躺在她身邊，這麼實在。她從來沒有發覺，他原來竟跟她這麼接近。艱艱苦苦巴望了三十幾年，望到兒子長大了，大學畢業了，娶妻成家了。原來都只是一場空夢，他們不是她的。只有這個人，儘管他有許多缺點，使她流了幾十年的眼淚，但是，結尾，他終究還是她的，實實在在的，她也是他的。

金水嬸的眼淚沿著面頰緩緩地滾下來。

漸漸的，她覺得有些睏乏，竟坐著而恍恍惚惚地瞌睡著了。不知道過了多久，她才發覺握在她手中的那隻冰冷的手微微動了一下，接著聽到他一聲低低的呻吟。

「怎樣？金水，你覺得怎樣？有好一點沒有？」

他把頭連續扭動了幾下，噯喲噯喲地呻吟了起來。

「怎麼了金水，你那裏不舒服？」

「我的頭啦，我的頭，噯喲！」

「抹冰薄荷好不好？我替你抹冰薄荷好不好？」

金水嬸慌慌張張地掀起外裳，一隻手在身上掏掏摸摸，嘴巴哩哩囉囉地：「到底放在那裏？夭壽，眞要找就找不到了。金水，你忍耐一下。放在那裏？夭壽！」她摸了半天，才在第三層衣服的口袋找出那截冰薄荷來。

「這樣，有好一點沒有？」

金水的頭扭動得很厲害，房間裏又沒有燈，使她很難把冰薄荷抹在他額上。

「金水，你安靜一點，頭不要這樣搖來搖去呀！」

「噯喲，我的頭啦！噯喲！痛死啦，噯喲，噯喲……」

「金水，金水！——」她手上的冰薄荷突然被金水扭動的頭碰掉了。她一邊雙手在金水的枕邊摸尋，一邊聽著金水越來越大聲的噯喲噯喲的呻叫，不禁心慌起來。摸到金水的頭，她突然抱緊他，忍不住哭起來：

「金水，你是怎樣了？金水、金水……」

金水被抱著的願仍然痛苦地扭動著，嘴裏不斷呻吟。突然，他奮力推開她，翻滾著，大聲號叫：

「噯——喲——！我會死啦！我會死啦……」

金水嬸被這麼一推，才突然驚醒過來。慌慌張張爬下床，冒著風雨奔到隔壁，用力捶著門板。

「三叔，阿傳，快來啊，金水壞啦，趕緊來啊！」

片刻之間，三叔公、阿傳、阿標和他們的女人都擠在房間裏忙亂成一團。手電筒照著床上扭動掙扎的金水。

「阿傳去叫劉先生啦，金水，你忍耐一下。」三叔公說：「妳藥有沒有給他吃？」

「沒啦，他一直睡得好好的，突然睡醒就這樣噯噯叫。」金水嬸說。

「不要緊啦，只是頭痛沒有發燒，不要緊啦！」

衆人束手無策地圍在床前，金水嬸只是嗚嗚地哭。過了一陣子，金水終於安靜下去了，哀叫的聲音也低了，漸漸變成只有單調的噯喲噯喲的聲音，最後，終至一點聲音都沒有了。

他似乎又睡著了。「不要緊啦，這種頭痛症，一陣一陣。」

「不要吵，再讓他安靜睡一下。」三叔公說。率先走到大廳裏，正好迎著去請劉醫生的阿傳回來。

「劉先生不在家，三更半夜，連他女人都不知他到那裏去了。」阿傳氣喘吁吁地說。

「不要緊，金水現在很安靜了，大概不會怎樣。」三叔公說，「三更半夜，你們愛睏的就回去睏，我在這裏守一會。金水說不定還有變化，只有一個女人，到時要怎麼應付？

唉！兒子養了六、七個，沒有一個做得了手腳。」

金水嬸坐在床頭，小心翼翼地替金水拉好棉被，在手電筒的微光下留心看他的神情，他似乎眞的平穩了不少。但是，過了一些時候，正當金水嬸恍恍惚惚要睡了，忽然聽見他輕微地叫了一聲「阿蘭！」金水嬸立刻像觸電一般，醒了。幾十年了，他不曾這樣叫過她。她慌忙打亮了電筒看著他。他又彷彿是睡去了，平穩地合著眼睛，額上鼻尖都沁出一粒一粒的汗珠。金水嬸用手一摸，冷冰冰的黏著手。

「金水。」

突然，他又緩緩睜開眼睛，像是醒了，在回應她。

「阿蘭！」

隔了一會兒，他又叫了一聲，怔怔地望著她，像是有話要跟她說，終於又說不出來。

「金水，你要什麼？」

只見他嘴唇嚅動了良久，很艱困地，終於說了一句：

「錢！」眼睛一合，似乎又睡去了。

「金水……」

金水嬸心裏一驚，慌忙去摸他的胸口，跟著把耳朵貼上去，聽了半天，突然，「哇！」地大聲號哭起來。

三叔公一干人立刻衝進去，電筒丟在床上，仍然亮著，但看不清屋裏的情形，只看到金水嬸趴在金水身上哭：「金水啊，你怎麼這樣狠心丟下我一人呀，金水啊……」三叔公把手放在金水的鼻尖，搖搖頭，「走了！」他說。接著阿傳和阿標的女人以及一干子姪也來了，房裏房外擠滿了一屋子的人。三叔公冷靜地先把年輕一輩的人都叫到大廳，找了兩塊木板併在地上，用桌罩把大廳的神明遮起來。然後發號施令，叫阿傳、阿標把金水抬到大廳。阿傳和阿標的女人，一人一邊攙著金水嬸，她已經哭得身體都站不起來了。先是由阿傳阿標開始，到一干子姪們，男的女的都已一一給金水上了香、燒了紙錢。然後，女人們才一個個蹲在地上，循著八斗子的古例，開始嗚嗚咽咽地哭起來。這個時候，金水嬸更是聲嘶力竭地號啕：

「金水啊，你這樣丟下我一個要叫我怎麼辦呀？金水啊，你要來帶我去呀金水啊……」哭了一陣，一干女眷才一個一個站起來，擦了眼淚，又上了香，算是已經爲死者盡了哀。而金水嬸仍然獨自怨痛地號啕著，聲音都啞了。

「二嬸，不要哭啦，不要這樣哭啦！」

「好啦，二嫂，哭一下就好了，保重身體要緊，還有很多事情等妳來發落。」

衆人紛紛勸著她，過了好久，她才漸漸收了淚，站起來。

「三叔，這些事情都全仗你替我作主，我全心亂糟糟。」

「好啦，妳回房間躺一下，整天都沒休息也不行的，這裏的事由我來發落。」

「我怎麼睡得下，金水他突然這樣走了，丟下我一個……」

金水嬸說著，忍不住又嗚咽起來。

「妳不要再哭啦，大家才剛剛停了，妳又要哭。人走都走了，哭也沒有用。」三叔公說：「現在大概天都快亮了。阿傳、阿標，你們在這裏替金水守靈，也算你們做一場堂兄弟的情分。其他的人都先回去，所有的事情等明天再發落。」

按照八斗子的古例，妻子是不能替死去的丈夫守靈的。所以，等大家都走了，金水嬸又燒了一堆紙錢給金水，才悲悲切切回到房裏。

她裹著棉被把身體弓起來，靠在床頭，像一隻死去的大龍蝦，眼淚汨汨地流個不停，把膝蓋上的棉被哭溼了一大灘。這樣過了許久，她眼淚也漸漸乾了。眼睛睜得大大的，看看四面的情形。房裏黑烏烏，但住了幾十年，四面的東西仍然清楚可辨，一切都是原來的樣子，一切都沒有變化。她突然覺得奇怪，所有這些事情，恍恍惚惚的，都不是眞的。她想，不過是在作夢罷了，這些事情都是夢。明天早上醒過來，自己好好的睡在床上，金水一大早賭輸了錢回來，一進門又會大聲小聲，全身活跳跳在幹公幹母：「妳娘，做女人也睏得這麼晚，直到日頭曬屁股了還沒起來煮早飯，幹妳母哩！」

遠遠傳來公鷄「嗚喔——喔」——的啼聲，嗓子有點破裂了、啞了，不像平日那般珠圓玉潤。在強風細雨的凜冷的黎明，尾音拉得長長的，聽起來，竟自有點顫抖、有點悽厲了。

第二天，八斗子的天氣竟自晴了，陽光露出臉來，灰撲撲地發了霉似的。空氣裏有一種昏昏懨懨的倦怠。過了午，金水嬸的兒子媳婦和一干孫子們都回來了。

大廳的門半掩著，門上斜斜地貼了一張白紙。屋子裏陰暗的地方擺著幾碟油燈，正幽昏昏地燃著。在大白天裏，顯得有點陰森鬼魅。金水嬸正蹲在地上燒紙錢，迎著陸續進門來的兒子們，眼淚忍不住又汨汨地掉下來。

「金水，兒子們都回來看你了！」她嗚咽著說。

她那最小兒子一進門，就「哇！」地號哭起來，氣氛立刻顯得愁慘萬分。金水嬸雙手抱著他：

「可憐，你這麼小就沒有父親，以後誰來照顧你、培養你呀？金水，可憐你這個最小的兒子呀，金水……」

金水嬸忍不住又放聲大哭起來。其他的兒子也都顯得面容哀悽，眼眶紅紅的。上了香，燒了紙錢，照例最親近的人是要瞻望死者最後的容顏。三叔公把覆在金水臉上的被單掀開，讓他的兒子們看最後一眼。金水的眼睛竟然睜得大大的，像是醒著，在發怒。

三叔公說：

「金水，你的兒子們都回來了，你沒有解決的後事他們會替你發落，你的眼睛可以閉上了。」

然後用手在金水臉上輕輕撫了一下，金水彷彿是聽見了，果然就閉了眼睛，像是眞的睡去了。他的兒子們都忍不住掉下眼淚，甚至嗚嗚咽咽哭出聲來。而他的媳婦們也都循著八斗子的古例，全都蹲在地上，有聲無辭地乾號了幾聲，也算是爲死者盡了哀。隔了一會兒，衆人終於收了眼淚停止哭泣了，金水嬸和她最小的兒子卻仍然抱在一齊哭做一堆。

「阿雄，不要再哭，你這樣大聲哭，也害得阿母哭得聲音都沙啞了。」

阿盛以長兄的口吻這樣既算勸止又是命令地對最小的弟弟說。然後，又充滿感情地輕輕撫著金水嬸的背。

「阿母，妳不要再哭了，保重身體要緊。」

但是哭者似乎並沒有聽見，仍然一味地號啕。

「阿爸、阿爸、阿爸……」小兒子只是這樣不斷哀叫。

金水嬸則把她一生所經歷的辛酸、悲慘、艱苦，通通在號哭中向死去的金水細訴。哭了許久，實在已經哽得哭不出清楚的聲音來了，她才漸漸停止，擦乾眼淚，回頭來哽咽著勸慰她的小兒子。

「三叔公，我阿爸最後有什麼交代沒有？」

「這要問你們老母才知道。」三叔公說。

「他那裏有什麼交代，斷氣斷得那麼快，只講了一句……」金水嬸想到金水臨死時的情景，忍不住眼淚又汩汩地流了一臉。

在金錢這方面，他是一個守本分的人，一生窮得這樣，他也絕少去向人開口伸手。這一次，他親自四處去借，竟落到這樣的下場。而他明知他自己是不能還這些錢了，對這些兒子們他也是已經不存什麼希望了。那麼，當然就只有她來替他頂這個枷。他心裏一定是不安的，覺得對不起她，所以臨要斷氣了才會那樣念念不忘那些錢。還是三十幾年的老夫妻才能了解她這種苦慘的處境和心情。

金水嬸這樣思想著，就再也忍不住又放聲大哭了起來。

「不要再這樣哭啦，阿蘭，妳哭死了也不能使金水再活過來。兒子們都回來了，再大的事情他們也會替妳解決。不要再這樣哭啦，保重身體要緊。」三叔公說。然後又把昨天金水如何因爲頭痛而至死亡的經過，向金水嬸的兒子們簡單敍述了一遍。

「你們阿爸要斷氣時的心情，我想你們做兒子的人一定是很了解了。」他說。

「是啦，等喪事辦完了，這件事情我們兄弟一定會設法解決，你放心啦，三叔公！」

這時候，只見阿標的女人陪著旺嫂站在大廳外，指指點點地向裏面窺看。

「她的兒子們都回來了。旺嫂，妳要講就趁這個時候。不然，恐怕妳會拿不到錢。」阿標的女人說。

「人這麼多，阿標嫂，妳走前面啦！」

阿標的女人於是就當先走了進去。靠在大門邊望著金水嬸的兒子們。

「你們都回來啦？」她說。

「是啦，四嬸！」

「唉！二哥眞沒福氣，兒子都大了，有地位了，剛剛要好命了才來死。實在！——」

旺嫂站在她身邊，也微微笑著，向金水嬸的兒子們點頭招呼。但隨即，她就發覺自己這樣的微笑在這種場合實在很不適宜。於是，她立刻神色一整，顯出一付憂傷的面容，說：

「眞讓人想不到，一個活跳跳的人，會這樣突就走了。唉！眞沒福氣。」

大廳裏的人都望著，沒有人接腔，氣氛立刻靜默了下去，使她感到微微的不安。隔了片刻，終於還是三叔公對金水嬸的兒子們開了口：

「我們出去吧，到你們阿傳叔家的大廳坐一坐，還有許多事情我們要商量，馬上就要叫人去買棺木、擇日、請道士，叫人來幫忙搭道場，事情多得……」

他一面說，一面率先走出大廳。金水嬸的兒子、媳婦和孫子們也相繼跟著離開了。

金水嬸則仍然蹲在地上，一張一張把紙錢放入一口專用來燒紙的鐵鍋裏，每當火快熄了，她就再放一張。火光映著她的臉，一下子紅亮起來，又很快地灰暗了下去，一明一暗，有一種說不出的詭異、陰森、變幻莫深。

旺嫂跟著阿標的女人捱到金水嬸身邊，嘴巴嚅嚅了半天，終於輕輕地叫：

「金水嬸！」

金水嬸很專注地望著燒著的火花，彷彿沒有聽見，又往火堆裏丟了一張紙錢，火立刻又「煌！」地燃了起來。映得她滿臉通紅。

「金水嬸！」

旺嫂又叫了一聲，金水嬸這才遲緩地把頭抬起來。火光又暗下去了，只見她神情木木，顯得灰敗頹黯。

「旺嫂，」她沙啞地輕喚了一聲，又垂下頭往火裏丟了一張紙錢，憂戚地說：「金水，旺嫂來看你來了。」說著，眼淚又簌簌地流了下來。

旺嫂突然覺得很心虛，像做了什麼對不起人的虧心事被發現了。嘴唇嚅動了半天，才終於含含糊糊地說：

「金水嬸，妳——不要這樣悲傷啦！」

說著，眼眶忍不住也竟紅了起來。

五

金水的喪事才辦完，第二天一大早，三叔公就列了一份詳詳細細的帳目給金水嬸的兒子們。

「每一項費用都記在裏面，總共是六萬四千元，這是剩下的六千元。」三叔公說：「這件大事辦完了，還有你們阿爸未完的債務和會錢，我也都列在帳簿後面了。你們商量一下，看是要怎麼解決。我還得去辦一些事尾，回頭再來。」

他們輪流著翻看帳目，對於喪葬費這一節，倒是眞心實意地感激著三叔公，要不是三叔公負責發落這件事，想只用六萬四千元就把場面裝點得那麼熱鬧也不可能。但是對金水留下的那些債務和會錢，他們可就很有計較了。

「怎麼會一口氣就欠人十二萬多呢？嚇死人！」阿統的女人從丈夫手中接過帳目來，吃驚地說：「單是會錢就七、八萬，這些錢都用到那裏去了？」

「每一項下面不是都注明了用途嗎？」阿統指著帳目說：「這一項是阿和結婚用，這一項也是阿和結婚用，這一項是阿義結婚用，還有這幾項都是阿盛、阿和做生意用。每一條都清清楚楚。」

「我們結婚時，簡單得連禮餅都只是意思而已，那裏有用什麼錢？」阿和說。

「我們結婚更簡單，連禮餅都沒有。」阿義也說。

「你們怎麼沒用到錢？帳目裏記得清清楚楚。」

「你還說，你們拿去做生意的本錢就不只七、八萬，我們不過才用去一萬多。」阿義說。

「這怎麼可以說是我們做生意用掉的呢？阿爸自己要投資，賺錢的時候他也分了，那裏是給我們做生意本？」

「好啦，現在不必計較這些啦，看是要怎麼解決，趕快商量一下。」

「是啦，這些債務我們要推也推不掉。我看，我們有多少錢就出多少錢，父母是大家的，有錢的人多出一些，沒錢的人少出一些。」阿盛的女人說：「我們一個人賺錢五、六個人吃飯，你們賺錢的人比我們多，吃飯的人比我們少，應該要怎麼辦由你們憑良心說好了。」

「對啦，這樣很公平，有錢的人多出一些，沒錢的人少出一些——」

「但是，究竟是誰有錢、誰沒有錢呢？」阿和的女人說：「你們都有房地產，我們卻還在租人家的房子住，每月還要繳一筆房租。」

「嗳喲，誰不知道你們錢飽飽在借給人家生利息。」阿統的女人說：「我們買房子也是向別人借的錢，都還沒還完呢！」

「如果要講公平，就應該看這些錢是誰用掉的，多用的人當然就該多出，少用的人就少出，這樣才是眞公平。」

「哦，你那麼聰明？父母不是你的？阿爸的債務都與你無關？」

「不是我們用去的錢當然與我們無關，總不能你們用的錢，叫我們還債！」

「有關也沒辦法，我們剛買了房子，家裏的彩色電視機、洗衣機、電唱機、熱水器都是分期付款買的，每月還要繳好幾千，還有那套沙發兩萬多，錢也沒還給人家，我們怎麼有錢來替你們還這些債？」阿統也幫著他女人說。

「哦，要這麼說的話，我們也新添了一套沙發，新買了一部彩色電視機，錢也還沒付清，我們也沒錢還債！」

「你們為什麼不節省一點呢？都要這麼講求享受、講究氣派的話，再富有的人也沒錢。」阿和說。

「你叫我們節省一點，那你自己呢？你要是節省一點，十二萬塊你一個人也有能力負擔。而且你用去的錢又最多。」

金水嬸坐在金水的靈桌旁邊，默默地把冥紙一張一張摺成元寶的形狀，一面聽著兒子媳婦們的爭論，一句話都沒說，眼淚早流了一臉。

次日，金水嬸的兒子和媳婦們就紛紛表示要回他們各自的家裏。金水嬸聽著，他沒表示什麼，倒是三叔公和一干堂親們再三挽留著他們。

「家裏只剩下你們老母一個人了，你們平時連過年、過節都難得回來，應該多陪伴她。」

這七、八天的時間，許多事情都沒有處理，應該及早回去看看。

「那裏就差這幾天？兩個禮拜的喪假都還沒過完哩。」三叔公說。

「不好意思啦，七、八天來我們一大堆人住在三叔、四叔家，攪擾得他們忙碌碌的不得清閒。是應該回去了。」

「噯喲，笑死人！都是自己人也講這種話？」阿傳的女人說：「只怕你們在都市住慣了，變成都市人，吃的好、住的舒適，享受慣了，住我們這種草地房子會感到不方便。」

「是啦，如果不嫌棄就多住幾天了。」阿傳也說。

「不好啦，這樣攪擾你們怎麼好意思？而且孩子好幾天沒洗澡了，晚上也睡不好——」阿盛的女人說。

「說眞的，我是很住不慣，好幾家人合用一個厠所，又是木板搭的——」

「不然，妳們女人先帶孩子回去，阿盛他們從小在這裏長大，應該比較習慣，就多住幾天陪伴你們老母。」三叔公說：「而且你們阿爸留下的債務和會錢也要你們出面來解決。」

「是啦，你們何需這麼急著回去？多住幾天，等事情都解決了再回去也不遲。」

金水嬸的兒子們最後終於多住了一天，也就急急忙忙回他們各自的家去了，任三叔公們怎麼挽留也留不住。臨走時，他們總算在三叔公的協調下做出了決定：那十二萬的債務由他們四個已經結婚成家的人平均分攤，言明在一個星期內都要把錢寄回來。但是兩個星期過去了，卻連一點消息都沒有。這期間，三叔公也曾出面去找過他們。但是，每一個人都有一套充分的理由來反對那個平均分攤的方法不公平。氣得三叔公當面罵了他們一頓，聲明從此再也不管他們家的事了。

每天晚上，金水嬸孤零零地坐在大廳裏，金水的靈桌上燃著一碟油燈，熒熒如豆的亮光映在屋子裏，忽明忽暗。使她覺得這個屋子太大、太空、太靜了，有荒山野壙的寂寞和荒寒。她現在明白，她不是在作夢，一切都是眞實的。金水的遺像就掛在牆上望著她。這些都向她證明，他確乎是死了。這個覺悟使她不禁又流下淚來。他活著其實對她也沒什麼幸福可說。但是，房子裏有兩個人，總讓她覺得彷彷彿彿的似乎有個依靠。無論大事小事，他即使只出一張嘴巴，在她感覺起來也是很實在、很牢靠的。而現在，偌大的一個屋子卻只有她一人。

她的眼淚潸潸地流了一臉。

「金水啊，如果你死後有靈、有信，晚上你要回來帶我一起去呀。」

她回到房裏，蜷曲了身體躺在床上，閉上眼睛，想趕快睡去。而呼吸通過黑暗、通過寂靜、通過空虛，她都聽得明白仔細。還有屋外呼呼的風聲，吹過樹梢沙沙作響，像幽幽的悲泣。

討債的人每天都來，起初大家因爲金水嬸在村裏一向很有信用，也很得人望，而且以爲她的兒子多，在社會上也還都有一些成就。大家都相信她一定會設法還這些債務，所以也都還對她客客氣氣的。但是，時間久了，大家看她這樣一拖再拖，心裏不禁也急了，漸漸有點沉不住氣，說話也帶刀帶刺的，甚至還拉破了臉，不留一點情面了。

八斗子的冬天總是這樣，才剛放晴了，接著又是好長一段日子都是風風雨雨的天氣，到處溼漉漉、陰沉沉的。強風挾著海浪的腥鹹。像刀斧般刮在臉上，鑽進骨子裏。天氣冷得人們直冒白氣。但是，旺嫂和其他幾個會首，以及南山、阿樹一干人，卻不嫌風雨溼冷，一大早就不約而同地聚在金水嬸家裏了。

金水嬸穿得臃臃腫腫，幾綹斑白的頭髮凌亂地披在額前，後腦勺的圓髻也梳得鬆垮垮的，眼圈烏黑地凹陷下去，神色顯得很憔悴。

「我會還你們啦，……」

「還，單是嘴巴講有什麼用？別人的錢可以給妳欠個一年半年。會錢那裏有人這樣？妳自己又不是沒做過會頭。」旺嫂說。

「前幾回妳都說，過幾天一定還、一定還，結果都是騙人的。又不是多大的數目，」阿標的女人說：「親戚之間，爲了這點錢壞了感情，對妳有什麼好處？」

「我現在沒錢，不是不還妳們……」

「妳怎麼會沒錢，埋一個死人那麼多錢妳們都花啦。這一點錢，講給鬼聽鬼也不信！」

「我的兒子還沒拿錢回來……」

「妳兒子有沒有拿錢回來我不管，妳只要把我的一萬五千塊還給我就好了，」南山說：「我是好心才借給你們，那裏有一去不回頭的？要搶人、吃人也不是這樣。利錢不給已經很過分了，連本錢也要吞去？土匪也沒有你們這麼狠！」

「我不是那種人啦，等我兒子拿錢回來……」

「我聽妳在講古哩！」阿樹嚷著說：「哦，如果妳兒子不拿錢回來，我們就應該被妳欠、被妳吃啦？幹！我聽妳在唱山歌——唱樂的！」

「妳每次都說等妳兒子拿錢回來，我已經等了兩個多月了。二嫂，妳到底要叫我等到幾時？她也要同情我一下，」阿標的女人說：「我全身骨頭都痛遍了，要給醫生看都沒錢。」

「金水嬸，我告訴妳呢，我們是念在幾十年老鄰居的情分才對妳這樣客氣。妳讓我們十次等、八次等，騙小孩也不是這樣。」旺嫂說：「爲了一個死人，六、七萬你們都花了，會錢只是三百、五百的事情，妳卻這樣九次拖、十次拖！妳不要這樣軟土深掘！」

衆人圍著金水嬸，這樣指指點點，你一句他一句地指責著她。她木木地望著他們，只是流淚。

「我會還你們啦，幾十年的鄰居……」她說。

「鄰居，鄰居也要照理走，那裏有埋個死人六、七萬都有錢，會錢卻拖了兩個月還不給人的？妳明明是軟土深掘，有錢不給人！」旺嫂突然拉住金水嬸的手，大聲嚷著，「走啦，看妳要到那裏去講我都敢跟妳去，走啦！」

這時，左鄰右舍的人都跑過來圍在門外窺看。天空仍然下著濛濛細雨。

「是什麼事情啦？嚷得這般大聲小聲！」

「請你們大家來評評理。阿傳嫂，妳是她的親戚，請妳來做個公道！那裏有人像這樣，會錢一拖兩、三個月不給人，看妳要到那裏去講我都敢跟妳去，妳這樣軟土深掘！」

旺嫂說著，又去拉金水嬸的手。三叔公從人羣中走出來大聲說：

「何必這樣呢？何必這樣呢？三、五百塊的事情而已，何需逼人逼到這樣呢？」

「哼！錢不是你的你才說得這麼輕鬆，三五百塊而已怎麼不拿來還？還要我們八次來、十次來的？你講了不會不好意思？上幾回就是因爲你出面，大家尊重是你老人家，才又給她寬限五、六天。現在，總共兩個多月了，錢在那裏？什麼叫做逼人逼得這樣？

什麼叫做三、五百塊而已？你都是憑那隻嘴，講得好像在唱曲，好聽溜溜！都是騙人的！」

「妳這個女人怎麼這樣沒大沒小？七少年、八少年對我老人家講這種話，妳不怕咬到舌頭？」三叔公說：「她又不是不還妳，眞的是她兒子沒拿錢回來，鄰居做那麼久了，難道再讓她寬限幾天也不行？平時金水嬸、金水嬸叫得親暱暱，到時爲了這三、五百塊錢就逼人逼得這樣？妳要走的路還長哩，往往也會有手頭緊要人幫忙的時候，何必爲了這三、五百塊就逼人逼得這樣？」

「寬限？寬限也要有個限度！你去探聽看看，那裏有人會錢拖到兩、三個月，三、四個月不給人的？」旺嫂也不甘示弱，說：「你如果過意不去，你來替她還啊！三、五百塊而已？你講的比唱的好聽，哆餒咪！講樂的而已！」

金水嬸站在一邊，只是流淚。

「拜託妳不要這樣逼我去死啦！……」

「妳說什麼？好聽得很！逼妳去死？欠人的錢不必還嗎？什麼叫做逼妳去死？」旺嫂尖著喉嚨怪腔怪調地叫嚷起來：「死了就能了嗎？今天妳不把會錢拿出來給我，死我也敢追到陰司地府去和妳理論。」

「旺嫂，」金水嬸拉著旺嫂的衣袖懇求著：「我不是不給妳——」

「妳不要拉我啦！今天妳不把會錢給我，我就跟妳沒了。什麼老鄰居、舊鄰居，不需妳來牽親攀戚啦！妳明明是看人好欺負要吃人。這樣倒人家的會妳會富有？」

「我會還妳啦，我不是那種人！」

「要給我，要給我就現在給啊！沒有錢？騙三歲小孩也不能這樣。有七、八萬塊來埋死人，三、五百的會錢說沒錢？妳明明以為我好欺負要吃我！」旺嫂說著，又去拉金水嬸的衣服，拖著她，「走啦！到媽祖廟口讓媽祖來評個理！妳當別人都是傻瓜？」

「旺嫂，請妳不要這樣！我給妳跪下磕頭啦……」

「磕頭？會錢不拿來，磕頭也沒用！」

「妳不要這樣拉我，旺嫂，我拜託妳，我哀求妳，我給妳磕頭……」

金水嬸拉著旺嫂的手，抗拒著、掙脫著，眼淚潸潸流了一臉。突然，她雙腿一彎，果然撲地跪了下去。屋裏屋外的人都給她這舉動愣住了！

「噯！阿蘭，妳那需這樣？三、五百塊的事情而已，妳何苦？」三叔公搖頭歎息說。

「噯喲！夭壽哦！金水嬸，妳——，妳這樣是做什麼？」旺嫂站在一邊，手足亂搖，不知怎麼辦才好。

屋外飄著細濛濛的雨，天空灰黯黯的，海風「咻——咻——」地呼嘯著。天氣冷得人們直冒白氣。八斗子已經漸漸進入嚴冬凜冽酷寒的季節了。

連續下了幾天雨，人們已經好幾天沒看見金水嬸了。幾個會首和債主都很焦急，到處在找她。

「阿傳嫂，金水嬸去那裏了?怎麼連續幾天大門都鎖著?」

「很奇怪，連續四、五天，」旺嫂說：「如果到她兒子那裏去，也不會連續四五天不回來。」

「三叔，你知道二嫂去那裏了?」阿標的女人說：「不要一時想不開去死了。我看要趕緊叫人出去找一找。」

「妳問我，我要問誰?」三叔公說：「你們逼她逼得這樣，唉!」

「我看，去死是不會啦!」阿傳說。

「不然，」旺嫂想了一想，喃咕著說：「夭壽，不要是跑掉了吧?」

「跑?她跑得了?不要在路頭路尾給我碰到了，伊娘哩!」阿樹說：「我不會去找她兒子?父母債子孫還，我還怕她跑掉?」

「妳去找她兒子有什麼用?不必去啦，白費車錢!」三叔公說：「這種時代，天地都變了，養兒子還不如把錢扔到水潭裏還會咚底一聲響。養兒子?唉!想了就手軟!」

又過了幾天，金水嬸果然沒有回來。聽說旺嫂連同幾個會首也曾到金水嬸的兒子們家裏去過。但是，金水嬸的兒子都不在家，連人影都看不到，只看到金水嬸的媳婦們。她們先是客客氣氣的，把事情推得乾乾淨淨，說她們根本一點都不知情，連金水嬸的下落她們都不知道。大的叫她們去第二的家裏看看，第二的就推給第三、第四的，大家就是這樣踢來踢去。一提到會錢，金水嬸的媳婦就板著臉孔質問說：妳們憑什麼要來向我收會錢？會是我入的嗎？旺嫂爲了這樣還和金水嬸的第四媳婦吵了起來，她竟然還要打電話叫警察來捉她們。旺嫂是個沒有多少知識的人，最怕警察，於是就色厲內荏地沿路咒罵著回到八斗子，逢人就把金水嬸的全家，從祖宗八代一直罵到她的兒孫們。

八斗子的天氣仍然一直是陰慘慘的，日裏夜裏，風雨嘩嘩叫。強風挾著海浪的溼氣和腥鹹，鑽進每一個空隙裏，冷得人們只好整天窩在棉被裏，連大門都不敢開。而短時間裏，風雨顯然沒有停竭放晴的跡象。

尾聲

春天終於再度降臨了八斗子，像一個生命豐厚的母親，使大地重新呈現了無限活潑的生機，孕育出無數的小生命，在陽光下、在風裏跳躍歡呼。人們以一種愉悅輕快的節奏在沙灘上忙碌著，準備迎接即將來臨的魚季，而漸漸把金水嬸的事情給淡忘了。但是，過了農曆三月二十三媽祖生辰的節日，旺嫂和其他的會首們卻突然都收到金水嬸寄回來的會錢。

不久，八斗子據說有人在台北木柵的仙公廟遇見了金水嬸。那天，她是去替她的兒子們祭煞補運的。因爲今年是虎年，她的兒子們屬蛇、屬狗、屬豬、屬鷄、屬兎，都跟虎相犯沖，她擔心他們會走壞運。她還託人帶話回來，說，她現在在台北替人幫傭，洗衣、煮飯、帶小孩，她家欠人的那些錢，她一定會還淸。等還完了，她就要重新回到八斗子，淸淸白白的，她要到媽祖廟來燒香謝神。看到她的人還說，她現在似乎又很快樂，像以前在八斗子挑雜貨出來賣的時候一樣，愛講笑話、開朗、對前途充滿了希望。

——原載一九七五年八月《幼獅文學》第二六〇期

春牛圖

一

劉昭男坐在經理室裏，兩眼望向馬路，兩道濃眉緊緊絞鎖在一起，嘴唇微微向下撇，顯出一臉憤怒的神色。

他連連猛吸了幾口煙，又沉重地吐出一團濃厚的白色煙霧，似乎想把滿腔的陰鬱和憤怒舒吐出來。但是，他的腦海裏卻老是浮現著邱德彰剛才在業務會議上那副白淨的笑臉。

「劉經理，我想請你幫個忙，」他說：「因為目前公司人手不夠，我想，呃呃，拜託你在這段期間，暫時，呃呃，只是暫時的，兼代北一區的業務，等公司補充了新的外務員就不必再麻煩你了。是暫時的，呃呃……，我知道你很忙，但是，呃，人手不足，只好，嗨嗨，麻煩你了。……如果你忙不過來，我也可代替你處理一部分經理的業務，呃呃，是暫時的……。」

劉昭男又猛吸了一口煙，心裏冷笑著：

「哼！竟然叫我幹起外務員的工作了。而且，事先連個招呼都不打。……什麼人手不足，又不是昨天才發生的事，兩、三個月了，老是不肯增加人，人手當然不足。這，都不過是——他媽的！……」

劉昭男越想心裏就越氣，不知不覺的，就把牙齒咬得格勒格勒響。但是，他越是生氣，就越是想起邱德彰講過的每一句話：

「各位同仁，這次業務大競賽的內容是由我和劉經理共同設計的，現在劉經理還要與各位共同參與執行，親自負起北一區的業務，用實際行動來領導大家、鼓舞大家。相信，這一次的成績一定會比以前更好……」

劉昭男又在心裏冷冷笑了一聲。

「哼，更好的成績？他媽的，講得比唱的還好聽！」他想：「價格訂得那麼高，市面上又有那麼多類似品，怎麼賣？……平時對人又刻薄得要死，好的外務員都跳到別家公司去了，剩下這些人，嫩的嫩、懶的懶，……伊娘，要怎麼個好法？……這不是要逼人走路嗎？」

他心裏突然一驚，似乎連自己都沒想會得到這樣的結論。

「不會吧？十幾年的友誼了……」

他心裏疑惑著，但是仍然不免感到一種微微的不安。尤其，當他想到邱德彰這幾年來的作風，一股陰冷的寒意，就蛇一般地盤蜷在心底。

他不禁後悔，當初爲什麼要找邱德彰合夥而不找別人呢？構想是他劉昭男的，關係也是他劉昭男的，邱德彰不過出錢而已。……

他不禁又恨起自己當初的貧窮來了。

不然，今天這個公司就是我的，而不是他邱德彰的了。

當初他會找邱德彰一起合作，主要就是因爲他們曾是大學時代的同班同學，又同在一家藥廠當了好幾年的外務員，感情很好。

本來說好公司要登記兩個人的名字，他的一半資金算是由邱德彰先墊，以後由他慢慢還。但是，邱德彰去辦理公司登記時卻登記了獨資，只有他邱德彰一個人的名字。雖然事後邱德彰也保證說，他劉昭男擁有三分之一的股權，但是這也不過是嘴巴說說而已，邱德彰並沒有給他任何書面的證明。好多次他都想要叫邱德彰立個字據給他，但是又覺得不便啓齒。才開始合作，還不知道事情成不成，就要和人家計較，他實在開不了這個口。而且，開頭的兩年正好又碰到石油漲價，國際經濟不景氣的時候，他就更不方便說出心裏的這些念頭了。何況，邱德彰又老是擺出一張苦哈哈的面孔，又似乎是頂有義氣的樣子對他說：

「這兩年，公司雖然有一點成長，但是事實上卻沒賺錢，這是你很清楚的，我把家裏的土地和房屋都押給銀行了，帳目一條一條也是你看得清清楚楚的，如果分給你三分之一的股份，反而可以減輕我的負擔，但是卻要你負擔三分之一的債務。呃呃，我無論如何是不忍心這樣做的。……除非公司賺了錢，再分你三分之一；否則，呃呃，我反而是害你了。……」

這就更加把他的嘴巴封得密不透風了。

其實，財務由他管，會計又是他的小姨子在做，誰知道公司眞正的情形如何？公司即使眞的沒賺錢，但是代理權越來越多，營業項目越來越廣，什麼藥品、衛生器材都在做，這不是資財是什麼？

他雖然覺得自己被欺騙、被利用了，但是畢竟不好意思扯破了臉。而且，他現在在華倫公司的待遇也有近兩萬，確實比當初做外務員時，只有五、六千元要好得多了，他也就忍住了，只指望有那麼一天，公司成長到一個程度，能賺到更多錢時，邱德彰會兌現他的諾言。但是，現在已經是第五年了，他冷眼旁觀邱德彰的作風，整天叫嚷公司沒賺錢，卻又一心一意地在擴張業務，不斷投資了好幾個新的營業項目，完全不顧員工的待遇，並且還時常擺出一副老闆的姿態，對他挑剔著業務上這樣、那樣的缺點，這不禁使他在怨恨中又感到有點寒心了。

其實，依他的估計，將近五年來，公司至少已經成長了十倍，但是員工薪水卻從沒調整過。

「我們公司的制度非常合理，低薪資、高獎金，只要賣力的人就可以領到高薪。」邱德彰常常對外務員這麼說。其實，這種制度只對老闆有利，完全是保護老闆的。他就經常聽到外務員在抱怨：

「我們的藥實在難賣呀，價格訂得那麼高，市場上類似品又多，台灣製品的價格本來就賣得便宜可以不說，但是同樣是進口的藥品，我們至少也比別人貴了三分之一以上，怎麼賣？獎金訂得再高，藥品賣不出去有什麼用？都是——伊娘哩！騙人的！」

爲了這個，他也不知道跟邱德彰爭論過多少次了，但是邱德彰還是一直堅持他的主張——

「你想想看，如果把價格降低三分之一，營業額就得提高一倍以上才能獲得原來的利潤，而爲了達到比原來多一倍的營業額，公司必須多投資多少人力和金錢下去？」他說：「這怎麼划得來？」

「但是，這樣的作法留不住人才呀！……」

「誰說留不住人才？能在這樣的制度下領到高薪的人就留得住，能留住的才是眞正的人才！」

「公司成立到現在，留下誰了呢？」

「那些人留不住，都是庸才啊，……」

這種爭論永遠沒有結果。搞到後來，只有看誰是出錢的老闆，誰的意見就被實行。這種情形使得劉昭男漸漸有點灰心、有點倦怠了。

他常常在心裏問自己：這麼努力工作爲的是什麼？公司是人家的，不過是替別人賺錢罷了。

漸漸的，只要他能不管的事他就不管了，只要業績不致於差到傷害到他的面子，他就不會主動去開展業務。有時，甚至連邱德彰交辦的工作，他也只是應付應付而已。

於是，有許多事情邱德彰就不得不接過去自己做了，甚至連業務會議這種一向應該是由他劉昭男主持的，邱德彰也接過去了。但是，這又使得劉昭男感到一種不快，使他感到一種不被尊重的羞辱。於是，他就更加荒怠了。

好吧，你愛管就給你管吧。反正，公司是你的。他想。

但是，今天在業務會議上，邱德彰竟然事先都沒和他商量一下，就要他負責北一區外務員的業務。雖說邱德彰也說了一套冠冕堂皇的理由，但是，經他這麼前思後想，他又不禁懷疑，這是邱德彰有意安排的——要逼他走路！

「哼！過了河就想拆橋嗎？」他雙手握拳捶著椅子的橫桿，心裏冷冷地恨著：「沒那麼簡單！」

他調整了一下坐姿，又掏出一根煙來緩緩地吸著。

如果現在就這樣和他撕破了臉、決裂了，自己恐怕在理上站不住，至少他還維持了表面的禮遇。而且，這幾年雖然積存了一點錢，最近買了房子不但把儲蓄用完了，而且還向建築公司貸了款，萬一鬧翻了，一家五、六張嘴，吃的、穿的，……

他不能沒有顧忌。

而且，俗語說的，當過了佛就做不了和尚，以後的工作如果比現在的差，那就是他的無能，別人即使不說，也讓邱德彰恥笑了，但是想找個比現在更好的工作，又還不知在那裏。

「不行，我還得忍下去，」他對自己說：「我必須等到一個更好的機會。不然，吃虧的是我！」

他這樣一想，便只好勉強吞下滿腔的惡氣，拿出客戶資料和紙筆來，開漿尋思著北一區的工作重點和初步的方案了。

管人事的黃小姐突然走進經理室，後面還跟了一個留長髮、身段姣好的年輕女人。

「這位趙秀燕趙小姐，是董事長的朋友介紹來當外務員的，」黃小姐把一張履歷表遞給劉昭男，「董事長說讓她見習北一區的業務。」

那女人向他微微欠了身，微笑著叫了一聲：「劉經理！」同時向正要走出去的黃小姐道了一聲謝。

劉昭男點了頭，指著前面一張椅子說：「妳請坐！」邊看著履歷表，邊問道：

「趙小姐當過護士？」

「是的，當過特別護士。」

「那很辛苦！」他說：「除了三軍和馬偕以外，還有沒有在別的地方做過？」

「還當過一陣子店員？」

「哦，——在那裏當店員？」

「麗嬰房，專門賣嬰兒食品和衣服的。」

劉昭男把頭抬起來，看著她。發現，這女孩不僅身段好，連面貌也長得格外嬌俏；眉毛彎而修長，一雙眼睛水汪汪的，唇上淡紅的唇膏還微微閃著亮光，鼻子短而直，很適中地擺在臉中央，耳朵兩邊掛著紅色的耳環，和她那一身飽滿的鮮紅色的襯衫、黑色的喇叭褲配合起來，很具挑逗性地搖晃著。

「認識很多醫生吧？」

「認識一些。」她說。

「對醫生的習性和愛好大概都很瞭解吧？」

「嗯——，知道一些。」

「對藥房熟悉嗎？有沒有在別的藥廠做過事？」

「沒有！」

「那沒關係，」劉昭男把履歷表擱在桌上，「我們的對象就是醫生和藥房老闆，以妳的條件，好好地學，大概沒什麼問題。三軍和馬偕都在北一區的範圍，正好可以派上用場。我看，」他說：「妳明天就來報到吧。」

「謝謝你！」她微笑著，露出一排白潔的牙齒。

劉昭男站起來，算是送客的意思，眞等到她妖俏的背影消失了才坐下來。他又拿出煙來點著，人微微向後靠在椅背上，像沉溺在什麼心事裏，怔怔望著對面的屋頂。隔了一會兒，才見他緩緩吁了一口重氣，一團白霧立刻從嘴裏噴了出來，臉上也跟著露出一絲詭秘的笑意。

現在多了這樣一個助手，我得好好再幹一次，一定要讓他不提防才行。

他拉開抽屜，把幾年來的重要文件，逐件逐件拿出來。

「總會讓我找到你的把柄的，」他想：「到時，不怕你不屈服！」

二

劉昭男帶著趙秀燕排開了擁擠等待看病的人羣，走過婦產科走廊，到了門診室便逕自推開門。一個坐在門口等的婦人立刻站起來，向屋裏窺望著說：「我排第一號！」趙秀燕微笑著邊對她說：「醫生還沒來！」邊跟著劉昭男的身後走進去。一個正在蒸煮注射器的女護士迎著他們問：「你們找誰？」

「羅大夫在嗎？」

「你找羅大夫嗎？在裏面。」護士小姐指著另一道門，向裏面喊著：「羅大夫外找！」

劉昭男循著護士小姐的指示推開門，便看見兩個年輕的醫生坐在那裏看報紙。

「羅大夫、王大夫，您們早啊！」劉昭男向他們鞠了個八十度以上的躬。

那兩個醫師幾乎是同時抬起頭來。

「哦──，原來是我們劉大經理，早早早！」

其中一個還站來，伸手和劉昭男親熱地握著。

「一大早就帶個這麼漂亮的小姐四處跑，實在──」那醫師誇張地瞪大了眼睛望著趙秀燕，玩笑地說：「還是當經理好，派頭得很哪！」

「來，我替妳介紹，」劉昭男向趙秀燕說：「這位是羅大夫。」又指指坐著的那個醫師說：「那位是王大夫！」

「羅大夫，王大夫！」趙秀燕彎了彎腰，笑著遞上名片說：「請多多指教！」

「這是我們公司的新外務員，趙秀燕小姐，以後還望兩位大醫師多多指教，多多照顧！」

「指教是不敢當啦，照顧嚒——」

「照顧是沒問題啦，這麼漂亮的小姐。」王大夫不等羅大夫說完，就笑著扮起鬼臉搶著說：「羅的最喜歡照顧人，你又不是不知道。」

「那裏，那裏，」羅大夫指著旁邊的椅子，嬉皮笑臉地，「這裏坐，這裏坐！」邊說還邊看了一下趙秀燕遞給他的名片，又瞪大了眼睛望著她：「趙小姐，我好像在那裏見過你是不是？我怎麼覺得面熟得很！」

「才見鬼哩，」王大夫笑著說：「羅的，你不要這樣好不好？又不是在大街上釣馬子。」

「也有可能呀，」趙秀燕笑著說：「我以前在三軍，也在馬偕做過，也許……」

「難怪呀，我說嚒，剛一見面我覺得面熟得很，」羅大夫雙手一拍，興奮地說：「我以前在馬偕當過實習醫生。」然後又轉過臉來笑著對王大夫說：「不是我在蓋的吧，我說見過就是見過，你還有什麼話好說？」

「好啊，原來你們是老朋友了，」劉昭男說：「以後更要請你多多照顧了，我們趙小姐還是生手，什麼都不懂……」

「那當然，那當然！」羅大夫看他們還站著，便說：「大經理，坐一下嚒，怎麼好意思一大早就讓小姐罰站？趙小姐，你請坐沒關係，在我面前妳們劉經理不敢罵你！」

他說著便要去倒茶，趙秀燕站在一邊只是微微笑著，劉昭男立刻搶上前去制止了他。

「怎麼敢讓您來替我們倒茶？開玩笑！」他說：「我們馬上還得去拜訪幾個人，也不敢就誤您寶貴的時間。」

「喂喂，你不要這樣好不好？我是請趙小姐不是請你，難得這麼漂亮的小姐，連這一點機會都不給嗎？」

「不是啦，實在是要趕緊讓趙小姐熟悉一下環境，」劉昭男說：「反正以後你們見面的時間還多得很，只要您大醫師肯多照顧一點，我們趙小姐一定會報答您的。」

「不要管他，」羅大夫對趙秀燕說：「妳儘管在這裏坐一會，喝完了茶再走。」

「施主任來了沒有？」劉昭男指著另一道門問王大夫。

「我沒有注意，大概還沒來吧！」

劉昭男把裏面的門推開了一條縫，頭剛伸進去立刻又縮了回來，「裏面沒有人。」他說。

「那就坐在這裏等一下好了，施主任大概很快就會來。」羅大夫說著，已經把兩杯茶放在桌上了。

「這怎麼敢當，這怎麼敢當?」劉昭男惶恐地說。

他話還沒說完，一個戴金邊眼鏡，臉皮白淨，身材圓滾的中年男人已經走了進來。王大夫立刻站起來，謙恭地說：「施主任早!」

施主任逕自邊走邊疊聲地說：「早早早早!」

劉昭男趕忙放下茶杯搶上前，同時遞上一張名片，畢恭畢敬地：「施主任，您早啊!我是華倫藥品公司劉昭男，專程來給您請安的。」

他拿起名片看了一眼，又看看劉昭男，才突然恍然大悟似地：

「哦!是華倫的劉經理，你早你早，生意好嗎?」

他似乎很忙碌，邊說邊走進主任辦公室裏，連停都沒停一下，劉昭男緊跟在後面恭謹地說：

「蒙主任照顧，感謝!感謝!」

趙秀燕看到劉昭男跟進去了，也快步趕上去走進主任室裏。

等他們走出主任室時，羅大夫與王大夫已經開始替病人門診了。劉昭男很週到地仍然到門診室向他們告辭，並再三地拜託著說：「請多多照顧啊！」

「沒問題啦，」羅大夫說：「不再坐一會兒嗎？」

「沒時間了，還得去內科外科拜訪陳主任和龔大夫他們哩。」

「那就不送囉，」羅大夫扯下掛在耳朵上的聽筒，對微笑著的趙秀燕說：「以後常常來哦！」

「一定會常常來打擾您的，」趙秀燕笑著說：「還要請你多多幫忙呢！」

「會啦會啦，怎麼敢不來拜望我們的大醫師呢？」劉昭男向他眨眨眼睛，神秘地笑了起來。

當他們到各科一一拜訪過後，走出醫院的大門，已經是日近中午的時候了。車窗外喧揚著一陣陣車聲和人聲交織成的喧鬧的聲音。劉昭男目注前方，一隻手握著方向盤，一隻手夾著煙，緩緩地吸著。趙秀燕坐在右座，默默地，臉上顯出似乎在思慮著什麼的神色。隔了一會兒，才聽見她以試探的口吻，小心地問：

「劉經理，現在，去那裏？」

劉昭男吁了一口氣，吐出一團濃厚的煙霧。

「這兩、三個月，這家醫院的工作重點要擺在施主任和羅大夫身上，」他兩眼直直望住前方，「一定要把新進口的『得利可死』打進去，這是一種治療女人白帶的藥。」他望了趙秀燕一眼，解釋著。

「施主任好像面有難色。」

「開始都是這樣的。」劉昭男停了一下，突然咧嘴笑了起來，「其實，不會有什麼困難的，只要他在醫院的藥品審查委員會替我們講兩句好話，通過了，他就可以淨賺好幾萬元，他怎會不肯？只要我們禮數週到，技巧一點……」

他突然回頭，笑著望住趙秀燕說：

「這要看妳的手段了。」

一種詭秘的氣氛突然使她從心底感到一陣惶惶的不安。

「那個羅大夫，年輕的，還沒結婚呢！妳認爲他怎麼樣？」

她迷惑地望著他，沒有接腔。

「他以前只用我們公司的藥，後來，不用了。」

「爲什麼呢？」

「以前那個孫小姐和他鬧翻了，」他說：「妳要是能好好和他建立關係，對妳會很有幫助。他是婦產科醫師中最有影響力的。」

「這——恐怕不容易吧？」

「這要看妳的手段囉。其實，也不太難，只要妳多下點工夫，」他說：「每個月至少可幫妳增加十萬元的業績。而且，這對他也有好處。」

「我每個月必需做多少萬呢？」

「正式錄用後，做要做三十萬！」

「那——」她嘴唇蠕蠕地動了幾下，小心翼翼地說：「那可以領多少錢？」

「一萬五！」

「如果，如果做不到……」

「做不到嚒，那就不一定了。」

她沉默了一會兒，才喃喃自語著：

「三十萬啊，——恐怕很難吧？是不是？……」

「這要看各人的本事，」他說：「以前那個孫小姐，每個月最少都拿到一萬七、八千到兩萬。」

其實，他心裏明白得很，她永遠拿不到那麼多錢。三十萬？開玩笑，華倫公司自從成立以來，還沒有人能夠達到這個成績。

「她好能幹哦！」

「妳的條件比她好得多，我對妳有信心！」他說：「我會盡力協助妳的。」

「我恐怕不行，我的嘴巴笨得很！」她望著他，似乎對他的鼓勵充滿了感激。

回到公司，吃過午飯，趙秀燕坐在她的辦公桌前翻閱劉昭男交給她的一些客戶資料和藥品說明書，耳裡卻聽到劉昭男哈哈笑著向電話筒說：

「沒問題啦，沒問題啦，只要您羅大醫師肯幫忙，這件事都包在我身上，媒人錢我不敢賺您的，就算我送給您的賀禮吧……」

然後又聽見打電話給那個施主任，千拜託、萬拜託的：

「施主任，無論如何要請您幫這個忙，我們董事長已經說過了，只要施主任肯幫忙，任何條件都好講。」

「……」

「是……是……是……」

「……」

「我看這樣吧，不知道施主任您認爲妥不妥當，改天由我這個晚輩作東，請您賞個光，我請我們趙小姐作陪，您看怎樣？……如果您興致好，我們還可以跳跳舞或是什麼的，……」

「……」

「應該的，應該的，您不要容氣，……那，我們就這麼說定了，時間，我看我們再約。……是……是……好……好……沒問題，沒問題……感謝！感謝！」

下午，他又開了車子，帶著趙秀燕出去了。

車子緩緩地滑到延平北路的街邊。劉昭男熄了火，對趙秀燕說：「對中盤客戶講的話和對醫生講的不一樣。公立醫院的醫生不必考慮成本，不必講求利潤，反正是公家的錢嘛！但中盤商計較的就是成本和利潤。等一下，妳只要聽著慢慢學習，很快就會了解的。」

趙秀燕點著頭，連應了幾個「是」。

一下了車，走進吉安西藥房就看見一大堆紙箱、紙盒堆積在屋裏的四週，裏面一個人都沒有。劉昭男提高了嗓門，很熱絡地向裏面叫：

「頭家，大發財啊！」

隔了一會兒，才看見從裡面一個幽暗的弄道裏探出一個中年人瘦削的臉龐，露出細小的眼睛向外窺望著。

「頭家，忙啊？」

「嗳呀，是你啊大經理，罕走罕走！」那人走出來，穿著一件汗衫，臉上雖沒有什麼表情，聲音卻頂熱絡的，「是什麼風把你吹來的呀？好久不見了！」

「無事不登三寶殿，」劉昭男咧嘴笑著說：「專程來向你大頭家報告一個賺錢的好消息。」

「最好最好，有錢大家賺！」他摸出煙來敬了劉昭男一支。

「來，我先替妳介紹一下，」劉昭男對站在後邊的趙秀燕說：「這位是全台北市藥界最第一出名的中盤頭家高先生，以後妳要多向他學習、多向他請教！」

「你好了吧，什麼最第一出名的，都是隨便講講的，聽很多了！」那人說。

「這位是我們公司的新外務員趙秀燕小姐，請大頭家常常給我們照顧指教！」

「夭壽啊，你是要嚇人是不是？怎麼你們公司請的外務小姐都是這麼漂亮的？一個比一個——嘖！嘖！嘖！」

那人望著趙秀燕誇張地打趣著：「生意不用做了，看到這麼漂亮的小姐，人都昏了……」

「喂，高的，你不要這樣好不好？有妻有子的人了還這樣，不要把我們小姐嚇壞了！」劉昭男笑著說：「講正經，我現在有個構想，想要跟頭家研究一下。」

「怎麼？要開始作生意了是不是？你還是不要講比較好，我很怕了！」那人說：「你們的藥貴得像金粉一樣，上次賣出去的貨，帳還收不回來。一次就吃不消了，我怎麼敢再來第二次？捶死我都不敢！」

「頭家，你也好了吧，哀哀叫，幹什麼嗎？嫌錢賺得太多是不是？像我們公司這麼甜的條件要去那裏找？三成的利潤呢！」劉昭男豎起手指頭說：「這次的條件比上次還要好。」

「這樣?」那人細小的眼睛像兩把小刀,望住劉昭男,突然神情冷肅地說:「好吧,你說,什麼條件?」

「是這樣啦——」

劉昭男拉過一張椅子坐到那人對面,開始很認眞、很詳細地和他談論著全盤計劃。那人猛吸著煙,像是很仔細、很耐心地聽著。等劉昭男講完了,那人用手支著下顎,默默地沉思了一會兒,終於開了口——

「我看,北投請客的事還是免了比較好。」他說:「羊毛出在羊身上,有什麼意思?」

「怎麼?請客的錢不是錢?」劉昭男突然把頭向前伸,很神秘地壓低了聲音:「吃完飯喝完酒,還有整套的節目,看是要看影片,還是要跳舞,由在你選,漂亮的女孩也由你招來過夜,一切都由公司招待,這難道還對你失禮了?」

「這種招術,看了很多,也經驗過很多了,看來看去還不是——幹!都厭了!」他瞄了趙秀燕一眼,突然歪著嘴笑起來,「小姐在旁邊,我不好意思講啦!」

「這有什麼關係?我們華倫公司的外務小姐從沒有失禮的,大方得很!」劉昭男也望了望趙秀燕,說:「做生意還怕不好意思?那生意就別想作了。」

「你們說沒關係,我沒聽見!」趙秀燕雖然也笑著,臉卻紅了起來。

「條件確實是不壞，」那人又正正經經地表示了他的意見，「但是，你們的藥品實在太貴了，價錢訂得那麼高，一般藥房不敢進貨，進了貨也賣不出去，條件再好有什麼用？」他搖著頭說：「到了收帳的時候，退貨堆得像山一樣，我吃不消！」

「高老闆，你聽我說。這種『樂得死』藥膏的訂價雖然是高了一點。但是，它除了消炎止痛外，還有別的用途，」劉昭男突然又把頭伸向那人，壓低了聲音說：「日本人稱這種藥叫什麼你知道嗎？叫『男人的口紅』，因爲它可以使男人在做那種事時更持久、更耐戰！可以增加男性的氣魄！印度神油的黑市價錢一支多少你知道嗎？比較一下你就知道我們這個藥其實已經是很便宜了。還有這種『爽樂』衛生套，台灣市面上最新的，」劉昭男從口袋裏拿出一個紙盒子，取出一個小小的油質的橡皮套子，拉長了，放在嘴上吹著，那個橡皮套子立刻漲大起來。

「你看，這東西確實與一般的衛生套不同，你用手摸摸看，」他用手在那勃漲的橡皮套上示範地上下摩挲著，聲音壓得很低很低，「女人那地方是最敏感的了，用這東西保證讓她嗳嗳叫，又安全！又爽！又樂！」

「怎麼？」那人也用手摸了摸，還偷偷瞄了站在旁邊的趙秀燕一眼，歪裂了嘴巴神秘地笑起來：「你試過了？」

「騙你做什麼？不相信你可以試呀——」劉昭男提高了聲音加強語氣地說。「送你兩個啦，晚上立刻試一下你就知道，市面上保證找不到第二種。」

那人拿起橡皮套子放在嘴上又把它吹漲了，放在手裏摩挲玩弄了起來。

「嗯，這東西，好是好，不過，」他說：「價錢還是貴了點，恐怕不好賣。」

「這點，你放心好了，公司會派外務員來配合，一齊和你們的外務員到藥房去解說、推銷！還有，你等一等——」

劉昭男突然站起來，跑向停在外面的汽車，又匆匆忙忙抱著一堆東西走進來。

「我們公司有一套完整的作業計劃，可以幫助你們中盤把藥品銷出去，他把手上的一捲紙攤開來，快要過年，我們公司印了十萬份這種精美的月曆要送給藥房，只要藥房向你們中盤訂購『樂得死』藥膏和『爽樂』衛生套合計兩百元，就送一份這樣的月曆。」

他掀開月曆，裏面赫然是一對赤裸的女人做愛的照片，精美的銅版紙彩色印刷。那人從劉昭男手中接過月曆，一張一張翻閱著。

「幹！女人和女人的？……」那人笑著，眼睛都瞇了起來。

「男人和女人的看多了，換個新鮮的也很好。」

「印得實在漂亮，」那人讚美著，還用手在那上面順著乳房大腿摸挲著，「不是台灣印的吧？」

「還有這種書，」劉昭男又把手上的一本書遞過去，「只要購足五百元就送一本。」

他說。

那人放下月曆，看看那本書的封面，印著幾個英文字：Modern Sex in Marriage。

「英文的不好！」那人說。

「已經都翻作中文了。」劉昭男把書翻開，裏面一幅幅做愛的照片還附著詳細的中文說明。

那人接過書來，一頁一頁翻著，讚嘆地說：

「你們這些年輕的，眞會做生意哪，頭腦這麼好……」

暮色漸漸籠罩了整個街市，牌樓下的霓虹燈已紛紛亮了起來，一閃一閃的。變幻著豔麗的色彩，把整個台北市都抹上了一層怪異的、使人捉摸不定的詭魅的氣氛，汽車拉著一條條熾亮的燈光飛馳著，把漸漸黑暗了的街道穿梭成一面支離破碎的網；在那網裏交雜著喧騰的車聲，而隱隱約約地似乎又有許許多多微弱的人聲在吱喳、吶喊著。街上一張張臉孔都顯得陰晴不定的，映在霓虹燈下，一下亮起來，一下又黯了下去。

劉昭男雙手握著方向盤，沉默地抿緊了嘴唇，眼睛望著前面車子的後燈。隔了好長一段時間，突然聽見他深深吁了一口氣，緩緩問著坐在旁邊的趙秀燕：

「跑了這一天，妳……有什麼感想？」

她想了一下，似乎有點不好意思，「我，我還說不上有什麼感想。」她說。

隔了好一會兒，他才又重重吐了一口氣，自個兒喃喃地說：

「唉！白白唸了這許多年書，竟然，竟然……唆！沿街賣起這種東西來了。」聲音很低，很軟弱。

她側著臉望他，雖然隔得這麼近，仍然覺得模模糊糊的，只能看到他側臉的輪廓：高額隆鼻、顴骨突出、下顎微微向內收縮，灰灰黯黯的，滿臉的陰鬱。

但是，隔不多久，他又以一種閒話家常的輕鬆的聲調和她對話了起來。

「妳結過婚了嗎？」

「沒有！」

「需要養家嗎？」

「我是老大，下面有三個弟弟一個妹妹都還在唸書，我父親退休了，家裏沒人賺錢。」她說。

「那——負擔不輕呀！」

「這也是沒辦法的事，不然，我也不會換職業了。」

「沒關係，開始辛苦一陣，只要努力一點，很快就能出頭的，」他望了她一眼，說：

「妳的條件很好。」

「我有點擔心做不來，以前又沒做過。……」

「不要怕，誰是生來就是做生意的呢？只要勇敢一點，一個月一、兩萬是可能的。」他鼓勵地說：「生意場裏就是這麼一回事，說穿了也不過就是酒色名利而已，只要懂得滿足對方，……這些想通了其實也沒什麼，人還不都是這樣的，……爲了生活呀！」

汽車經過中華路，街上立刻顯得熱鬧起來，夜晚的台北市像一個濃妝豔抹的女人，全身洋溢著一種矯飾誇張的活力，在那兒向人熱情地招手。

劉昭男掏出煙來，向她揚了揚，她搖搖頭，他便自個兒抽出一根來，劃了火柴，他的額頭鼻子嘴巴突然地都亮了起來。他深深地吸了兩口，整個臉隨即又黯了下去，模模糊糊的。

「如果妳晚上沒事，就一齊吃過晚飯再回去吧。」他吐出一口煙，說。

「這——，不好意思啦！」

「我已經和一個廣告公司的小姐約好了，吃過飯說不定還要去跳舞，」他說：「我看，我們乾脆把市立××醫院的施主任也約出來，他很喜歡跳舞，我們四個人剛好配成兩對。」

「這，這——不好啦……」她看了他一眼遲遲疑疑地說。

「有什麼關係？還不是爲了生意，」他說：「也讓妳觀摩一下人家廣告公司的小姐是怎麼做生意的。像我們公司這樣小的廣告客戶，她都三次、五次地打電話來約，……」

一列南下的觀光號火車和劉昭男的車子平行地、呼嘯著在鐵路上飛馳，轟隆轟隆地，把汽車裏的人聲都淹埋了。而汽車在黑暗中拉著一條光束，轉了個彎，也飛快地消溶在西門町熱鬧的紅男綠女的人聲與車聲的浪潮裏了。

三

這些日子，華倫藥品公司的外務員都顯得非常忙碌，每天一大早到公司簽了到，就匆匆忙忙騎了機車往外跑。上午先到各自擔當區的公家醫院拜訪醫師，攀交情、拉關係；下午就和中盤商的外務員配合作業，沿家挨戶向藥房解說藥理藥效，推銷藥品；爲了配合中盤商的作業時間，往往每天都得工作到夜晚十一、二點。

劉昭男既要督導全省各地外務員的工作，審閱每天的工作報表，幫大家解決各種困難，又得負責北一區的實際業務，比起其他外務員來就顯得更加辛勞了。他只好把北一區公家醫院的業務全部交給趙秀燕，只在每天早晨用半個小時聽她的口頭報告，再做些重點指示，然後把公司大小事情都處理過了，就開了車到中盤商的店裏，和中盤商的外務員一齊到各藥房推銷「爽樂」衛生套和「樂得死」藥膏。這使他一向坐慣了辦公室的經理的自尊心和優越感受到一種嚴重的傷害，使他深深感到一種屈辱。

這一天，當他正在辦公室裏聽取趙秀燕的報告時，北三區的外務員蕭義雄突然匆匆忙忙地闖了進來，遞給他一個信封。

「劉經理，這是陳志武要我交給你的辭職書，他——不幹了！」

「不幹了？爲什麼呢？他的業績不錯呀！」劉昭男抽出信來，只是一張簡單的辭職書，沒有說明理由。

「他沒跟你說什麼嗎？」

「我不太清楚，小陳昨晚十一點多才來找我，」蕭義雄突然笑起來，很神秘的樣子，「他就說不幹了！」

「他眞的沒說什麼嗎？」劉昭男狐疑地望著蕭義雄，「我不信！」他說。

「說是說了一點啦，不過，嗳！都是私人的事情，」蕭義雄呑呑吐吐的，似乎不想講，但是終於又忍不住歪著嘴巴笑了起來，「還不是爲了市立××醫院那個怪人。」

「哪一個怪人？你講清楚一點好不好？」劉昭男沉著臉，嚴肅地說。

「那醫院有個怪人你眞的不知道？」蕭義雄仍然在笑，「就是那個方醫師呀！」他說。

「陳志武和方醫師的關係不是頂好的嗎？到底怎麼回事？」

「就是不錯才會出事情呀！」蕭義雄還在笑，使人感到一種曖昧的邪惡的氣氛。

「怎麼回事？你說！」

「你眞的不知道？」蕭義雄瞄了趙秀燕一眼，嘴巴笑得更歪了，連眉梢、眼角都飛揚了起來。辦公室裏四隻眼都好奇地盯著他。他喘著氣，突然收歛了笑容，向前跨一步，把嘴伸向劉昭男耳邊，壓低了聲音說：

「那個方醫師要強姦小陳，小陳火了，把他揍了一頓！」

說完，他忍不住，又大聲咯咯地笑了起來，笑得氣都喘不過來，咳嗽著，還邊咒道：

「小陳眞是倒霉呀，伊娘哩，碰到這種事，……」

劉昭男望了望趙秀燕，裝著不相信的樣子說：

「這怎麼可能呢？不可能的！」

「伊娘，這種事情，小陳如果不講，打死我也不相信呀。」蕭義雄仍然那麼歪了嘴巴笑：「這種年頭，什麼怪事都有，幹！……」

「你有加油添醋沒有？」

蕭義雄突然作了一個立正的姿勢，半舉起右手發著誓，「我如果加油添醋就是王八蛋，烏龜孫子！」他的姿勢和說話都顯得很認眞，但臉上卻露出一種明顯的戲謔的神色。

趙秀燕被他這種神情逗得忍不住「噗哧！」一聲笑了起來。

「而且，聽說還不止這一次哩？」蕭義雄說得更起勁了，眉飛色舞地，「姓方的就喜歡這樣，平時跟小陳勾肩搭背的，親熱得像親兄弟一般。原來，幹！他是個心理變態的人！」

其實，這件事情劉昭男的心裏比誰都更清楚。方醫師這種癖好他早就頗有耳聞了，而且公司每次派女外務員去負責××醫院的業務時，他總是很冷淡，很不肯幫忙的樣子，反而對男外務員特別有好感。所以，劉昭男便特意指派那個長得很俊秀的陳志武去跑這家醫院。果然，從此以後方醫師就對華倫的藥品格外捧場，每一張處方開的都是華倫的藥品。陳志武私下曾經向他訴過幾次苦，說那個方醫師難纏得很，常要帶他去旅館「休息」，每次都令他噁心得直想吐。小陳要辭職也不止一次了，每次都讓劉昭男說好說歹地才把他留下來；反正是爲了生意嚒，能敷衍他就敷衍，工作也不是好找的。小陳的人也機伶，大概前幾次都讓他巧妙地擺脫掉了，這次姓方的也不知道怎麼惹火了他。

「都是那些月曆惹起來的，」蕭義雄望著趙秀燕擠眉弄眼地笑著：「姓方的看了那些女人和女人的照片，就他媽的犯了賤，向小陳說男人也可以和男人呀……我×！小陳這個霉運我看不過完這個年是絕對好不了，……眞衰！」

「蕭的，在小姐面前說話要斯文一點。」劉昭男突然沉著臉嚴肅地說。

「是，是！」蕭義雄裝作地收斂了笑容，卻斂不去那股戲謔的神色。

「劉經理，小陳的辭職書交給你了，沒別的事吧？」他說：「那，我走了。」

他邊走出經理室，還邊一逕笑著嘀咕：「小陳眞衰啊，伊娘，碰到這種事……」

他走到門口，突然又轉過身來，對劉昭男說：「哦，對了，今天晚上那個中盤的回春藥房的鄭老闆說要向公司借影片和放映機，他要招待幾個藥房老板去北投，要選幾捲比較燒的、精彩的。」

「你向管理組的陳先生拿吧！」

劉昭男望了趙秀燕一眼，搖搖頭，似乎自言自語地說：「嘿！這種事，希罕得很哩，像施主任、羅大夫，不都是很有風度，很紳士的嗎？」

趙秀燕沒有接腔，沉默了一會兒，才說：

「劉經理，沒有事情我可以走了嗎？」

「等一下，我還有好消息要告訴妳，」劉昭男說：「這兩、三個星期來，妳的成績很好，不但公司的新藥『得利可死』在××醫院的藥事會議已經審查通過了，而且其他藥品的用量也比以前增加了很多。所以公司破例提前正式錄用妳。」

「眞的嗎？太謝謝你了，」趙秀燕的眼睛突然亮了起來，激動地說：「我一定會好好報答你的！」

「現在，妳的工作重點要放在羅大夫身上，請他多用『得利可死』，只要妳多與他接近，一定是沒問題的，他對妳的印象好得不得了。……」劉昭男說：「爲了生意，有時，呃呃，只好，只好委屈自己。……只要看得開，其實，呃，也沒什麼的。」

「我知道。我會好好努力的。」趙秀燕說，臉卻突然紅了起來。

「妳不但人長得漂亮、聰明，而且能幹，我相信妳一定會成爲公司第一等的外務員。」劉昭男說著，又遞給她一個信封，「這是這個月公司給羅大夫的『研究費』，妳送去給他。他今晚還要請我們吃飯，妳晚上有空嗎？」

「好的！」她說，臉上突然又飛起一抹紅暈。

趙秀燕走了以後，劉昭男又把陳志武的辭職書看了一遍。

這下好了，他想，人手已經不夠了。小陳這一辭職，北二區的業務看你要派誰去接？在這緊要關頭，中盤商正在配合作業，你邱德彰不親自出馬行嗎？除非這筆生意你不做了。出錢的動嘴，沒錢的動腿。你平時把推銷工作講得天花亂墜，好像頂輕鬆平常的。現在好啦，也讓你嚐嚐這個滋味，晚上搞到十一、二點才休息，還不給人加班費，油錢、餐費也一點都不肯補貼，叫人掏腰包替你拼命呀？現在，呵呵……。

劉昭男一想到半個月前爲加班費和油費，和邱德彰激烈爭論的經過，心裏不禁就憋了一肚子氣。其實，如果不是因爲他自己也在配合中盤作業，也深吃其虧的話，他也懶得向邱德彰提這樣的事。一次幾百萬的生意在做，這幾百塊錢的事情也好像是在割他的肉一樣。虧他好意思說得那麼理直氣壯地：

「外務員又不是沒薪水，工作到晚上十一、二點也是應該的，不跑到十一、二點，成績怎麼會好呢?成績好獎金自然就領得多。已經給了獎金還想要什麼加班費、補貼?公司又不是能夠自己印鈔票,我如果像王永慶那樣有幾十億的財產,這一點錢不要你講我也會給。」

「但是外務員和中盤商出去作業,總得把關係搞好,不然人家幹嘛跟你拼到十一、二點?請人家吃吃飯總要花個兩三百吧?外務員一個月下來能有幾個兩三百?而且獎金在那裏都還不知道哩,總要收了帳才算數,如果讓中盤商生了惡感,即使不退貨,票期給開個一年、半載,利息還不是要從外務員的薪水扣……」

「好啦,我們不談這個問題,公司已經給中盤商高的利潤了,我不怕他們不買我的東西。外務員要請客、要吃好,這是他們自己的事。而且,搞好關係也並不一定就非花錢不可,大家不節制一點,公司那來那麼多錢補貼?」

「你這樣做恐怕要留不住人了……」

「這個我不怕,現在找職業的人那麼多,只要隨便登個小廣告,應徵的人起碼就要排到馬路上。……」

現在好啦,呵!小陳辭職了,北二區的業務看你怎麼處理。

劉昭男帶著一種幸災樂禍的心情,把管理人事的黃小姐叫了進去。

「陳志武辭職了,通知財物組清點一下北二區的帳目,並且寫一封信叫他來辦離職手續。」他說：「我現在就得出去和中盤配合作業，沒時間處理這件事。妳把辭職書交給邱先生，北二區的業務請他派人接替。」

劉昭男把車子開得飛快，心裏洋溢著一陣陣宿仇得報的那種快感，全身骨頭霎時都感到無比輕鬆了起來。

當天晚上，他藉口公司有個重要的會要開，提早結束了中盤的配合作業。但是，他並沒有去赴羅大夫的邀約，這是他與羅大夫事先就講好了的。羅大夫早就想邀趙秀燕約會了，但是恐怕她會因爲女性的矜持心不肯爽快地答應，所以才故意邀請他作陪。而他對羅大夫的心意可清楚得很，便如此這般做了一個順水人情。

反正，不過是遲早的事情，醫生如果要和這些藥品公司的女外務員約會吃飯，法子多得很，除非她不想吃這行飯了。否則，碰到這樣的醫生，死皮賴臉的，她最好也只有樂得答應。就像他劉昭男吃定了那些廣告公司和雜誌社拉廣告生意的女外務員一樣，不給面子的，廣告就不交給她。總之，爲了生意，沒有完全可以不交際應酬的。當然也不能太過份勉強人家，否則人家也可以不做你的生意。但是就他劉昭男的經驗，這樣的人他還不曾見過。有人肯花錢請吃飯、請跳舞，又有生意可做，還有什麼不好的？這些女外務員給他的印象就是這樣。偶爾有一、兩個能談得特別投機或什麼的，帶她們到旅社去「休息」也是有願意的。對她們這樣的想法和作法，他竟會從心底有一種同情，就像是在同情著自己，也有一種敬意，爲了職業的關係，竟肯委屈自己、犧牲自己到這樣的地步。

但是，當他午夜捫心反省著的時候，背脊立刻就會感到一股刺骨的寒意，陰冷地刺激著他的神經。

「眞是不堪哪！」他想。

第二天早晨，已經過了十點，趙秀燕還沒有來。劉昭男坐在辦公室裏等她，等得都有點不耐煩了。

「姓羅的這傢伙，昨晚也不知道怎麼擺布了她，這麼遲了還不來。」

劉昭男心裏嘀咕著，很想打個電話到醫院去問問羅大夫，又覺得多一事不如少一事；但是，不問，心裏又覺得怪不是滋味的，好像有螞蟻在輕輕咬囓著他的心。猶豫了一陣，他終於還是決定不問了。

反正，人家的事情。他想。

他又等了一會兒，趙秀燕還是沒來。他站起來，正想出去，突然看見趙秀燕連奔帶跑地從大門口進來了。他心頭一喜，又坐了下去，微笑地望著趙秀燕氣喘吁吁地踏著細碎的快步走進他的辦公室來。

「怎麼？睡晚了？」

「對不起！遲到了這麼久，」她望了望腕錶，不好意思地說。

「昨晚玩得高興嗎？」

「還好，只是太晚了。」她說：「我又不太會跳舞。」

「羅大夫有沒有欺負妳呀？」他笑著說：「羅大夫那個人喜歡開玩笑，如果他欺負妳，我要去找他算帳的。」

「沒有啦，他那個人，還蠻風趣的。」她突然羞澀地笑起來。

「只要玩得高興就好。」

「劉經理，你怎麼不去呀？是不是你們串通好的？」

「串通？串通什麼？我臨時有事，已經打了電話給羅大夫，怎麼？他沒告訴妳？」

「他把你們的陰謀都告訴我了，你還說謊？」她撇著嘴，生氣地說。

「哦——那是他故意逗妳，跟妳開玩笑的。」他笑著說，立刻把話題轉到公務上，「××醫院的業務，以後就靠妳去建立關係，照這樣的方式去進行，絕對不會錯的。」

「不過，我，我還是不習慣，」她說：「怪不自然的，使我覺得好像有什麼陰謀。」

「陰謀？妳是怎麼想的？要做生意自然免不了要應酬，我還不是一樣！」他一本正經地說：「妳不要把事情想得太複雜，我倒覺得——」他突然很神秘似地笑起來，「羅大夫似乎很喜歡妳哩。」

「見鬼啦！前後才見過幾次面那裏就喜歡了？」她的臉突然紅起來，又似有點生氣地說：「還有事嗎？沒事我要走了！」

「好吧，妳走！只是別把我想得太壞就好，」他笑著說：「沒什麼陰謀的，妳儘管放心！」

「你還不壞？」她笑著說：「你才壞哩！」一抹紅暈又飛上了她的臉頰，話才說完，她立刻跑出了經理辦公室。

劉昭男只覺得腦子「轟！」的一聲響，全身的血液突然都熱了起來，兩眼直望著她扭扭幌幌的背影已經消失在大門口了，還怔怔地坐在那裏發著楞。隔了好一會兒，他才深深吁了一口氣，心裏突然感到一種淡淡的寂寞的情緒。

他無意識地動了動桌上的東西，站起來，正想出去，管人事的黃小姐卻走了進來。

「噯呀，劉經理，我差一點給忘了，」她把一張紙條交給劉昭男，說：「董事長要我把這個交給你，他上午去藥劑師公會開理監事會議，他說要麻煩你處理一下。」

劉昭男接過紙條一看，是陳志武昨天的那張辭職書，上面寫著邱德彰的批示：

請設法調派人手，北二區業務務需如期完成！

劉昭男的胸膛突然像被人用鐵鎚狠狠捶了一樣，一股洶湧的熱血和憤怒立刻火山爆發一般噴湧了出來。

「人手、人手，他媽的，那來的人手？」

黃小姐驚疑地瞪大了眼睛望著他，怯怯地，一句話都不敢說便退出了經理室。

他憤恨地把那張辭職書揉成一團，緊緊握在手裏。

「務需如期完成，幹他娘，說得倒好聽！」

他一屁股坐到椅子裏，隨手把紙團往地上一甩。

「這不是要逼死人嗎？已經沒有人手了，還務需如期完成，他媽的×！」他憤憤地自言自語著。

顯然，他是要用這種方式逼我辭職了！

劉昭男的思路自自然然地又往這個方向胡思亂想了起來。

有這麼簡單嗎？沒有我劉昭男，那裏有你今天這個華倫藥品公司？你也不過承祖宗的遺蔭有幾個錢，就對人這般神頤氣使的。媽的，想逼我走路？——我就偏不走，看你能拿我怎麼樣？我劉昭男如果這麼容易就被你撂倒了，那，我還能在藥界混個屁！

他拉開抽屜，把一批幾天前即已收拾好的文件資料拿出來，放進他的公事包裏。又拿出一綑捲著的月曆和印著 Modern sex in marriage 的封皮書，挾在腋下，提了公事包走了出去。

「我到中盤客戶那裏配合作業了，」他對黃小姐說：「我中午不回來，北二區的業務就請妳轉告邱的，公司已經沒有人手了，請他自己去和中盤配合吧！」

他滿臉惱怒地走出辦公室，突然又折回來，大聲對黃小姐說：「妳要記得告訴他，說是我這樣講的！」

他把車子開到衡陽路，找了一個可以停車的地方下了車，便向他的中學同學楊律師的事務所走去，心裏怨憤難消地——

這麼簡單就想叫我走路了？過了河就想拆橋，哼！想得倒輕鬆！幹你娘哩，你既無情就別怪我無義，大家走著瞧！

他橫過馬路，走進走廊，轉眼之間就消失在熙熙攘攘的人潮裏了。

四

每個月初，華倫藥品公司照例要開一次業務檢討會，來檢討一個月來的營業情況。上個月與全省各地中盤商配合作業的結果，根據財物組整理出來的統計，公司印製的十萬份精美月曆和一萬冊贈書。據說，總共才送出去五分之一；也就是說，上個月的營業情形只完成了原先所預計的五分之一而已。這樣的營業收入與公司花在醫生和中盤商的交際費用、藥品成本、贈品印刷費及一切開銷相比，據說是使公司蝕了大本。所以，在業務檢討會上，邱德彰便嚴厲地批評了公司所有的工作人員，指責外務員缺乏職業精神、投機取巧、陽奉陰違、怠職倦勤、工作不力；又批評領導幹部自我本位、觀念偏差、與公司斤斤計較、在領導上自失立場、缺乏領導能力等等。

所有的外務員的內心都激盪著一種不平、不滿的情緒。但是，表面上大家卻都安靜地沉默著。有的望著眼前的茶杯、有的拿了筆在紙上無目的地畫著、有的望著窗外、有的人則抿緊了嘴唇無表情地兩眼直視著他。

頭家是你在做，你愛怎麼講就怎麼講。反正，我又不在你這裏幹一輩子！

大家的內心這樣想著。

但是，這些批評聽在劉昭男耳裏，卻句句都像針一樣地刺著他。平時他已經積怨很深了。這一下，他更是怒不可遏了，便霍地從座位上站起來：

「你講得很對，我們所有的人確實都有你所指責的那些缺點和錯誤，」他似乎很努力地要控制著他的聲調。但是終於又控制不住，大聲對邱德彰說：

「公司裏的外務員和幹部都這樣差勁，這不是顯示你當老闆的人的差勁、低能嗎？如果你沒有瞎了眼，如果你還有良心，你應該可以看到，大家每天都拚得無暝無日。但是，你做老闆的人對大家怎麼樣？不但連加班費、油錢都沒有給我們，還要大家自己掏腰包請客戶吃飯。你指責我們和公司斤斤計較，那麼你呢？幾百萬的生意還不是靠我們這些差勁的人替你做了嗎？你好意思連幾百塊的小錢也和我們計較？好意思站在這裏教訓我們？你憑什麼？不過憑你父母留給你幾個錢！你是在神氣什麼？不是靠我們這些人，你能有今天？平時對人那麼刻薄，你還能要求我們怎樣？」

所有的外務員都抬起頭來，聚精會神地聽著劉昭男那付憤慨的指控，有的人頻頻點著頭，表示著他的同感；有的人以一種幸災樂禍的報復的心情，偷偷地望著邱德彰，內心裏都感到一種無比興奮的情緒在激動著，像一股熱流般流遍了全身的四肢百骸。

「這種頭家有什麼好跟的？我們跟也要跟一個有度量、有良心、有作爲的人。我們替他賣命賺大錢，總也得分一些小錢給我們！像華倫這種公司，大家都看得很清楚了，只會吸我們的血，壓榨我們的勞力，連應該給我們的加班費、油錢、餐費都扣得這樣死死的，這不是太過分了嗎？這不是太苛狠、太欺負人了嗎？」劉昭男熱血奔騰地，流利痛快地對著所有的外務員說：「難道我們甘願替他邱德彰做一輩子的沒錢奴才嗎？」

他們兩人之間的矛盾，便這樣表面化、公開化地尖銳了起來。

開完會的那一天，所有的外務員都沒有出去工作。大家都很激動、很興奮地跟了劉昭男離開公司，到西門餐廳。他們在那裏又開了一個會。

「實在講，劉經理，今天如果不是你已經這樣講了，我也不會在你面前講這些話，」蕭義雄說：「在華倫當外務員實在是很不值得。像我，一家四、五個人，每天工作忙到晚，每個月到月底，家裏錢就不夠用了。雖說我平時比較會花錢，但是一個月五、六千元，油錢還得自己出，在台北怎麼省吃節用也跟人家不能相比。我早就想不幹了，只是，伊娘哩，現在工作難找呀，離開華倫就不知道要走到那裏去了。」

「就是說嘛，邱的實在是很刻薄，那裏有說客戶支票超過三個月，利息還要從我們的薪水裏扣。現在藥界開支票沒有不超過四個月以上的，他難道不知道？」

「還有比這個更氣人的哩！客戶倒帳又不是我們願意的，也要我們負擔百分之四十的賠償費。這樣，誰還敢去開發新客戶？」

「這些都不必再說了。總之，他是包贏不包輸的，不論什麼制度都只對他有利。」劉昭男說。

「而且他每次開出來的諾言沒有一次兌現的，像這次業務大競賽，他媽的！」蕭義雄忍不住破口大罵起來：「大家每天拚到三更半夜，油錢、餐費沒補貼不說，連他答應分給大家的獎金，不但連提都不提，大家還白挨他一頓訓。幹！開黑店吃人也不是這樣！」

「劉經理，你自己來做老闆吧，我們都願意跟你走。」

「對啊，劉經理，以你的能力，自己出來當老闆還怕搞不好嗎？我也願意跟著你。」

劉昭男的心裏雖然充滿著激憤，但是對整個商場的形勢和性質他卻是看得很透很清楚的，在這種經濟制度之下，只有有資金、有本錢的人才有可能賺錢；否則，即使有再高、再好的能力也只能替人家拿皮包、領薪水而已。因此，雖然大家都這樣羣情激動地站在他這一邊，同情他、鼓勵他，但是他卻在這短短的時間裏突然冷靜了下來，他反而變得沉默了。

他有他自己的打算。

首先，他考慮的是，要如何才能從邱德彰手裏拿到那三分之一的股權。他想，你邱德彰能有今天這個江山，還不是我劉昭男一手替你打出來的。我要我應該要的，拿我應該拿的，一點也不過分。但是，他也明白邱德彰絕不會心甘情願地聽憑他的要求。如果不使出幾個狠招，甭說那三分之一的股權了，恐怕他還會對他劉昭男採取什麼趕盡殺絕的手段也說不定。

這一點，我可不能不防備他，否則……

劉昭男心裏微微地感到一種不安。楊律師已經很明白地告訴他，那三分之一的股份，既無字據又無憑證，在法律上一點效用都沒有。除非利用公司帳册與有關的文件資料，以檢舉他逃稅、非法營業來威脅他，否則他劉昭男是別想要拿到那三分之一的股權了。但是，用逃稅和非法營業來威脅他，又會涉嫌勒索、敲詐，對他劉昭男也是極不利的，說不定反而因此還讓他邱德彰反控一狀也說不定。

他想到這裏，不禁感到一股陰陰的寒意自心底浮升了起來。

這樣看來，今天這般心浮起躁地和他公開絕裂了，對他顯然是個不智的舉動了。這立刻使他想到他今後的出路和職業，連帶他一家五、六口的生計來了。想要再找到一個像現在這種收入的職業，恐怕也難了。經濟這麼不景氣，公司倒閉的倒閉、裁員的裁員。……雖說心裏早也有自己開公司當老闆的雄心和願望，但是至少也要有一、兩百萬的資金才行，這要到那裏去找呢？……

他不禁感到一陣深沉的憂慮和不安，鉛板一般地壓在他的心上。

「劉經理，你是有什麼心事嗎？怎麼想得那麼癡癡傻傻的？」蕭義雄說：「我們都在等著聽你的意見，下一步棋我們應該怎麼走呀？」

劉昭男從沉思中醒過來，看了大家一眼，終於緩緩地說：

「今天是三號了，後天就發薪水，我看大家明天還是照常去簽到，簽過到就統統留在辦公室裏別出去，等領了薪水再看著辦吧！」

「劉經理的意思是……？」

「商場就是這樣，到那裏去都一樣，每一個做老闆的都巴不得賺到的錢由他一個人獨享，下面的人領的錢越少越好，我替大家爭的也只是要一個合理的待遇，作牛、作馬都可以，但總得要有個合理的代價，如果薪水調整得合理，大家努力替他拚命也是應該的，如果還是和過去一樣，那，大家就不要幹了！」

劉昭男的聲音很低，像被什麼東西給壓住了，提不起來。

第二天，大家陸陸續續到了公司，果然簽了到就都坐在辦公室裏，沒有人出門。管人事的黃小姐很驚訝地望著大家，說：

「今天是怎麼了?怪怪的，你們怎麼都不出門呢?」

大家互相望著，沒有人接腔。辦公室裏有一種怪異的、令人窒息的沉悶的氣氛。

「蕭的,昨天松江路有一家藥房打電話來向公司要藥品目錄,你不去和他接個頭嗎?松江路是你的區吧?」黃小姐拿起一張紙片來，熱心地說：「地址和電話都在這裏。」

蕭義雄瞄了她一眼，吊兒朗當地：

「今天天氣不太好，明天再說吧！」

黃小姐看看大家，猜不懂究竟發生了什麼事，心裏狐狐疑疑的，但那種沉悶的氣氛卻使她感到一種戰爭就要爆發的前兆。她想了一會兒，終於站起來，走向董事長的辦公室。隔了好一會兒，才見黃小姐走出來，走到趙秀燕面前，低聲對她說：

「趙小姐，董事長有事想和妳談談。」

「我?」趙秀燕不安地看了看始終沉默著的其他人。

「什麼事呀?」她說。

「我也不知道，」黃小姐說：「董事長等妳呢，妳趕快進去吧！」

趙秀燕不安地猶豫了一下，又怯怯地看了其他人一眼。終於站起來，滯重地一步一步走向董事長的辦公室。

其他人都在屏息等待著，時間一分一秒溜過去了，十分、二十分、半點鐘，趙秀燕仍然還沒出來，大家的心裏漸漸感到一種惶惶的不安。辦公室裏沒有人講話，聽得見街上的車聲和屋外走廊裏皮鞋敲在水泥地的聲音。一種似乎凝固起來的寂靜，使每個人的心頭上好像壓著一塊沉重的鉛板。蕭義雄挺起胸膛試著作了一個深呼吸。

「好悶哪！」他說。

沒有人接腔，屋裏的氣氛立刻又凝固了起來。

這樣隔了好久，門突然「呀！」地一聲開了。趙秀燕頎長豐滿的身影跟著出現在門口。大家抬頭一望，只見她遲疑了下，望了大家一眼，立刻就逃避似地低下了頭，有點羞愧的樣子，默默地走過辦公室，走出了大樓的門口。

蕭義雄突然站起來，大步向門口追了出去。只跑了幾步，就聽見黃小姐在背後叫著：

「蕭的，不要跑呀，董事長有事請你哪！」

蕭義雄站住，猶豫了一下，終於踅了回來。

等到蕭義雄出來的時候，平時和他比較熟悉的外務員便走過來迎著他問：

「怎樣？」

「安啦！儘管進去，」他喜孜孜地說：「薪水都調整了！」聲音高得辦公室裏的每一個人都聽得清清楚楚的。

劉昭男坐在經理室裏，靜靜地望著外務員一個、一個被邱德彰叫了進去，又一個、一個走出來時竟都喜氣洋洋地提著公事包出門去了，他心裏頭便像掛了十五個吊桶在那裏，七上八下的，既不安又憤怒！

他是完完全全地被孤立了！

早就應該料到他會有這一招的，爲什麼昨天不鼓勵大家今天就罷勤不要來上班呢？當時只要他輕輕一句話，大家就會輕易跟著他走的，現在，唉！僅僅一念之差……。

劉昭男無限痛悔地自責著，但他隨即又鼓勵著自己：沒關係，你還有許多把柄落在我手裏，逃稅、非法營業，哼哼……大家走著瞧吧，我還怕你不屈服嗎？等你找我時，我就不動聲色，給你來個莫測高深。……

所有的外務員都走光了，劉昭男仍然坐在經理室裏等待著，香煙一支接一支地抽，時間都快中午了，這中間，邱德彰也曾走出他的董事長室，偷偷看到劉昭男坐在經理室裏，他卻像沒看見一樣，一點都沒有要找他談的跡象。劉昭男漸漸有點按耐不住了，他覺得這是邱德彰故意在他面前展威風，故意冷落他，不給他面子，根本視他如無物。他這麼一想，心裏立刻感到怒不可遏起來。

好啊，你既然不敢找我，我就偏要去找你，看你怎麼來發落我。

他霍地站起來，把香煙頭往煙灰缸裏猛力一壓，還狠狠地用力在缸裏揉搓了幾下，一不小心，力量控制得不好，只聽到「砰朗」一聲，竟把整個煙灰缸打翻到地上了。他連看也不看，便大踏步向董事長室衝了進去。

坐在辦公室裏的每一個人，都屏聲息氣地豎起耳朵來傾聽。

董事長室是用隔音板隔起來的，沒有人聽見他們究竟在裏面談了些什麼。大概總有一小時以上，下班時間已經過去了，才看見劉昭男臉色發青，猛力拉開了門，連誰都不望一眼，便怒氣沖沖筆直地走出辦公室大門。

談判明顯的是破裂了。

在這之後，他們又私下談過幾次，但是始終沒有談出一個結果來。

雙方爭執的焦點其實還是一個錢字。劉昭男最先開了一個兩百萬元的條件，否則，他揚言要搞垮邱德彰的華倫藥品公司；而邱德彰則到處訴苦，說劉昭男獅子大開口，完全不顧朋友的義氣，幾年來公司雖然沒賺錢，也儘量在照顧著他，使他有了汽車和洋房，現在他卻這樣絕情絕義，說翻就翻，還用卑鄙的手段威脅他、敲詐他，存心是要毀滅他，叫他破產。他說，士可殺不可辱，他寧可因為逃稅被罰破產，也絕不接受他的敲詐。

他們經過了一段時間的不斷爭吵、攻擊後，彼此都覺得有點累了。而且這件事情漸漸也在藥界同業之間有了一些風傳，大家對他們這種翻臉成仇的作爲也有許多不利的批評。因此，經過一番比較冷靜的檢討後，他們都覺得這樣下去只有兩敗俱傷，誰都得不到好處。於是，昔日的同窗好友便有人出來勸說、斡旋。雙方便都在一種心不甘、情不願的情況下，接受了朋友安排的條件：由邱德彰開一張二十萬的即期支票給劉昭男，作爲換回那些被劉昭男取走的文件資料的條件；而劉昭男也立下字據，登報聲明從此與華倫公司無任何關係，並保證不再有任何不利於華倫公司的行爲。

兩個人都認爲自己吃了大虧，都認爲自己是被對方給利用了、出賣了！

五

離開了華倫藥品公司後的劉昭男，起初是很想獨自創一番事業，向國外藥廠爭取幾個代理權，來和華倫公司別別苗頭的。他心想，別人的公司他都有辦法替人家搞起來了，那麼，如果是他自己的公司，又加上過去這四、五年的歷練，更應該是沒有問題的吧？但是經他詳細計算過後，卻又發現這樣一個公司最起碼也要有個三、五百萬的資金才行，而他手上只有從邱德彰那裏挖來的二十萬而已。

他也考慮過，想先把建築公司借貸的尾款十幾萬還了，再拿房屋所有權狀去向銀行借一筆錢來湊湊數。但是一方面是金額仍然相差太遠，一方面他又顧慮到現在國內的景氣還沒有一點復甦的跡象。銀行放款條件又緊、又苛，萬一週轉得不好，倒閉了，到時，一家五、六口人，恐怕連個棲身的地方都沒有。而且，這幾年來他一直一心一意地在替華倫公司打天下，只注意到華倫公司的業務發展，所接觸的都是下手關係，不是中盤商就是藥房或醫生，上手的關係都由邱德彰出面去接洽、去建立。因此到目前爲止，究竟能向國外爭取到什麼藥品來代理經銷，還是連一點眉目都沒有，他也實在不敢冒然地就把這點血本投下去。

再等等看吧，他想，等到一個適當的機會再說吧。

於是，他把從邱德彰挖來的那二十萬，一部分先還了建築公司的貸款，剩下的做爲家用。

頭一、兩個月裏，他幾乎每天都在找昔日的同班同學和好友，不是吃飯就是聯絡，但是這些同學好友的態度卻使他覺得怪怪的，往往飯是吃了，但是一談到生意，一談到合夥或什麼的，那些人就都沉默了起來，逕說：

「難哪，現在要開個公司那有這麼容易的。」

連那個以往一見面就鼓勵他離開華倫與他合作的老韋也逕說些空洞的、不著邊際的話。

這不禁使他疑心起來：大概邱德彰在這些朋友面前說了他許多壞話吧？一想到這個，劉昭男的心裏就不禁對邱德彰咬牙切齒地痛恨了起來。

四、五個月的時間就在這種無窮的尋覓、等待與失望中過去了，劉昭男家裏每個月的開銷，加上他的交際費用、汽車的保養費和油錢，每天只看到出的，沒看到進的，他實實在在地感到一股從未有過的壓力，不斷地在壓迫著他。

這樣下去可不行了。他在心裏警告著自己：必須趕快想個辦法才行哪，好歹總得先找個職業，有了驢子騎才好再找馬。不然，眼看家裏就快要連一點錢都沒有了。

他只好又到處去打聽，請朋友幫忙，看有那一家公司或藥廠需要經營方面的人才。但是所有的消息似乎都斷了。大家逕說：「會啦，一定幫著留意留意！」但是卻都沒有更進一步的消息。甚至，連他看報去應徵的幾家藥廠和公司，原表示對他的經歷極爲器重的，也都像丟到大海裏的石頭一樣，無聲無息的。這一來，他才眞正發現了邱德彰的厲害，才眞正領略了他的陰狠毒辣。所有他能運用的關係和出路，竟全都被他到處散布的謠言所破壞、所斷喪了！

「我們公司的外務員是需要的，幹部倒還沒有缺，如果你肯屈就的話——」

連幾個已經開了公司當老闆的同班同學也這麼說。這在他劉昭男聽來，簡直是一種莫大的輕視和侮辱了！

要他從外務員幹起?這比用刀子殺了他還使他覺得痛苦!堂堂一個華倫公司的創辦人、經理,竟淪落到要每天提著皮包,沿家挨戶到藥房去推銷藥品?即使別人不笑他,邱德彰一定也要笑歪了嘴巴鄙夷他吧!

一想到邱德彰那副白淨的陰險的嘴臉,劉昭男的血氣就忍不住要從胸膛噴了出來。就是會餓死,我也不給邱德彰這樣的機會!

他咬著牙,狠狠地發誓。

但是,一家五、六口人的生活,每個月至少也要一萬多近兩萬的開銷。幾年來又講究慣了,一下子想省也覺得怪不能適應的。就以開車子來說吧,他也曾經想過,在這種失業的情形下,實在太花費了,不如把它賣了,擠公共汽車還不是一樣的嗎?但是,有幾天他上街沒開車,站在路邊等公共汽車,左等右等車子老是不來,就讓他覺得好像一個人缺了兩條腿似的,到那裏都覺得不方便。有時,街頭路尾碰到熟識的人,尤其是那些在廣告公司和雜誌社拉廣告生意的小姐們,笑瞇瞇地迎著他問:

「劉先生,好久不見了,聽說你自己當老闆了,怎麼都不請客呀?」

這更使他覺得像有無數把刀子在他身上割著,凌遲似地,使他痛苦得整個心都收縮了起來。

每天他一回家,他的老母親總以那種憂愁的眼神和口氣,嘮嘮叨叨地,又是關心、又是責備地問著他：

「阿男仔，怎麼樣了？都已經五、六個月了，每天開了車子往外跑，職業也還沒有一點消息，你到底是在做什麼打算呀？一家人六、七張嘴都僅靠你一人，你這樣沒責沒任的，唉！……以前的工作好好的，就愛跟人家吵。現在，每天這樣坐著吃能吃到底時？你這個孩子，都已經三十六、七歲了，脾氣還是那麼壞……你要改一改哦。我告訴你，……你要好好打算一下，孩子都三個了，還這樣沒責沒任的，怎麼行呢？……」

「噯呀，好啦好啦，每天我一回來，妳就這樣唸唸唸的，唸個沒完！又沒餓了妳或冷了妳，妳何需這樣替我操心幹什麼？」然後，他又指著他太太發脾氣：「怎麼的？家裏又沒有死人，憂頭結面的，我看了就心煩！」

他太太抱了孩子默默地坐在沙發上，眼看他這幾個月來心情惡劣，心裏也著實覺得難過，被他這一罵，不覺無限委屈地，眼圈一紅，兩顆眼淚忍不住就掉了下來。

「妳哭什麼哭？我都還沒死——」

他說到這裏，突然覺察到自己的話說得未免太重了，便立刻收了嘴，無限懊惱地坐到沙發裏，望著母親、妻子的臉上都是一副憂愁悲傷的神色，不禁又對自己的粗暴感到無限的悔恨了。

他低垂了頭，雙手捂著臉，像孩子般把身體彎曲地窩在沙發裏，客廳裏有一種令人心悸的靜默，只聽到壁鐘嘀嗒嘀嗒的聲音，像一支小鐵錘，輕輕地敲在人的腦殼上。過了好一會兒，才見他慢慢地坐直了身體，緩緩抬起頭來，避開母親和妻子關注的眼光，望著牆壁，深深吁了一口氣。

「我不會讓妳們餓到或冷著的……」他說，聲音低低的，有點喑啞。

這一天，他應以前的中盤客戶吉安藥房高老闆的邀約，在外面談事情，談了很晚。他對高老闆的盛情是感謝的，席上還喝了點酒，他顯得有點激動，以前的同班同學、老朋友都像遇到毒蛇一樣逃避著他。現在他們都神了，一個一個都當了老闆，只有他劉昭男落魄了，連個職業都沒出路，難怪人家這樣子啊，想到這一層，他的心是無法平靜的。

而在這個時節，高老闆竟然主動來找他談合作生意的事情，這怎麼能不使他感激萬分呢？

但是，噯！這怎麼行呢？這樣做是犯法的事呀！

他握住高老闆的手，很誠懇地說：

「高的，在藥界你是前輩，蒙你看得起要提拔我，我很感謝你！特別是我正在落難的這個時候，患難的交情才是眞交情。但是，……請你原諒我，這種生意我，噯！我不敢做。」

他搖搖頭，語氣突然變得有點低啞：

「製造春藥還兼營應召，……瘋啦，高的，你怎麼也會想做這事？……你不怕被人捉去殺頭？」

「殺頭？不會啦，劉的，你不要這樣怕死好不好？你以前在華倫賣那種『樂得死』藥膏，還不也是春藥？還公開從國外進口，怎麼沒捉去殺頭？這種天年，講得那個一點，幹！敢死的人拿去吃！你看那些肚子大大、頭頂禿禿的什麼大頭家、大老闆，那一個不是年輕的時候敢死敢拚才有今天？」高老闆說：「我實在跟你講，這個點子其實也不是我想出來的，我的頭腦沒有這麼活。這完全是華倫那個邱德彰的主意，他就想這樣搞，大概他沒有告訴過你。但是，邱的那種人我看不順眼，我不願跟他合作。你們的關係我是從頭到尾淸淸楚楚。講一句公道話，也不是我今天要拉你合作才這樣捧你，當年要是沒有你劉的，我敢說，藥界今天絕不會有他華倫藥品公司。這種人連兄弟都敢吃了，我能跟他合作？」

劉昭男突然咕嚕一聲，大口喝了一杯酒，「碰！」地把酒杯放在桌上，很激動地說：

「高的，今天聽到你這些話。我，我劉昭男沒枉費，我交你這個朋友沒枉費！」

「邱的能有今天這種局面，就是因爲他敢！他敢死！劉的，我來說幾句實在話，今天說能力你劉的有能力，說做人你劉的有義氣，但是，今天你爲什麼會落魄到這種地步？」高老闆把臉伸到劉昭男的鼻子前，悄悄地說：「兄弟間，我說的你不要見怪，你這個人就是太有良心，面皮太薄，不敢狠！像我剛才講的那個計劃，本錢少，利潤大，而且是穩賺的！人家邱的都敢想要做，你爲什麼不敢？邱的做人算盤是打得很準，他爲什麼找我？還不是看上我在藥界這二十年的關係可以利用，看上我的幾個結拜兄弟都很夠力；但是，我就偏偏不願跟他合作。我有這個關係，我自己不會找可靠的人合作？我找他？幹！……」

「這個計劃，賺錢是會賺錢啦，不過……」

「不會怎麼樣啦，我們又不是永遠要幹這個，等我們賺了錢，我們可以改行投資到房地產或什麼的，只要有錢，他媽的！那一行都可以！」高老闆說：「如果不是有十足的把握，我也不敢作，我一家那麼多人，我也會考慮，我又不是瘋了。至於本錢，你不必愁，我先出，到時我們五五分帳，絕不會讓你吃虧的！你仔細想一想。……」

那天他回到家裏，已經是夜裏十二點多了。進門開了燈，他才發現他太大抱了那個最小的孩子坐在客廳裏。

「咦，妳還不睡覺，坐在這裏幹什麼？」

「孩子發燒了。」

「怎麼發燒了呢？給醫生看過沒有？」他走過去摸了摸孩子的額頭，「這麼燙！要趕快去看醫生。」

「家裏，家裏沒錢了。」她低著聲音說。

「沒錢？沒錢怎麼不早講，孩子燒得這樣，」他不知道是爲了沒錢，還是爲了孩子發燒，突然感到煩躁起來，忍不住大聲吼著，「他媽的，我要是不回來，妳難道就這樣坐著抱了他等死嗎？」

「白天還好好的，只是咳嗽，並沒有燒得這樣，」她辯解著：「我想，也許晚上就好了，沒想到……」

他摸了摸口袋，大概還有七、八百元，便催著：

「好啦好啦好啦，別再囉囉嗦嗦，趕快到醫院去。」

他開了車，到附近那家經常去的教會醫院掛了急診。

「你的錢夠嗎？」他太太擔心地說。

「夠啦夠啦，小孩子感冒發燒，難道要上千、上萬？」他不耐煩地說。

但是醫生說，孩子得的不是小感冒，是急性肺炎，燒過了四十度，要住院。

「住院？這麼嚴重嗎？」

「燒得太高了，急性肺炎，還是住院比較保險。」醫生說：「大概只要住幾天就可以了，用不了多少錢的」。

「好吧，住院……」他心裏覺得有點爲難，摸摸口袋，但是還是去塡了住院申請表，辦了手續。

「請先繳住院保證金一萬元。」

「一萬元，嘿，我可不可以，呃，可不可以明天補繳？這麼晚了，家裏，呃，沒這麼多現款，銀行又都關門了，……」

他覺得舌頭有點硬，講起話來，結結巴巴的。

「這是醫院的規定，住院都要先繳保證金，」那人看了看他，似乎有點不放心，說：「你現在有多少錢？」

他把鈔票掏出來，數了數，「七百元！」他說，心裏有點苦澀。

「七百，差太遠了，……」

「我明天就補繳，現在銀行沒開，又這麼晚了。……」他說：「不然，我把汽車押在這裏。」

「汽車？你開計程車？」

「不是，我自用的轎車。」

「你有自用轎車？那好，明天補繳沒關係，」那人露出笑容來解釋著：「這是醫院的規定，我沒辦法，醫院怕病人住了院不繳錢，所以才這麼規定，也是沒辦法！」

當晚，他讓太太回家去，明天早上還得作飯，照顧兩個大的上學，他則留在醫院裏，看著那個孩子，一整個晚上他都沒闔眼，孩子倒安靜，只是他自己心裏卻翻騰得厲害。

他萬萬沒有料到，自己在商場混了這幾年，竟然落到這樣窮困的地步，連孩子的住院保證金都繳不出來，還騙人明天到銀行去領，領什麼呀？銀行的戶頭總共剩不到一百元。而明天家裏幾口人還得吃。……他突然覺得很難過、很軟弱。

混了這幾年，不過替別人賺了錢，而自己，……他媽的！

他恨恨地咒著，想起邱德彰，想起那些都已經當了老闆的同班同學和老朋友，他的心是無法平靜的。

明天的一萬元保證金他是絕不肯去向他們借的。

孩子會死也不去向他們低頭，他狠狠地對自己說。

但是，除了這些人，想來想去，他又找不出更適當的可以告貸的地方，他不禁有點不安、有點惶恐了。

一萬元而已，幹！我不相信就把我給逼死了。他又安慰自己，再不濟，那部汽車也可以賣個好幾萬，擔心什麼呢？

但是，他心裏卻又不能不感到一種隱隱的痛楚，一離開華倫他就得賣車子、就走頭無路，好像他除了在華倫就再也找不到吃飯的地方了。

他雙手捂著臉，想到孩子的住院保證金、醫療費、一家幾口人吃的穿的；想到年老的母親和妻子那副愁苦的陰鬱的臉；想到那些同學、老朋友和同事們，也許都用一種訕笑的、幸災樂禍的心情在望著他。……他感到一種重大的壓力鉛板一般壓在他心上，使他呼吸困難，使他窒悶起來，使他不得不痛苦地彎曲了身體窩在椅子裏。

隔了好一會兒，他突然又像龍蝦一般從椅子上彈起來，像跟誰生著氣，憤憤地說：他媽的，我不信我就這樣垮了，爬不起來。只要敢死，只要敢拚，我劉昭男還怕賺不到錢嗎？

第二天一大早，醫院就給他一張通知單，要他補繳一萬元保證金，通知單上還註明，如果保證金不繳，就不能給孩子打針開藥。他心裏很不痛快，覺得醫院太現實了，但是也沒說什麼。等他太太到醫院來接了班，他就開了車子去找高老闆。

「怎麼？想通了吧？」高老闆笑著問他。

「高的，我想把車子賣了，……」

「你賣車子做什麼？車子以後還有用。」

「我女兒病了，住在醫院裏，我需要錢。」

「這個啊，簡單的事，要多少錢你說，」高老闆一副慷慨的樣子說：「你要現金還是支票？車子留著以後還有用，不要賣了。」

「你先給我兩萬元現金吧，就算我先向你借的。」劉昭男說：「以後賺了錢，連利息一齊還給你。」

「兩萬元，可以。」高老闆說：「以後的生意，不是我吹的，很大哩。現在的社會，大家喜歡爽，製造幾種那一類的藥，單單在台北、高雄幾個大都市裏賣就不得了了。何況還有那種生意，配合起來，不要一年，他媽的！穩賺的，我告訴你。」

高老闆從抽屜裏拿出兩疊鈔票來交給劉昭男，「大概藥廠由你管理，你是藥劑師，你對藥內行；營業計劃也由你負責。我來負責和全省各地藥房、還有台北的各觀光飯店、旅社的聯絡工作。」他說：「詳細的情形，我們再商量，你看怎麼樣？」

「好！我去了醫院就回來和你碰頭。」

劉昭男一隻手緊緊握著那兩疊鈔票，一隻手握著方向盤，前前後後的汽車、行人，從他的視界流水一般流過去。他感到手掌沁著汗，心裏似乎有無數隻的蟲蟻在輕輕地咬著他，使他感到一陣隱隱的痛楚；嘴巴有點苦，還發出一陣令人噁心的酸腐的臭味。他覺得四肢冷冰冰的，全身感到一種陰陰的寒意從心底升起來。

他突然害怕起來，把車滑向路邊，熄了火，整個人軟弱地靠在方向盤上，一條冷汗冰涼地沿著他的肌膚緩緩地自腋下滑了下來。

——原載一九七七年四月《中國時報》人間副刊

一個年輕的中學教員

一

大清早，台北的天氣顯得格外的清冷。

李文舉一走下公共汽車，就感覺到一股刺骨的冷風迎面向頸子裏灌，使他忍不住打了個寒顫。他把夾克的領子向上提了提，雙手把胸前的拉鍊直拉到脖子下，看了一下腕錶，才七點二十分。

「還這麼早？」

他咕噥了一聲，把雙手放在嘴巴前面，呵了一口白濛濛的熱氣，向馬路兩邊望了望，也不管紅燈綠燈，邁開大步就跑了過去。

迎面不斷有一些學生走過來，挺著胸膛，邁著矯健的步子，好像不畏風寒似的，展示著旭日一般的朝氣。走廊下一整排各式各樣的公司、店鋪的大門都還深鎖著，只有走廊盡頭靠鐵路邊的那家豆漿店的門庭正在熱鬧著，夥計站在門口對著走過的行人熱絡地招呼：

「吃早點，裏面坐，裏面坐啦！」

李文舉雙手插在口袋裏，低了頭走過豆漿店，走過鐵路平交道，就看見學校灰色的圍牆，和圍牆上冒出頭來的樹梢。他輕快地向前跑了幾步，又把雙手放到嘴邊呵了一口熱氣，順口輕輕叫了一聲：

「噢！曉娟！」

心裏突然熱活了起來。

昨天，當他避開了同事們的注意，偷偷把大學時代在系刊、校刊上發表過的文章，以及畢業後這兩、三年來偶爾在報紙副刊上，登載過的幾篇散文剪報交給她時，她那種驚異的充滿欽佩的神情——

「哇！這麼多！眞不愧是大作家啊！」

這，突然的，就使他無限地感動了起來。

「你一定擁有很多讀者吧？」

「寫文章是很寂寞的，」他說：「如果能得到一、兩個眞正的知音，那就，那就很值得安慰了。」

「怎麼會呢?寫文章能出名,又有稿費,名利雙收。像,像瓊瑤,不是很寫意的嗎?」

「瓊瑤?我和她不一樣,妳只要讀了我的文章就知道,……瓊瑤,嘿,她淺得很……」

「回去,我一定好好拜讀,」她微笑著。紅潤潤的臉上露出兩個小酒窩,「其實,瓊瑤的小說,我也不太喜歡,太,太……」

「太假了,不是眞的!」

「對,太假了!」她說。

「我希望能聽聽妳的批評,」

「批評?我怎麼敢當,我不懂,……」

「多聽聽別人的意見,可以幫助自己進步。」他說:「這個學校的文風太差了,想找個人談談文學藝術都不能,……」

「是啊,大家都太忙了,……」

「平時我聽妳講話,覺得妳文學素養蠻好的,我想,妳可以……」他感覺到自己的心跳突然加快起來,舌頭也突然變得硬了,說不出話來。

「噯呀,李老師,你不要這樣說,我其實什麼都不懂,……」她笑著,露出一排潔白整齊的牙齒。

他明明白白地感覺到她的愉快。

「我，我每天很早就到學校了，七點半以前……，我希望，希望妳……」

他覺得，他的暗示已經很明白了。

那麼——

她應該也會提早到學校來吧？他想。

他又看了一下腕錶，七點三十分。

正對面有幾個學生迎著他叫：「老師早！」，站在校門口的糾察隊員也大聲地喊：「敬禮！」，他以一個瀟灑美妙的舉手禮回了禮，輕快地跨進了校門，走向辦公室。

辦公室裏靜悄悄的，兩排辦公桌從門口直直地伸向裏面，中間自然形成了一條筆直的走道；訓導主任的寶座向著門口，牆上掛了一個大黑板，滿滿地佔據了整個牆壁。黑板上頭掛著一幅國父遺照，靜靜地俯視著空曠的辦公室。

只有負責雜役的張小妹，雙手提了一個大水壺，在替每一張桌上的玻璃杯添注茶水。

李文舉的一顆心突然沉了下去，略略感到一陣失望。

「李老師，你今天這麼早就來了？」

「嗯，我有點事……」

他很無聊地走到自己的座位上坐下去，望了望斜對面徐曉娟的位置。空空的，感覺到一種格外冷清的寂寥氣氛包圍了他。

「都還沒有人來嗎？」

「沒有！這麼早誰會來？……」

張小妹頭都沒抬一下地應著。

李文舉把雙手捽在一齊扳動了一下，手指的關節就發出一陣輕脆的「卡勅！」「卡勅！」的響聲。他又向徐曉娟的位置望了望——她會不會到教室去了呢？

「嘿，小妹，……」

「嗯，」她專心地望著杯子，把水倒滿了，才抬起頭來望著李文舉，「做什麼？」

「有沒有別的老師已經來了，先到教室去了？」他指著徐曉娟的位置，嘴巴含含糊糊地說著。

「你是說徐曉娟徐老師嗎？她才不會這麼早來，……」

「哦，不是，我不是問她。不是，我是說，……」他有點心虛，「有沒有別的老師已經先到教室去看學生早自習了？」

「沒——有！誰還會這麼認眞呢？他們準八點能到就好了！」

「哦，哦……那我是來得太早了，我以爲會有人，……」

張小妹繼續低了頭在加水，突然抬起頭來好奇地問：

「李老師，你這麼早來有什麼事？」

「哦，我還有許多作文沒有改。」

「對了，教務處明天要抽查作文。後天，教育局的督學也要來抽查，」張小妹熱心地說：「這，你知道吧？」

「我知道，我知道……」

他突然對這個抹桌子倒開水的女孩感到厭煩起來，從桌上疊得高高的簿子堆裏，拿起一本作文簿來，又拉開抽屜，拿出紅墨水和毛筆，神情嚴肅地沉著聲：

「小妹，妳不要再講話了，……」

他突然又覺得對人這樣講話不免太過分了，便有點尷尬地拿起毛筆來比著簿子，略微緩和地說：

「我要開始改作文了。怕吵，……對不起啦！」

張小妹迷惑地望了他一眼，賭氣地咕噥著：

「是你先問我，又不是我拉著你講話……」

李文舉獨自坐在辦公室裏，眼睛望著學生的作文簿，昏黃的紙上一行行的墨字，手上的毛筆逕在打了逗點的地方畫著圈，連一個字都沒看進腦子裏。一篇圈完了，竟不知道學生說了些什麼。他很不耐煩地咕噥了一聲：「怎麼搞的？」猶疑了一下，又重看了一遍，但是看不到兩行，紙面上的墨字又浮動了起來。

「嗳！眞他媽的！」

他把臉抬起來，右手挾著毛筆，托住下巴，怔怔地望著對面貼了標語的牆壁，腦子裏混亂得很，老是重覆地想：

奇怪，她怎麼沒來呢？看那些剪報看得太晚睡遲了？不然是車子在路上抛了錨？還是她忘記了？……或者，她根本沒什麼意思？

一種寂寥的情緒襲擊著他，使他突然覺得意興闌珊起來，全身懶洋洋的，但是忍不住又覺得生氣，好像被誰給欺騙了，連著咕噥了兩句：

「毫無道理，毫無道理！」

這時，走廊那邊突然響起一個粗濁和一個輕脆的聲音互道著：「早啊！」

他趕忙收歛了心神，低著頭，裝出一副專注在批改作業的姿態，但忍不住又用眼角的餘光瞄著辦公室的門口。

「唷，李老師，你今天怎麼來得這麼早啊？」

「早早，你們也早！」

他這才抬起頭來，一望，原來是初三的導師梁志鵬和高秋蓮。他不禁又感到一陣微微的失望。

「怎麼？來改作文？」高秋蓮說。

「是，不趕一下不行了，教育局要來抽查。」

「還是你們年輕人有幹勁。」梁志鵬隔著兩排桌子一個走道，大聲說。

李文舉沒有接腔，又逕自低了頭，抓起另一本作文簿攤開來，看了一下題目：

「我最敬愛的一位老師」

隨手在「愛」字旁邊畫了一個×，又在簿子上頭的空欄裏畫了一個□。

這學生太偷懶了，他想，連題目都不好好寫。作文簿上不能寫簡體字，已經說過多少遍了。

他搖了搖頭，收歛了心神，又繼續看下去，手上的毛筆在每一個逗點的地方畫著紅圓圈：

我在國民小學的時候，很不喜歡勞作課。但是，當我升上國民中學分發到本校就讀後，就對勞作課產生了很大的興趣，這都是要歸功於教我們勞作課的孫老師。……

這裏的學生，程度太差了，勞作課有什麼搞頭？敲敲打打的活像個木匠、鐵匠，玩起泥巴來又簡直是個泥水匠，四肢發達、頭腦簡單，有什麼意思？竟然都佩服起勞作老師來了。眞是，眞是沒素養、沒文化到極點了。

他不屑地想著，不自覺地輕輕搖起頭來，但是，另一種失望和寂寞的情緒，卻輕輕地啃嚙著他的心，使他對批改作文更加感到意興闌珊起來。

他在校慶紀念日的時候，也曾經到工藝室去參觀過學生的美術勞作成果展覽，一進門就看到牆壁上的一張大畫報，上面只畫了一隻握著工具的大拳頭，堅定有力地伸向空中；畫報的兩旁各貼了一張鮮紅的紙，用飽滿的墨汁各寫著四個大字：

雙手萬能

人定勝天

這立刻使他感到一股磅礴的氣勢，挾著雷霆萬鈞的力量當頭直落，震得他頭昏目眩起來。但是，當他略略瀏覽了那些掛在牆上和擺在桌上的學生作品時，不禁又很感到失望了。

怎麼盡是這些具象的東西？農人耕田啦、教室裏掃地啦、公共汽車站擁擠的現象啦、市場賣菜賣肉的小販啦，還有什麼礦場的煤車啦、計程車司機啦等等，要不然就是標名什麼廟會、爸爸、媽媽、哥哥、姊姊之類的作品，……和現實生活太貼近了。俗氣！應該有一點距離呀。藝術不是照相，這樣如實地把現實生活表現在作品上，不好！用照相的比這個還更傳眞！這些，……不好，不好！太俗了！太缺乏靈性，不夠雅！畢道，呃呃，只會用手不會用腦呀！……可惜啦！他想。

但是，學生們卻似乎都很喜歡那個教美術和勞作的孫老師。就像這個學生就在作文簿上這樣描寫：

孫老師教我們如何觀察我們的生活環境，教我們如何用雙手去創造東西。改善生活環境必需依靠我們人類的雙手，在人類勤勞的雙手下沒有不能克服的困難！孫老師這樣說。

他還給我們講了一個古時候愚公移山的故事。

他循循善誘地教我們如何用腦筋想、用眼睛看、用雙手製作、創造。一學期多的勞作課，使我深深的體會了孫老師常常掛在嘴上的兩句眞理：「手腦並用，雙手萬能！」也使我體會到，愚公移山的精神才是人定勝天的保證。……

他感到有點厭煩，有點惱恨！心裏不禁又咕噥地想著：

這些實在毫無道理！都是，呃呃，沒有素養，程度眞低呀！那些俗里俗氣的東西也配稱雙手萬能嗎？只有愚公的精神而不懂得用現代科學的發明，那才眞愚哪，比愚公還要愚！又怎麼能夠勝天呢？眞是，眞是，呃！……毫無道理！

於是，他拿起飽滿的毛筆在作文簿上批了幾個大字：

「文意重複！內容空洞！思想欠通！」

他還刻意把那三個「！」號多描了幾下，使它顯得更顯眼，好像想要加重它的力量。但是，他的內心卻被那幾個鮮艷的「！」刺激得感到一種輕輕的痛楚，混雜著幾分悵然若失的傷感。

他把臉抬起來，向四週望了望。

老師們已經陸陸續續走進辦公室來了，很自然地分成了好幾堆，分別大聲地在談論著各自興趣的話題。人聲吱吱喳喳的，嘈雜得一如菜市場，李文舉的目光迅速向左邊隔了兩個桌子的女老師堆裏瞟睃了一下，又朝四週望了望，牆上的電鐘已經指著七點五十五分了，還有五分鐘就要朝會了。

她怎麼到現在還不來？

他又朝門口望了望，正好初三的吳老師，穿著筆挺的西裝，揚著頭走了進來，李文舉不禁感到有些心急起來。

「吳老師來了，喂，老吳，昨天的行情怎麼樣？」

「好得很！台塑、華隆都漲停板！」那位穿西裝的吳老師大聲說，唯恐別人聽不見似的，「但是中華和台泥跌得很慘！」

「你看台塑還能繼續漲嗎？聽說阿拉伯石油還要漲哩！」

「阿拉伯石油再漲價，我看對台塑不會有什麼影響，已經盤了這幾個月了，靜則思動，物極必反，這是眞理！」吳老師很得意地說：「幾個月來塑膠股只跌不升，雖說受了國際油價的影響，到底還是反常，幾年來從來沒有的現象，由七百多跌到三百左右還盤了那麼久，開玩笑！我偏不信邪，熬了這幾個月終於回升了吧！我看還有得漲，即使石油再漲價，台塑的股票還是會漲！沒眼光的人會放，有遠見的人會買進，一定還有得漲……」

「那——依你看，台泥的情形怎麼樣？」

「水泥股嚒，我最近沒有餘力去注意它的發展，比較不敢說。不過嘛，……建築業好像不太景氣，許多房子賣不出去，水泥股可能要受到一些影響，除非出口限制解除，」吳老師分析著說：「不過，台泥基礎很穩固，在水泥股裏面還要算它最好！」

「喂，老吳，你不是說要替我介紹一個證券公司的經理給我認識嗎？……」

李文舉很不耐煩地把臉撇了過去，心裏不屑地想：

這些人，太俗氣了，整天股票股票的，根本就是投機嚒！從事教育的人，還這樣滿身銅臭味，……噯！怎麼一點理想都沒有？擔任的還是初三升學班的導師，簡直，簡直，噯！……誤人子弟嚒！

突然，一陣顫抖的鈴聲，尖銳地響了起來。整個學校也突然「嘩——！」地像無數隻烏鴉從深林裏振翅飛起一般地騷動了起來。

李文舉站起身來，突然瞥見辦公室的門口閃進一個輕巧的紅色的身影。他沒有轉過頭去，心裏便突地一跳，全身的血液都熱了起來。

「噯唷，徐老師，妳來了。」李文舉聽到旁邊的陳玉雀老師尖著聲叫：「我有一樣東西要給妳看呢，妳一定會喜歡，……」

李文舉裝著沒看見，轉身跟著一些老師們從辦公室的偏門走向運動場，背後隱隱約約傳來幾句簡短的對話：

「什麼東西？」

「……等朝會完了再給妳看，很好看的，價錢也不貴……」

李文舉搖搖頭，歎了一口氣，心裏咕噥咕噥地：

「噯！毫無道理！毫無道理！……」

二

開完朝會，大部分的老師都上課去了。李文舉坐在位置上裝作若無其事的樣子向四週望了望——

那個穿西裝的吳老師的耳朵插著一個耳機，正在聚精會神地大概是在收聽收音機上的股票行情，一面還在紙上記錄著；他的對面坐著兩個男老師，似乎很專心地在批改著作業；坐在最靠邊、鄰近訓導主任旁邊的訓育組長正在嚴厲地審訓一個初三的學生；那個經常拿了珠寶來學校向女同事們兜售的陳玉雀老師，挺著一個大肚子正在和徐曉娟交頭接耳說著話，並且從她的手提包裏拿出幾個紅的、綠的、黃的什麼戒指啦、耳環啦、金鍊子啦之類的飾物。

李文舉手上拿著毛筆，桌上攤著學生的作文簿，心裏很想趕快把學生的作文改完，但又老覺得心不在焉，好像辦公室裏的每一個人、每一件事都在分他的心、都在騷擾他，使他看了下一句就忘了上一句的內容。他不禁感到煩躁起來，很想把辦公室裏的每一個人、每一件事都摒棄到腦外。但是，偏偏他又清清楚楚地聽到徐曉娟和陳玉雀的每一句談話——

「妳怎麼常常有這些東西賣呢？」

「我娘家在武昌街開了兩家銀樓，從小就接觸這些東西。所以，我拿來學校賣的都比一般銀樓的便宜，不相信妳去問問看。我又不必店租、又沒有人事開銷，一千塊的東西我只要賣六、七百……」

「那妳自己一定有很多囉，怎麼都沒看妳戴過呢？」

「噯唷，徐老師，妳不要開我玩笑了，我孩子都有兩個半了還戴什麼戴？七老八十的人，戴給誰看，像妳這樣年輕漂亮的時候，我也戴，那才有意思。……徐老師，妳看看這對耳環，是眞正英國紅玉做的，配妳這件紅衣服剛剛好。」

陳玉雀拿著耳環向徐曉娟的耳邊比了比，仰著上身側著頭，嘖嘖嘖地讚美著：

「好漂亮！再加上妳這個紅潤潤的臉色，嘆！……年輕實在好哪！」

李文舉抬起頭來，正好看見徐曉娟從陳玉雀手中接過耳環，撩開耳邊的髮絲，小小心心地把耳環扣上去，他便望著徐曉娟帶點戲謔地讚歎道：

「嘖嘖嘖！眞是漂亮哪！」

「是啊，妳看，連李老師都說漂亮，」陳玉雀笑開了臉，向李文舉瞄了一眼，又斜著頭端詳著徐曉娟，「這對耳環實在很適合妳戴！好像特別爲妳做的！」

徐曉娟用手摸摸耳朵，又撩了撩耳邊的頭髮，打開皮包中的小鏡了，左看看右看看地把自己端詳了起來。

「好看是好看，不過……」

她微微搖了搖頭，笑著，伸手解下左邊的耳環，臉跟著紅了起來。

陳玉雀望著她，很熱心地說：「好看妳就戴著呀，」她把解了的耳環又往徐曉娟的左耳一扣，「就這樣戴著，價錢又不貴，……」

徐曉娟的心裏猶猶疑疑的，想推辭又似乎覺得不好意思開口，要買嘛又似乎不太有自信。

「眞的好看嗎?」她說。

「當然好看囉,不信妳可以問問李老師,」陳玉雀又把身體向後仰了仰,隔著一段距離,歪著頭,邊端詳邊又稱讚地說:「眞的漂亮得不得了!我要是男的,早就追妳了!」

徐曉娟被說得耳根一紅,徐徐解下了耳環,一本正經地說:

「好吧,我跟妳買!但是,妳要算便宜一點哦!」

「嗳呀,價錢妳放心,一定比妳在銀樓買的要便宜好幾倍,」陳玉雀喜孜孜地說:「銀樓的標價這一對耳環最少要五百元。我們同事間,拿妳兩百五十塊錢就好啦!」

「兩百五十啊?好貴哦!」

「這是眞正的英國紅玉,不是路攤上擺的那種化學的塑膠的,像妳這樣高貴的氣質,當然戴就要戴這種高貴的外國紅玉耳環……」

李文舉突然覺得好笑起來,鄙夷地瞄了陳玉雀一眼,把頭埋到作文簿裏,心裏不禁又咕噥咕噥地:

「眞是,嘿嘿!毫無道理!毫無道理!」

接著,他打了一個呵欠,覺得眼睛有點酸澀、人有點累,作文簿上的黃紙墨字似乎零零散散的無法集中。他這才突然想到,從大清早醒來到現在,原來還沒抽過煙。

今天是有點反常,無緣無故的,一大早六點鐘還沒到就從被窩裏爬起來。而昨夜臨睡前還在床上翻來覆去的，老半天睡不著覺，眞是，……毫無道理！他想。這難怪要打呵欠，難怪要精神不能集中呀！

他左手拿著煙緩緩地吸著，右手拿了毛筆桿敲了敲自己的額頭，覺得好像被誰惡作劇地給作弄了一下。但是又不便說，不能說，使他心裏怪不是滋味的。然而他又心不由主地要把眼光偷偷地向著徐曉娟瞄。陳玉雀已經走開了，只見她獨自坐在位置上，好像很專心地在批改著作業，似乎完全沒有那麼一回事，只是他自己在一頭熱、鬧著玩。

他突然覺得生氣起來，狠狠地把筆往桌上一甩，輕輕咒了一聲：「他媽的！」辦公室裏的幾對眼睛突然都轉向他，帶著驚訝的詢問的神色瞧著他，徐曉娟則露出兩個淺淺的酒窩對他笑了笑。他兩頰一熱，吶吶的，好像什麼秘密被人家發現了，使他覺得差愧起來。

「這個學生，簡直，簡直，呃呃，毫無道理！」他吱吱唔唔的，好像是說給別人聽。突然，下課鈴響了，整個學校像烏鴉窩一般又「嘩！」的一聲，吱吱喳喳地熱鬧了起來。他這才「呼！」的鬆了一口氣，輕輕地走了出去。

等到第二節的上課鈴響過很久了，他才回到辦公室。當他跨進辦公室時，卻發現只有徐曉娟一個人在辦公室裏，低著頭，好像很專心地在讀著什麼，他不禁一愣——

她沒課？

他的心突然又活了起來。

他輕輕走到她的旁邊。她好像沒有覺察到，還在那裏專注地看著書，他輕輕碰了一下她的椅背，叫了一聲：

「徐老師！」

她這才如夢初醒地「啊！」了一聲，抬起頭來。

「是你，」她說。

「妳不是有課嗎？」

「我下面兩堂課，上星期和邱老師對調了。」她笑著說：「怎麼？你也沒課？」

「最後一節才有，」他說著，便逕自往她旁邊的椅子坐了下去，「看什麼書那麼神秘，還要藏在桌子裏？」

「沒有啦，是一本閒書，」她把書從抽屜裏拿出來，不好意思地說：「婦女雜誌啦，女孩子看的。」

他不禁又略略地感到一些失望。

「這種雜誌我沒看過，好嗎？」

「無聊嘛，家裏訂的，隨便拿來翻翻。」

「喜歡看書總是好的，不管那一種，都可以增加一點知識。」他說：「我平時沒什麼嗜好，就是喜歡買書、看書！」

「我知道，從你的文章裏就可以看得出來。」

「哦，我那些文章妳看過了嗎？」他的精神一振，整個心突然又熱了起來，「妳有什麼高見？」

「噯唷，什麼高見不高見的，我可不敢當，」她的臉又紅了，顯得有點不好意思：

「我只看了幾篇散文……」

「哪幾篇？妳覺得怎麼樣？」

「怎麼說呢？」她皺著眉頭，想了一會兒，似乎找不到適當的說明，終於結結巴巴地：「不錯嘛，我，我還蠻喜歡的！」

「哦——，這樣子嗎？」他快樂地笑了起來，但隨即又一本正經地：「其實，那些散文我自己最不喜歡，那都是遊戲之作，用左手寫的，一點都不認眞；反而是另外的那些東西比較能代表我自己，那是眞正用右手寫的。」

他把右手在空中比了比，很熱心地問道：

「除了那些散文之外，別的妳看了沒有？」

「沒有，」她不好意思地說：「我看不懂！」

「噢！那眞可惜！」

「不過，我給我弟弟看了，他唸台大歷史系四年級，他對你那兩篇介紹胡適的文章很有興趣，」她說：「他很想認識你！」

「眞的？那好啊，」他突然又樂了，「你弟弟看過以後，有沒有說什麼？」

「他說你寫得還不錯，只是，有些地方他不同意你。他說你太主觀，文章裏分析太少，結論太多。」

「這是什麼意思？他指哪些地方分析太少、結論太多呢？」他有點失望，又有點不服氣，不知不覺的聲音就有點大了，「他大學都還沒畢業，胡適的東西那麼多，他都看完了嗎？」

「這個，我就不知道了，我又不懂，」她斜了頭望著他，微笑著說：「怎麼，你生氣了？」

「生氣？這樣就叫我生氣了？開玩笑！」他覺得自己臉頰熱熱的，不好意思地說：「我一向說話比較大聲，常常容易引起別人的誤會。其實，我最喜歡聽不同的意見。有爭論才能激起智慧的火花，才能有進步，否則就像一泓死水，久了就會發臭、腐爛！永遠不會有進步。」

「是啊，應該這樣子，我那弟弟就喜歡和人家爭論。我媽媽常罵他：死鴨子硬嘴板！但是我就喜歡我那弟弟，他在學校還搞社團、編刊物哩。」

「哦，那好極了，什麼時候介紹我認識一下，」他說：「我以前在學校也搞過刊物。畢業後到花蓮教書那一年，還指導過學生社團搞刊物，結果，花蓮的救國團還找過我去替他們編刊物呢。」

「那你們眞是志趣相投。我不行，對這個就是一竅不通。」

「搞社團活動、辦刊物都是很好的事，可以訓練一個人的辦事能力。不過，妳要告訴他小心一點，不要太露鋒芒，容易惹麻煩的。」他說：「我在花蓮教書那一年就吃過這樣的虧。年輕嘛！又剛大學畢業，滿腦子都是偉大的理想和抱負，滿腔都是滾滾的熱血，就想做一番事業。學生也不知道從哪裏打聽的，知道我還會寫點東西，就找上門來了。於是，我就幫他們組織、策畫，幫他們去找校長弄錢。結果，就這樣得罪了一位老國文教員，據說他還是上校退役的。他向有關方面告了我一狀，說我思想有問題，眞是莫名其妙。」

「哦，眞會有這樣的事？」她瞪大了眼睛，一副驚訝、關切的神色說：「平時我也聽到我弟弟談起這樣的事，我總以為是他小孩子胡思亂想……」

「千眞萬確的事，」他說：「我還是因爲胡適才惹了麻煩的。」

「眞的？怎麼會這樣呢？」

「還不是爲了那個學生的刊物，」李文舉隔著桌子，伸手去拿了自己的茶杯緩緩呷了一口茶，「花蓮那個地方眞是窮鄉僻壤，沒什麼文化，寫文章的人又少，有錢辦一個刊物卻不一定能拉到稿子，於是只好由我來寫。我是很服膺胡適所提倡的那一套個人主義與自由民主的思想，我認為應該把胡適的這種思想介紹給學生。於是我就寫了那篇〈胡適——一個新文化的開拓者〉，推崇他是中國新文化運動的倡導者和宗師。沒想到那位老先生卻最痛恨胡適。據說他平時上課教到白話文，就要痛罵胡適，說他是中國文化的罪人，是妖孽！叛徒！碰巧那幾個學生又沒去請他寫稿，這就更把他惹惱了，不僅把學生叫去罵一頓，還在全校教職員的動員月會裏，公然攻擊我提倡胡適思想是居心叵測，是要毀滅中國文化，是教學生數典忘祖，是鼓勵學生反抗學校等等。更可惡的是，他還扣我紅帽子哩。」

「這實在太可怕了！」她搖著頭說。

「豈止可怕，簡直，簡直，……嗳！毫無道理！」他憤憤地說：「而這種人到處都有，常常自命為貞忠之士，卻隨隨便便就說人家思想有問題，……」

每次講到這件事情，他全身的血液就加速奔騰地熱了起來，全身的力量好像都凝聚到臉上來，臉孔漲得紅紅的，血管暴突，眼睛睜得大大的。那種神情使他突然地顯得年輕、狂傲、毛噪，充滿了朝氣。

那是他一生中起伏最大，影響最深的事情——

全校的教職員突然都楞住了，似乎沒有想到這一位年高德韶的老國文教員會在事前不露一點聲色，突然在動員月會裏砲轟校長所批准支持的這分學生刊物，並且這樣聲色俱厲地，公然指著同事說對方思想有問題。動員月會一向是和和氣氣的，像茶話會一樣，大家邊嗑瓜子、吃糖、喝茶，邊聊天。有的老師還把作業拿到會場來改，心裏完全沒預料會有這樣火暴的場面出現。大家拿著奇異的眼睛望著校長，又望望當事人，頻頻搖著頭，大有一種悲憫的意思，但似乎又不完全是。

校長尷尷尬尬地坐在前面主席位置上，不時作出一種似笑非笑的表情；教務主任不斷地搖著頭，頻頻向校長耳語著什麼；訓導主任則神情嚴肅地時而望著激昂慷慨的演講者，時而望著其他人，還頻頻點著頭。

李文舉淸淸楚楚地感覺到自己身上的血液快速地沖向腦門，整個心「碰痛！碰痛！」她，像個火車頭猛力撞擊著他的胸膛，使他感到一陣強烈的震撼和暈眩！隔了好一會兒，他才從混亂和暈眩中醒過來。首先，他感到自尊心被嚴重地傷害了，在大庭廣衆之下被這麼指著名字罵，無論如何他是吞不下這口氣的！其次他才感到一種隱隱的看不見的威脅，是屬於思想的問題，使他產生一種被誣陷的憤怒！於是，他毫不思索地就站了起來。開始，他覺得自己有點緊張，結結巴巴的說不出話來，但是，漸漸的，他就聽到自己高昂犀利的聲音：

「……這位老師講了許多有關胡適先生的話，我認爲才是眞正的居心叵測，值得懷疑。因爲在這個世界上對胡適先生的思想表示過意見的人很多很多。我不知道大陸的被赤化是不是眞的像這位老師所說的，是由於五四時代，胡適思想所造的孽。但是我卻知道在那個時代的知識青年沒讀過胡適的文章，沒受到他多多少少的影響的人恐怕是很少的吧？就像這位老師一樣，也一定在年輕時讀過不少胡適的文章，不然怎麼會這麼痛恨胡適呢？我們的　蔣總統就極爲推崇胡適的學問和人格，曾說他是：『新文化中舊道德的楷模，舊倫理中新思想的師表』，並且還把他從美國請回來擔任中央研究院的院長。……這位老師既然以忠貞的愛國者自居，爲什麼竟去相信敵人的話，而不肯相信領袖的話呢？這樣，究竟是誰的思想有問題，不是很清楚了嗎？……」

這一番話鋒利得像一把兩面的刀，讓那個年老的國文教員毫無還手的餘地。會後，年輕的教員都走過來和他握手，稱讚他的機智和口才；年紀大一點的也善意地拍著他的肩膀，勸他「還是收斂收斂吧，這種年頭，還是少惹人厭比較好！」，校長、教務主任會後也都找他去談過話。

「無論如何他總是長輩，思想保守一點是難免的。我看，李老師，還是你去向他道個歉吧，事情鬧大了，大家面子上都不好看。」校長說：「他在這個學校已經很久了，學校裏有好幾位老師還都是他教過的學生，你就委屈一點，也不是什麼丟臉的事，……」

「李老師，這可有點麻煩啦！他說有你在這個學校，他就不肯來上課，他是十幾二十年老資格的教員，在家長會又頗有一點舉足輕重的聲望，畢業班沒他教又不行。你就看我的面子吧！」教務主任說：「委屈你勉為其難，到他家去向他道個歉吧！這也是校長的意思。事情鬧開了，對學校、對你都是很不好的，萬一上面來調查，噯……」

學生們也不知道從那裏聽來的，在課堂上就問起這個事來了，還都對他表示了熱烈的支持和敬意。那個時候，他成了學校最出鋒頭、最受學生歡迎和敬愛的老師。

但是，這個事情過後，不到兩個星期，一個豔陽高照的下午，他正在高一的教室裏上課，訓導主任匆匆忙忙跑到教室裏來對他說：

「李老師，校長有急事要找你談談，請你立刻到校長室去一趟。」

「是什麼急事？我下課再去可以嗎？」

「你還是現在去吧，校長在等著呢！」

他突然感到一層陰影籠罩了他的心，好像有什麼重大的不幸即將來臨的預感，使他手心冰涼起來，心「碰痛！碰痛！」地跳著，兩腿幾乎癱軟了下去。

校長室裏坐著兩個陌生的男子。

「這位就是李老師！」校長向那兩個人介紹著，又向李文舉說明了兩人的來歷。

他事先雖然心裏已經有了準備，但仍然感到腦門「轟！」的一聲巨響，兩腿忍不住攸攸抖顫了起來。其中一個年紀較大的人伸出手來和他握了握，他覺得自己的手軟癱癱的，幾乎舉不起來。

「李老師，你先放輕鬆一點，別緊張，這在我們只是例行公事，」那個年紀較大的和和氣氣地說：「聽說李老師是個作家？」

「作家？……我，我寫的文章不多，不多……」

「能不能送我們一分帶回去拜讀拜讀？」

「這，……這……做什麼呢？」

「你放心，李老師，我們不會害你的。看完了，我們會送來還給你。」

「李老師的文章我都看過，我這裏有一分，」校長從抽屜裏找出一個紙袋來遞給他：「這是李老師要來本校前寄來給我的，我倒覺得他是一個很肯上進的青年，文章寫得不錯。只是，年紀太輕，平時做事、講話難免有些莽撞的地方。」

「年輕人都難免有這些小毛病，沒關係，」那人接過校長遞給他的紙袋，站起身來。「羅校長，那，我們就告辭了！」

他向校長欠了欠身，又轉過身來拍拍李文舉的肩膀，和善地笑著安慰他：「不會有什麼事的，你放心好了。」

那兩個人一走，李文舉全身立刻彎曲著窩在校長室的沙發裏，雙手捂著臉，突然「唔——唔——唔——」地哭泣了起來。

「沒關係的，李老師，沒關係的！」校長拍著李文舉的肩胛安慰地說：「以後講話、做事，小心一點就好了。不要得罪人，跟任何人都要和和氣氣的，……這種年頭，嗳！……你們年輕人總是不知天高地厚，非等到吃了大虧才來後悔……」

之後，他生了一場大病，請了一個月的假。等他再回到學校來上課時，同事們都發現他變得收斂了、穩重多了，不再像以前那樣蹦蹦跳跳、毛毛躁躁的。而學生們更是明顯地感覺到，李老師好像完全變了一個人，不再像以前那麼激昂慷慨地在課堂上高談闊論了，下課時也不再和他們一齊打球、爬山或游泳了；有時學生去找他，他也不再和他們談寫文章、編刊物的事，只是請學生喝喝茶、談談茶道。而他自己更是明顯地感覺到一種疲倦的、懶散的情緒籠罩著他，使他提不起勁來，沒事的時候，要不是喝茶，就是到小書店裏租幾部武俠小說抱回宿舍去打發時間。

「你知道我當時爲什麼會到花蓮去教書嗎？」李文舉微笑地望了徐曉娟一眼，然後，略略歪了頭，眼睛凄迷地望著窗外，臉上顯出一種專注的嚮往的神情回憶著：「那一天，我們畢業旅行到花蓮，在那個學校參觀教學，……站在教室的走廊就看到那片藍色的大海、那個蜿蜒的長堤、白色的燈塔……還有花崗山那條寬濶寧靜的馬路，……我聽見一個愉快的聲音從心底響起來：這就是你要來的地方呀！離開都市的喧囂猥瑣吧！到這裏來讀讀書、寫寫文章……」

他呷了一口茶，雙手握著杯子，歎了一口氣，無限感慨地說：「本來，我只是因爲喜歡寫寫文章，喜歡胡適所提倡的個人主義與自由民主，沒想到……嗳！後來會發生這樣的事情。……」

「後來，那個老師有沒有再找你麻煩呢？」徐曉娟顯出一副關注的神色望著他。

「後來，呃呃……終於也沒有什麼。因爲，我，也沒有怎麼樣呀！」他低著頭，望著手上的茶杯，沉沉地說：「我這個人，本來就厭惡這種人與人之間的傾軋，爲了一點小事，就，就……嗳！何必跟人爭來鬥去呢？……所以，後來我也就離開了。」

他把臉抬起來，望著她，聲音突然又變得輕快起來：「其實，那種地方，如果不發生那樣的事情，我也是要離開的。……太，太封閉、太落後了，……連一家像樣的書店都沒有，連一個可以談談文學、藝術的人都找不到。……太寂寞了，實在不適合年輕人長住。除非去養老，那，呃呃，……倒是個好地方哪！」他說。突然又望著徐曉娟問：「花蓮，妳去過嗎？」

「去過，」她說：「但是沒什麼印象，只知道那裏的石頭很有名。」

「是的，是的，花蓮的大理石是舉世聞名的，花蓮的海邊還可以撿到許多漂亮的小石頭，妳沒看過吧？嗯呃！……改天，我拿幾顆來給妳看看，蠻可愛的！」他說：「前一陣子，我在花蓮的學生還送了一大把來給我，說叫我不可忘了花蓮，要我聞聞花蓮的海的味道哩。」

「眞的啊，你的學生大概都很想念你吧？」

「我教的高二那兩班，今年已經有人到台北來讀大學了，長得這麼高，」李文舉把手舉起來比了比，滿意地笑了起來，「以前，他們都會在週記上或作文上寫：我最敬愛的老師，……到現在，難得他們都還記得我。」

「你那一年的收穫眞不少啊！教書能這樣也就値得安慰了！」

「說是這樣說，只是，噯！付出的代價太高了。……那些資料，據說還一直跟著我……」

「哦，眞的嗎？」徐曉娟皺著眉，搖了搖頭，「那我要警告我弟弟小心一點才好。」

「其實，也沒什麼啦，只要眞的沒怎麼樣，也不致於就會把人怎麼樣的。不然，我還能在這裏教書嗎？……」李文舉說：「不過，叫他小心一點總是好的，……犯不上呀！」

「只是，我那弟弟的性格倔得很，連我爸爸、媽媽的話他都不聽，反而怪我們說，這個社會就是因爲大家都這樣怕事、這樣懦弱才會搞得這樣一團糟，」徐曉娟連連搖著頭說：「有時把我媽媽氣得忍不住就要打他。」

「嗳，年輕人嚒，總是這樣的，一定要等到吃了大虧才來後悔，……」

「我看，改天我替你們介紹一下，還是你來幫我勸勸他吧。」

「好啊，我也很想認識他。」

「他對你過去的那些經歷一定很有興趣的，」徐曉娟望著他，微笑地說：「如果讓他心服了，他是會聽你勸的。」

「我試試看吧！」

李文舉也望著她，一顆心，漸漸的又熱活了起來。

三

中午，李文舉請徐曉娟到學校外面的小館子吃了飯回來，剛走進校門，學生們趴在二樓教室的窗口，遠遠就對他大聲叫：

「李老師好！」「李老師午安？」

並且還混雜著一片嘻嘻哈哈的笑聲。平時他對這種情形是會發怒的，他不喜歡學生對他有這種輕狂的態度。但是今天他卻不但沒有發怒，心裏甚至還有點喜歡。

從今天上午和她談話的情形，與中午她又很高興地答應了他午宴的邀請看來，大概是沒有什麼問題才對吧？他想。

但是他又忍不住很想問問她，爲什麼早晨那麼晚才來？只是，又覺得難於啓齒。自己抱著那麼大的熱情，一大早就到學校來等她，她竟沒來。如果讓她知道了，他覺得，於他的自尊心似乎有點不太好，面子上有點掛不住。

還是不要問了。反正，有了今天上午和中午這樣美好的開始，應該是沒有什麼太大的問題吧！他快樂地想著。

回到辦公室裏，陳玉雀立刻迎著他們叫：

「噯唷，徐老師，妳到那裏去了？李老師她們聽說妳買走了那對紅玉耳環，都好想看看，我們到處找妳。」

「我們去喜相逢吃飯，那裏生意好得不得了，等了好久。」徐曉娟說。

「哇啊，年輕實在好，還有人請吃飯。」陳玉雀瞄了李文舉一眼，取笑地說。所有的老師都抬起頭來望著他們。李文舉覺得耳根突然熱了起來，但心裏卻喜孜孜地望著徐曉娟。

「徐老師，妳怎麼不把耳環戴起來呢？」陳玉雀又說：「怎麼？捨不得呀？」

「徐老師，把耳環拿出來借我看看，」那個已經三十出頭仍然小姑獨處的李美雲笑著對徐曉娟說：「陳老師一直誇讚那對紅玉耳環有多好、多美，下星期我妹妹過生日，我都不知道該買什麼禮物送給她才好。」

「徐老師，戴起來給她們看看嘛，那麼漂亮的東西，藏起來未免太可惜了。」陳玉雀說。

「是啊，戴起來讓我們見識見識嘛！」其他的女老師也熱心地慫恿著。

徐曉娟從皮包裏拿出耳環來，笑著遞給李美雲。

「怎麼不戴呢？」李文舉望著徐曉娟，用一種親暱的語氣說：「戴起來嘛，我覺得妳戴著耳環很好看。」

「是啊，戴啦，戴啦！」

徐曉娟望了望那些女同事，又看了李文舉一眼，有點不好意思，猶疑了一下，終於還是把耳環戴了上去。

「哇，確實不錯，很好看，顏色配得很大方。」女老師熱心地稱讚著，「徐老師，妳眞有眼光啊。」

突然一聲如雷一般響亮的怒斥，從辦公室外的走廊那邊傳了過來：

「你敢再動？敢動一動我就扭斷你的胳臂！」

老師們循著那聲音，都舉目向辦公室的門口望了過去。

「什麼事啊？」

「是誰在那裏這麼大聲叫的？」

有兩個男老師好奇地走出門外探望著，並且對著走廊那邊說：

「原來又是你呀，高建台！」

「怎麼了，高建台，你又打架了是不是？」

那兩個男老師向門邊讓了讓，坐在辦公室裏的老師們便看見訓導主任蔡生奇扭住一個學生的胳臂，臉上露出微微的笑容進來了。那個學生因爲胳臂被扭到背後，走起路來肩膀有點歪斜，另一隻垂著的手握緊了拳頭，臉上白青青的，流著汗、咬著牙根，顯出一副痛苦的神色。後面跟著一大堆看熱鬧的同學，吱吱喳喳地喧嘩著。

「你們在這裏幹什麼？還不回到教室去？」

「有誰要進來嗎？好啊，來，過來！」

那兩個男老師威嚇地向那些學生說。學生們「嘩！」的一聲跑開了，但是還是有幾個比較大膽的學生站在門口較遠的地方探頭探腦地向辦公室窺望著。

蔡生奇直把那個學生推推拖拖地到了他的辦公桌前，才把手一放，立刻一個巴掌狠狠地甩向那個學生的臉頰，「劈呀！」的一聲，把那個學生打得顚顚撞撞的，脚都還沒站穩，他立刻又一個巴掌反方向甩了過去。那個學生一把抓住桌子，頂住身體，站直了，咬緊了嘴唇，雙眼怒睜地向著蔡生奇，一縷血絲靜靜地從他的唇角溢了出來。

辦公室裏鴉雀無聲，只聽見那學生激動的重濁的呼吸，和辦公室外學生們隱隱約約的竊竊的談論，空氣裏凝固著一種壓抑的沉悶氣氛。

突然，「呸！」的一聲，那個學生把滿口的血水往地上一吐，緊跟著蔡生奇一聲如雷的怒喝：

「擦掉！」

那學生舉起衣袖抹了抹嘴唇，臉上露出一種倔強的鄙夷的神色望著蔡生奇。

「你憑什麼打人？」

「憑什麼？——憑我高興！」

蔡生奇邊說，突然飛脚踢向那個學生的大腿。

「嗳呀！」

那學生猝不及防，慘叫了一聲，跪到地上。

「擦掉！」蔡生奇怒斥著。

那學生一隻手撐著地，一隻手壓住大腿，咬著牙，臉色慘白，現出無限痛苦的神色。

「我叫你擦掉！」

那學生低著頭，忍住痛，半跪著想站起來。

蔡生奇突然衝過去，雙手望著那學生的頭部擂下去，像在拳擊台上兇殘地攻擊著他的敵人。

「我叫你擦掉，你敢不擦？」他邊打，嘴上邊咒罵著：「他媽的，老子揍死你！」

那學生跪在地上，蜷曲了身體雙手抱著後腦，一聲不吭地咬著牙。

在場的老師看得臉色都變了，但竟沒有人出來制止。

「太過分了，太過分了！」

李文舉喃喃地說，突然站起來。

「你要幹什麼？」

旁邊的陳玉雀拉了他一下，說。

「這樣對待學生，……太過分了！」李文舉憤憤地說：「實在太過分了！」

「你還是別管他的事了，那學生又不是你班上的。他是訓導主任，回頭他還怪你多管閒事。」

「是啊，李老師，我看你還是不要去比較好，」另一個坐在他旁邊的女老師說：「去年孫老師就爲了這種事，看不慣他的作風，上去勸了他幾句，他不但不聽人勸，當面還損了孫老師幾句呢。你何必去自討沒趣？」

「去年那件事情我知道，那個學生還是孫老師班上的學生他都這樣了，何況這個學生還不是你班上的，」陳玉雀說：「去年那件事情鬧得好大。」

李文舉想了想，望著蔡奇生，像是洩憤，又像是抗議似地低聲咕噥了一句：「這毫無道理，毫無道理！」然後，便搖搖頭坐了下去，獨自在那裏生著氣。

這時，蔡生奇大概打得手酸了，站在那裏歇著直喘氣，那學生乘機也直挺挺站起來，以一種倔強的怨毒的眼神瞯著蔡奇生。

「你這學生，你這學生……」

蔡生奇指著那學生，想罵什麼，又終於因爲喘得太厲害了，而罵不出來。

「高建台，你就不要頂嘴了嘛，你還頂什麼嘴呢？」有一位初三的導師實在看不過去了，便坐在位置上，對那學生又是勸、又是責備地說。

「叫他『讓人生氣的』又不是我，他抓到我，也不問淸楚就這樣拳打脚踢，……」那學生說著，突然無限委屈地，眼圈一紅，分明忍不住就要哭了，卻又見他強吸了一口氣，咬著嘴唇，把頭一揚，硬是忍住了。

「你還強辯？」蔡生奇說：「不是你是誰？」

「我怎麼知道是誰？」那學生一副輕蔑的態度說：「你是訓導主任，你不會去查？還問我！」

「除了你還會有誰？其他人平時都是好學生，只有你，……」

「你有證據嗎？是我？」那學生忍不住也大聲起來：「你當訓導主任就可以這樣血

口噴人嗎？沒證、沒據……」

「你，你……，你這學生……」蔡生奇的臉突然紅了起來，漲成一副豬肝色，結結巴巴地指著那學生，「你是在對誰講話？你，你太放肆了你！……」

「好啦，好啦，叫你不要頂嘴你還頂嘴，」那個初三導師終於走過去，說了那學生幾句，又好意地拍著蔡生奇的肩膀：「蔡主任，何必為學生的事生這麼大的氣呢？這些學生，你關心他，他還不領情哩。你何苦為他們生氣，還把自己的身體氣壞了。」

「你先回教室去，等一下再和你算賬！」蔡生奇喘著氣對那學生說。

那學生一甩一甩的走了。蔡生奇望著他的背影，搖搖頭，顯得很無奈地坐了下去。那個初三的導師又勸著他：

「蔡主任，歇歇啦，不必生氣啦，你為他好，他也不感激你！」

「是啊，我就是為了這些學生，每天氣得血壓都高了，害得我每天都要吃藥。」他邊說邊向外面走了出去，還邊喃喃地說：「醫護室裏不知有沒有人。」

老師們望著他，又互相望了望，搖搖頭竊竊地笑了起來。

「陳老師，妳剛才說的那位孫老師，就是教初一美術勞作的那位孫定一老師嗎？」李文舉突然問著陳玉雀。

「是啊，我說的就是他。去年那件事鬧得滿城風雨，兩個人誰都不肯退讓，誰也不認輸！孫老師就是那種脾氣，有理的事情他一定堅持到底，沒理的事他卻立刻就會道歉，」陳玉雀說：「他這個人實在不錯，教學極熱心、極認眞，態度又謙虛，做人又有原則。……他大概是學校裏最受學生歡迎和尊敬的老師了。但是，就爲了去年那件事情，今年他連導師都沒當。」

「不當導師才好，當了導師還要改週記、大小楷，每天又那麼早就要來，那些導師費還不夠去郊遊時被學生揩一頓油哩。」李美雲插嘴說。

「你這樣想，但是孫老師可不這樣想，」陳玉雀又說：「他才喜歡當導師，他說這樣才能充分了解學生，才能知道現在中學生的思想、態度和生活情形，才能明白中國未來的下一代，並且才能進一步幫助他們。」

「妳怎麼對他瞭解得這麼淸楚呢？」徐曉娟忍不住好奇地問。

「孫老師和我弟弟是大學同班同學，都是學美術的。」陳玉雀笑著說：「他實在是個不錯的人，我一直想替他介紹個女朋友，……」

「唷，我們這裏不就有好幾個現成的嗎？」一個女老師以半開玩笑的口吻說：「像徐老師啦，李老師啦，不都是很好的嗎？」

「如果他眞的有那麼好，人家恐怕早就名主有花了，」徐曉娟也以開玩笑的口吻說：「哪還會輪到我們這裏來？」

李文舉突然對這樣的談話感到無聊、厭煩了起來。他心緒懶散地翻開學生的作文簿，望著那昏黃的紙上的墨字，怔怔地發著怒。

好幾個老師都趴在桌上小寐了，辦公室裏又恢復了原先那種沉悶的消沉的氣氛，只有那一羣女老師還在吱吱喳喳地竊竊談論著。

「孫老師平時的見解蠻多的，但對愛情和婚姻的想法卻有點奇怪。」陳玉雀說。

「怎麼呢？他心理有問題不成？」

「他老認爲愛情和婚姻會成爲他的包袱。他說，這些都是個人的小我的感情，比較自私，會妨礙那個更大的無私的感情的發展。」

「那，他說的那個更大的無私的感情是什麼呢？」徐曉娟忍不住又好奇地插上了嘴。

「他說是一種爲人類美滿、平等、和諧的未來而獻身的感情和理想，」陳玉雀搖了搖頭說，「其實，他說的這些我也不懂，他還舉了一個革命先烈林覺民作例子。他說，他比不上林覺民，所以他只好不談戀愛、不結婚。」

「這樣不是太矯情了嗎？」

李文舉不知怎麼的，一直對那個孫定一抱著一種疑忌的排斥心理。其實，他和他並不熟悉。到這個學校來快一年了，每次碰到時，孫定一總是很客氣地和他點頭，打了招呼就走，從來也沒眞正談過兩、三句話。要說他驕傲嚒，待人其實又蠻和氣的；要說他對人怎麼個客氣嚒，似乎又蠻自負的。不然怎麼連兩句話似乎都不屑和人多談？這下，可給他李文舉逮到毛病了。

「感情這種東西，一定要小有情的人才能做到大有情，連男女之情、父子親情都沒有經歷過的人，怎麼懂得什麼是人類的眞情？」李文舉娓娓動聽地說：「我們中國的聖人常說推己及人，說老吾老以及人之老，幼吾幼以及人之幼，恕道講的是要自己有那樣的情才懂得珍惜、尊重別人那樣的情。說什麼小我的感情會妨礙大我的感情，這都是矯情，這都是機械論的講法，毫無道理的，毫無道理！」

「唷，看不出來李老師你還蠻有見地的，」李美雲笑著說：「如果能把孫老師找來辯論、辯論一定很有意思。」

「這種事有什麼好辯的？毫無道理！」李文舉說：「除了孫定一那種矯情的人，正常的合情、合理的人，都是應該像我所說這樣的……」

「呦，奇怪，怎麼你好像和孫老師有什麼不對是不是？」陳玉雀露出驚訝的表情望著李文舉。

「是啊，我也覺得奇怪，你好像對孫老師有什麼成見似的，怎麼回事呀？」徐曉娟也望著李文舉疑惑地說。

「沒，……沒有啊，我沒有啊，」李文舉突然臉紅起來，像什麼秘密被人給識破了，心裏一慌，不禁就結結巴巴的，「我是就事論……論事，呃呃，……我只是覺得他，覺得他，呃，沒什麼道理！呃，……」

「那也不見得吧，」陳玉雀低聲咕噥了一句，似乎是有點生氣了。閃了嘴巴，突然的不吭聲了。

辦公室裏談話的氣氛，因爲這樣而突然的沉悶了起來。女老師們有的拿出毛線來打著、有的開始低了頭批改作業、有的在看報。李文舉搖搖頭望了望陳玉雀，又望了望徐曉娟，也很沒意思地又改起學生的作文來了。

隔了好一會兒，突然，聽見初三的導師那邊有人暴起一聲輕輕的笑聲，引得坐在初一導師位置這邊的老師們，都舉目向對面望著。

「什麼事這樣好笑？」

「絕了，你們看看這個徵婚啓事，」那個發出笑聲的初三導師把報紙遞給他旁邊的人說：「眞損人，替他女兒徵婚還特別限制國中國文教員免議，……」

「哈哈！眞有這樣的事，」接過報紙那人，邊看著報紙、邊笑著，大聲把那則啓事唸了出來：

「徵婚啓事，吾家有女，年二十八，大專畢，任公職，貌美嫻靜，有積蓄，徵三十至三十八歲有基礎之有爲青年，先友後婚，限專上程度，但國中國文教員免議！」

「這家父母眞有意思，邱老師，報紙上眞的是這樣登的嗎？」陳玉雀隔著四張桌子和一個走道的距離，把手上的毛線擱在膝上，大聲問著那個初三導師說：「你有沒有篡改報紙內容啊？」

「我改它做什麼？」那個邱老師揚了揚手上的報紙，一本正經地說：「不相信妳自己過來看。」

「這家父母未免太缺德了。」徐曉娟說。

「八成是她女兒以前被國中的國文教員騙過，不然，哪有人會這樣做。」邱老師說。

「教國文的文學基礎比較好，都比較會說、會寫，一定是他女兒被那一個國中國文教員的花言巧語騙過才會這樣。」李美雲也附合著這種說法。

「我看，這家父母恐怕是擔心女兒嫁給國中國文教員會餓肚子，所以才故意這樣登，」陳玉雀說：「一般的國文教員腦筋都比較死板，又沒人找他們補習國文，又不容易找兼差，一個月只靠這麼一點薪水，四千塊多一點，要怎麼養家、生小孩？做父母的總是希望女兒嫁了人，能過好日子。……不過，這也不能一概而論就是了，」陳玉雀突然轉向李文舉，臉上浮出像是歉意又像是譏諷的笑容說：「你當然是例外，聽說你是作家，寫文章可以賺稿費。我說的不是你……」

李文舉突然覺得他的自尊心好像被人惡意地刺了一下，汨汨地流著血，不禁生起氣來，青著臉望著陳玉雀說：

「妳說的對，國文教員本來是窮，但是君子固窮。只要有骨頭、有志氣，窮有什麼可怕？可怕的是拿教育當幌子，把學校當商場，整天來向人推銷商品而致誤人子弟，那才眞正叫做小人窮斯濫矣！……」

「呦，李老師，你這人怎麼這樣子？大家聊聊天說著玩的，你怎麼這樣就罵人了呢？」陳玉雀一下子也變了臉，生氣地望著李文舉，又望望其他人，似乎在爭取同情者似的嘀咕咕地：「早知道他是這樣開不得玩笑的人，就不和他來往了，還……，眞是倒楣！莫名其妙！」

「妳是跟我開玩笑，我這樣說也是在跟你開玩笑的呀，妳幹嘛也生氣了呢？」李文舉望著陳玉雀，不肯退讓地和她針鋒相對起來。

旁邊的人看著他們這樣子，便紛紛勸解著說：

「噯呀，大家都是同事，說著玩的，怎麼生氣了呢？快別這樣子了，又不是小孩子！」

「算了，算了，不要再計較了，本來是開玩笑的，怎麼也認眞起來了？笑死人了！」

「李老師，我們好男不與女鬥，你趕快向陳老師道個歉吧！」

「對啦，李老師，男子漢大丈夫還和女人家鬥什麼嘴皮？道個歉，道個歉！」

李文舉心裏惱恨地嘀咕著：

「憑什麼我要向她道歉?毫無道理!毫無道理!」

但是當他瞥見徐曉娟臉上一副冷漠的神色時,心裏不禁一涼,突然又無限懊悔地惱恨起自己和週遭的一切來了。

四

下午一點半以後,李文舉在初一信班有兩節國文課,這班的作文篇數還少了一篇,明天就要抽查了,他決定讓學生寫作文。他總共教了兩班初一國文、兩班初二歷史,另外還兼了初一信班的導師。他給學生作作文一向兩班都是相同的題目。那一班已經作過「我最敬愛的老師」,這次,初一信班的學生也應該作這個題目。

上課鈴剛響過,老師們立刻陸陸續續蹣跚地離開了辦公室。

初一信班的學藝股長遵照李文舉的規定,早已在上課前,來拿了作文簿先發給同學們了。李文舉看徐曉娟抱起作業簿,他才站起來,從桌上抱起一堆另一班學生的作文簿和紅墨水、毛筆,緊跟著徐曉娟的後面走出辦公室。

他的心突然加速地跳動了起來,像作賊似的,望了望前後左右沒有其他的老師,才加快了腳步趕上徐曉娟和她併著肩。

「嘿,徐老師!」他低聲喚著,偷偷深吸了一口氣,想抑制那顆劇烈跳動的心藏,但那顆心似乎又頂不聽話，反而更加猖狂地強悍地撞擊著他的胸膛，使他連聲調都控制不住地結結巴巴了起來。

「剛才，呃呃，很抱歉！……我，我很失態，大概，大概使妳，呃呃……很不高興，……」

「什麼？」徐曉娟望著他。

他又深吸了一口氣，顯得有點急迫慌亂地漲紅了臉，繼續吞吞吐吐地說：

「所以，所以，我想請……，呃呃，……妳今天晚上有空嗎？我想請妳……」

「你應該請陳老師才對呀，怎麼請我？」徐曉娟突然輕輕地笑起來，又迅快地沉著臉說：「我今晚沒空，我已經和朋友有約會了。」

說著，連望都沒望他一眼，就走進教室裏去了。

他的心猛地一震，站在那裏愣了一下，突然聽見徐曉娟班上的學生哄然發出一陣怪笑，他的臉立刻感到熱辣辣地燒燙起來，像被人狠狠地打了一記耳光。而他的手脚卻是冰冷的，虛軟軟的，幾乎抬不起來。

他木木地走進教室，腦子裏一片混沌。

隔了一會兒，他才略略振作起來，在黑板寫上「作文題目：我最敬愛的老師」。

「今天就作這個題目，」他虛弱地說：「大家不要講話，好好寫，下了課就要收，值日生，把後面那張空椅子搬給我……」

他翻開作文簿，怔怔地望著黃紙上一行一行的墨字發著呆。這一切本來是很好、很美的，成功似乎應該是在意料中的，但結果卻是這樣的，怎麼可能呢？……這不是眞的。她只是在跟他演戲，逗著他玩耍。她本來就是好玩的女孩，沒有什麼知識和思想的深度。她以爲這是好玩的事，拒絕了然後又很巧妙地用種種暗示來挑逗他、勾引他。從昨天到今天，她言行上的種種變化來看，她似乎確實是這樣的。

「這是，……毫無道理的，毫無道理！」

他喃喃自語著，突然覺得自尊心被傷害了，感到一股巨大的憤怒蘊積在胸口。

「女人，她媽的，都賤！沒有一個好東西！」

他洩憤地在心裏咒著。

突然，「撲哧！」一聲，坐在後面有哪個學生，不知道是在發笑，還是在抹鼻涕。他吃了一驚，抬起頭來，才發現教室裏亂哄哄的。坐在後面那幾個學生正在那裏比手畫脚地，很起勁地似乎在唱著什麼歌，突然又「轟！」的一聲暴笑了起來。有個學生趕緊用手捂住嘴巴，偷偷瞄了前面的李文舉一眼，慌慌張張地向其他人眨眨眼，所有的聲音立刻靜默了下去。

李文舉站起來，盯著後面那些學生，惱怒地：

「你們在幹嚒？」

學生們裝作不解地互相望著。

「邱閩雄，你還看別人？我問的就是你！」

李文舉隨便指著一個平時印象最壞、問題最多的學生大聲說。

「我？」那叫邱閩雄的學生指著自己的胸口問。

「不是你是誰？」李文舉發怒地說：「站起來！」

「我沒怎樣呀？」邱閩雄站起來，辯解地說。

「你們剛剛在笑什麼？」

「我沒有笑啊，笑的是他們。」他指著旁邊的同學說。

「誰？胡新男？站起來！」李文舉說：「兩個都過來，……到前面來。」

那兩個學生走到前面，互相對望了一眼，低下頭，突然又忍不住竊竊地笑了起來。

「什麼事情這麼好笑？說給我聽聽。」

「……」

「說！」李文舉大聲吼著：「什麼事那麼好笑？說！」

學生像是被驚嚇了，抬頭望了望李文舉，又低下去，怯怯地嚅囁著：

「沒，沒什麼！……」

「混蛋！」

李文舉怒斥了一聲，右手同時像失去控制的煞車，猛然甩向邱闓雄的臉頰，「劈呀！」地發出一聲輕脆的響聲。

學生們的心神猛然一震，忍不住在心裏叫了一聲：「啊！」

邱闓雄捂住臉，向右顚了兩步，「哇啊！」的一聲哭了出來。

李文舉的心突然一陣抽動，一股強烈的懊恨的情緒，立刻像帶刺的皮鞭抽打著他的心，使他緊緊地收縮起來。但是，老師的尊嚴又使他鐵青著臉，抖顫著，用一種失去控制的音調說：

「你們尋我開心嗎？作文課不好好作文，還在唱歌，問你，還說沒什麼？簡直，簡直，……毫無道理！毫無道理！」

但是，當他接觸到邱闓雄怨恨的眼光時，他突然感到心虛膽怯起來。

「告訴你，教訓你是爲你好，你要知道……」他說：「你不要用這種眼光盯著我，沒用的，我不怕，……我是爲你好，你這樣是不對的，……毫無道理！……」

他感到手脚乏軟，冷汗從腋窩流下來，冰涼地刺激著他的肌膚。

已經是下午六點多了，所有的老師和學生都已經走得光光的，全都回家去了，整個校園裏靜悄悄的，李文舉才抱著兩綑作文簿離開辦公室。

街上已經到處亮起閃耀的燈光。李文舉感到一股濃厚的寒意襲著他，忍不住把脖子向衣領裏掄了掄，呵著氣，拖著沉重的步履走向車站。

他一想到他自己住的那間房間，他的心就忍不住往下一沉。

一個孤零零的房間，在人家四樓的屋頂上。平時，好像除了他李文舉以外，這世界就像沒有一個生物似的。剛搬進來的時候，他就挑上了隔離在屋頂上的這一間。他喜歡安靜，喜歡一個人可以隨意地讀讀書、寫文章，不被人攪擾。但是住了兩、三個月，計劃寫的文章一篇也沒有寫出來，他又開始漸漸的感到寂寞起來。四壁都刷成白色，乾乾淨淨的，顯得更加單調。屋裏沒有什麼陳設，只有一個大書架上散亂地擺放著一些書和一副茶具，屋角放著幾個空的酒瓶。雪亮的日光燈照在這樣的一間屋子裏，叫人特別感到寒冷、感到寂寞。於是，他渴想著有人和他講講話。但是，分別住在四樓兩個房間裏的房客，一男一女，打從他們搬進來那一天，他就感覺到他們的俗氣、沒有一點學問的樣子，言語又無味得很。所以，他也就一直沒有和他們來往過。雖然心裏渴想著和人談談話，卻又丟不開那分矜持的優越感。於是，便只好那樣懲著滿肚子的寂寞。

至於那個房東太太，他丈夫幾年前死了，只留給她這棟房子，她便和三個子女擠在一個大房間裏，靠著三個房間的租金過日子。他剛搬來的時候，房東太太以爲他是兩個人合租的，她一向是算房不算人。等到搬來又發現只是一個人，還搬來那麼幾箱子書，房租收的還是和兩人合住的一樣，便蠻親切、蠻和氣地和他攀這、談那的，偶爾還到樓頂上來問他：還住得慣嗎？會不會覺得太熱啊？太冷啊？然後便以一種奉承的笑臉，讚羨地說：

「噯唷，李先生，我看你啊，眞是年輕有爲，一副斯斯文文的樣子，書讀得那麼多，一定是很有學問的人。在那裏高就啊？一定賺了很多錢吧？」

那時他還滿懷雄心地想專心寫作，對這種親切的騷擾很感到不耐煩；而他又明知自己一個月只有四千多塊錢的收入，房租就佔了一千多，剩下三千塊在台北過日子，非精打細算地省吃節用不可。被人誤以爲自己是高薪階級，在他心裏造成了很矛盾的反應：一方面使他有一種虛榮的滿足，一方面又使他一向自命淸高的節操，感到一種隱隱的威脅和傷害。他猶疑了一下，終於含含糊糊地說：

「我在寫書，另外還兼一點淸閒工作。」

「哇啊，寫書，這很好啊，一定賺了很多錢啦！」

「還可以啦，有稿費，又有版稅……」

但是，不知從什麼時候開始，當她獲知他是個國中的國文教員時，她的態度就有了明顯的改變了。每個月房租才到期，她就上樓頂來要房租，有時偶爾會因爲這樣、那樣的不便，而稍稍拖欠了幾天，她便擺出一副令人生厭的面孔，冷冷地瞅著他，連在路上碰見了，都像是仇人似的冷淡。

每天晚上，無聊寂寞的時候，他照例是要擺著幾張稿紙在桌上，自個兒慢慢的喝著茶，有時是飲著酒，來培養他寫作的靈感。但通常是稿紙仍然照舊空白地擺著，因爲他心境不好，所以寫不出來，最後竟只好用它來包了花生殼扔棄在屋角的垃圾筒裏。而他的心卻在寂寞無聊之餘，感覺到一種悲劇的英雄末路的憤慨和不平。

在這麼一個環境裏，他覺得自己是個孤獨者，沒有親人、沒有朋友。誰都不關心他，誰都不來照應他。

這不禁使他想起他的家來了。

但是這種想家懷鄉的感情，又往往使他心中不快。他的家在南部的鄉下，自從他的父母親亡故以後，他就絕少回去過。在他讀大學時，他的兄嫂曾帶了姪兒到台北來看望過他，但是，這並沒有給他那種「他鄉遇故知」的喜悅，反而使他感到是一種壓力、一種負擔，使他覺得不耐。他們那樣土里土氣，穿得黑墨墨、破落落的衣服，滿手汚黑的、長著粗繭的手掌和風霜滿布的苦臉，都使他在同學和朋友面前感到一種羞辱。

那個遙遠的破落、頹敗的故鄉，那個充滿了迷信、無知、骯髒的地方，那些俗氣的、沒有教養、沒有文化的種田的鄉下人，……

「吁！」他深呼了一口氣，像剛從惡夢裏醒過來。有點渴了、餓了，還感覺著滿嘴的苦味。

他像一隻找不到窩的流浪的狗，在寒冷的漸漸夜了的街上漫無目的地躑躅著。

他實在不喜歡回到那屋子裏，實在害怕那滿屋刷得粉白的牆壁，和那白森森的日光燈混成一片蒼白的顏色。那彷彿使他坐在白色的冰窖裏，使他覺得森冷寂寞；還有那個房東太太的臉色。——

他這才突然地想起這個月的房租已經過了兩天還沒繳，他的心不禁又往下一沉，彷彿看到房東太太十二月凍霜一般的臉孔，冷冰冰的。

他立刻摸了摸口袋，揑出一疊薄薄的鈔票，數了數，才一千四百塊。

還有三天才發薪，房租繳掉了，這三天吃什麼呢？

他不禁偷偷地恨起徐曉娟來了。

前天，要不是爲了想請她去看電影，他早就把房租給繳掉了；今天中午要是沒有請她吃午飯，白白地吃掉了四百塊錢，他今天即使繳了房租，也還夠他以後三天的伙食。而她吃了飯，竟又拒絕了他晚上的邀約，實在，實在——

「毫無道理，毫無道理！」

他心裏恨恨地咕噥著。但是，他又不能不回去。天是越來越冷了，那兩綑作文簿又使他雙手感到非常的酸軟，明、後天又還得應付學校和教育局的作文抽查，他還沒改完，今天晚上還得開夜車。

他猶疑了一會兒，突然心裏一橫——

「他媽的，白眼就白眼，反正，欠兩天也是欠，欠五天也是欠，等發了薪水再說啦！」

他這樣決定了，便又在路邊的小攤上買了一瓶小號的高粱酒，放在夾克的口袋，掄著脖子，呵著氣，蹣跚地走了回去。

到了樓底下，他就作賊似地，輕輕躡著手脚，摒住呼吸，快步躡上了他樓頂的房間。開了房門，把門閂一扣，全身軟乏地靠在門板上，深深地喘了起來。

屋子裏黑鴉鴉的，但是屋子外的天空還露出一片灰色的冷光，從那個玻璃窗透了進來，映著那幾堵灰黯的牆壁、映著站在牆下那堵書架和窗前的書桌，陰陰森森的，瞧著叫他忍不住打了一個寒噤。

他開了燈，趕緊把作文簿往書桌上一擱。脫下鞋襪，立刻從書架上取下酒杯，呵了一口熱氣，拿出衛生紙來，在杯底抹了幾下，又從罐子裏取出半包花生米，在書桌前坐定了，先倒滿了一杯酒，仰著脖子，「咕嚕！」地喝乾了，丟了幾顆花生米在嘴裏嚼著，又倒了一杯，這才翻開作文簿，拿出墨水和毛筆來。

說他是改作文，倒不如說他是看作文還來得恰當。而他這樣做，又自有一番至理在；「寫文章的人一定要自己改才會有進步。文學批評家不一定可以成爲文學家，但文學家一定是個出色的批評家。要改自己的文章，才能夠訓練自己批評的眼光，也只有具備批評的眼光和能力，才能夠改自己的文章。文章由別人改，那是別人的事，所謂『文章千古事，得失寸心知』。……各位同學，你們的作文一定要自己練習著改，不能依靠老師，……老師，只能給你們一些意見，只能指示你們一個正確的方向。……不然，呃呃，你們試試看就知道了。我沒騙你們！……文章要由別人改，呃……這是，呃呃，毫無道理的，毫無道理的！……」

所以，他一向改作文，只改錯別字，只在學生打了逗點的地方畫圈，然後在結尾的地方批著什麼「文詞欠通」啦、「立論偏頗」啦、「結構鬆散」啦之類的意見。

尤其是這篇題爲「我最敬愛的老師」的作文，他看得更快，稱得上是一目十行。還不到一個小時，他已經看完了一大半，酒也喝了有半瓶之多。他漸漸覺得燠熱起來，頭上冒著汗，心裏卻有點急，有點慌張和失望——

連他自己當導師的這班學生，到現在爲止，他都還沒看到有一個學生的作文裏提到他的名字。連平時他最喜歡、最疼愛的那個班長，最會寫文章、成績最好的學生，竟然佩服敬愛的也是那個教美術勞作的孫定一。

他又揚起脖子，「咕嚕！」地喝乾了一杯酒，砸了砸嘴，無聲無息地噓了一口氣。

連他自己都不知道怎麼回事，他總感到這個環境彷彿缺少了一些什麼他想得到、而且也是他覺得應該得到的東西。他從以前那個學校換到這個學校，爲的就是想要改變一下環境，想要改變一下自己的生活態度。以前在花蓮那個學校，他實在太消沉、太畏縮了，以致於使他變得懶散、頹廢，變得醉生夢死。而他是不甘心於這樣生活的人。他覺得自己是個有能力、有才氣、有抱負的人。以前在學校裏，同學們都當他是個才子，老師們也頂欣賞他，否則那個程老教授也不會聽了他的計劃後就那麼熱心地到教育部找人幫他在台北市弄了這麼個教職。他是要到台北來再進修、再好好讀些書、寫些文章的。他覺得自己是那種年紀輕輕就該成大名的那種人，因爲他有的是才氣呀！但是，這些似乎都還離他遠著。

在台北這樣的環境裏，他反而強烈地感到一種在花蓮那樣偏遠的鄉下所不曾感到的現實生活的威脅，那裏的人倒還有點人情味，而台北——噢！什麼都是錢呀！老師們還在學校作股票生意、推銷珠寶。……

他覺得他到台北這個環境來，彷佛是一種錯誤，比他在花蓮和那個上校退役的老國文教員直接發生衝突的錯誤更大、更嚴重。但是他又不知道究竟是怎麼一回事，錯在那裏呢？難道在這樣寂寞枯燥的生活裏尋找一點男女情愛的樂趣也是錯誤的嗎？

他又大聲啜了一口酒，漸漸有點頭昏目眩起來，一雙眼睛瞇瞇地望著作文簿，眼眶有點紅，叫人疑心他剛才哭過了。實則他是眞的有點想哭了，鼻樑酸酸的。

他覺得好像有一片什麼巨大的無所不在的黑暗的東西在迫害著他，使他身心都活潑不起來。連他現在這滿肚子的憤怒，也不是那種火烈的憤怒，而變成了一種陰森森的東西，變成了一種和憂鬱滲和起來的東西。

他覺得這世界對他很不公平，才使他這樣的人來受這種不必受的苦；所有生活在他週遭的人，包括那個徐曉娟、陳玉雀、孫定一，和那個西裝筆挺在作股票生意的吳老師，那個臉孔像十二月凍霜的房東太太，以及他的學生們，和在家鄉辛勤耕作的兄嫂和鄉親們，都對不起他，都在用這樣或那樣的方式在陷害他。他是個有才氣、肯上進的青年，但他們卻連一點點他所要的東西都不肯給他。

他突然又想到那個被蔡生奇打了的學生高建台，想到自己班上那個學生邱閩雄。他們那種頑強的怨恨的目光，突然使他的心簌簌地抖顫了起來。

他慌亂地拿起酒來，又喝乾了一杯，頭感到一陣隱隱作痛。要再倒，酒瓶已經空了。他把酒瓶往屋角一甩，發出「碰朗！」的一聲響。連續「呃！呃」地打了兩個酒嗝，站起來關了燈，感到一陣頭暈。他把胳臂放在桌沿上，額頭伏了上去。忍不住就嗚嗚地哭了起來。

屋外的天空已經一片黑暗了，透不出一點光來。李文舉趴在桌上呼呼地睡著了，整個人包圍在層層黑暗裏，沒有一點動靜。

巷子裏突然響起一聲聲「臭——豆腐干——哦——！」的叫喚，在寒冷黑暗的夜裏，寂寞地曳著顫抖的尾音，漸漸地遠了、弱了。

——原載一九七七年八月《現代文學》復刊第一期

作家王拓——當代台灣文學管見

山田敬三 著（日本神戶大學文學部教授）
涂翠花 譯（日本筑波大學文學碩士）

I 前言

王拓本名王紘久，名列台灣當代十大作家之一。從一九七〇年代初期開始活躍，是小說家，也是評論家。一九四四年，王拓誕生於基隆港東北部的八斗仔漁村，這個漁村三面環山，只有西北部朝向大海，是一個天然港灣，百分之九十五以上的居民都是漁民〔註一〕。他的祖先從大陸遷移到台灣，而後世代從事漁業，到他父親時已經是第五代了。因此，他的親人之中也有死於海難。例如，他的三哥就是在出海捕魚時，被海浪捲走，一去不回。由於父親早逝，母親一手經營雜貨店，同時也替人幫傭，維持一家生計。而王拓也是半工半讀完成學業；大學畢業後，也曾一度在藥品公司工作。回顧過去貧苦的生活，王拓如此描述道：

我的童年生活之貧苦，現在想來猶歷歷在目。每逢颱風的天氣，我們睡覺的床上幾乎沒有一塊完整的、乾燥的地方可棲身，通常，我和我的家人都在棉被上放一個臉盆，或用簑衣、膠布蓋在棉被上，以免被沿著屋頂破洞滴下的雨水所弄溼。我的哥哥們的童年生活是遠比我的童年更爲窮苦，他們經常訴說全天只能炒鹽巴喝稀飯水過日子的經歷給我聽。

即使家庭環境如此困窘，王拓仍然唸完了師範大學，並前往花蓮中學任教，而後又進入政治大學中國文學研究所攻讀碩士。取得碩士學位之後，便留在政大擔任講師〔註二〕。大約在這個時期前後，他參與了政大中文系尉天驄教授主辦的雜誌《文學季刊》的編輯，開始他的創作活動。同時也陸續在林海音創辦的《純文學》上發表作品。下列作品是拙文的管見範圍，依發表先後排列：

發表日期	作品	刊物名
一九七〇・九	吊人樹	《純文學》四二期
一九七一・六	墳地鐘聲	《純文學》五四期
一九七一・七	海葬	《台灣文藝》三二期

一九七一・八	蜘蛛網	《純文學》五六期
一九七三・二	祭　壇	《現代文學》四九期
一九七三・八	廟（散文）	《文　季》一期
一九七三・九	旱　夏	《中外文學》
一九七三・一一	炸	《文　季》二期
一九七四・五	一個年輕的鄉下醫生	《中外文學》二四期
一九七五・八	金水嬸	《幼獅文藝》二六〇期
一九七七・四	春牛圖	《中國時報》副刊
一九七七・五	車　站	《中國時報》副刊
一九七七・六	望君早歸	《中國時報》副刊
一九七七・七	獎金二〇〇〇元	《中外文學》
一九七七・八	一個年輕的中學教員	《現代文學》復刊號

上述作品中，處女作〈吊人樹〉以下五篇和〈炸〉以下三篇，都收在第一部創作集《金水嬸》之中；〈春牛圖〉以下五篇則收入第二部創作集《望你早歸》之中〔註三〕。此外，還有執筆中的長篇小說「羅定邦與他的朋友們」，以及前述〈訪問王拓〉之時談到的

寫作計劃——「王魁與桂英」、「盲婦怨」、「傷逝」、「哦！凱麗！」等作品。但是，後來他捲入了不幸事件，以致於這些作品都無法完成。在〈訪問王拓〉一文中，他也提到構想多年的「報導」文章「台北橋」。

II 漁民素描作家

王拓是出身漁村的知識分子，討海人離開大海而進入大都市，簡直是我們難以想像的問題。而能夠向這個難題挑戰，膽敢逃離漁村的人，在他逃出的那一刻，他已成了故鄉的異類。更何況王拓曾就讀台灣數一數二的大學，而後又擔任該校教師；像他這樣的勞心者，是萬萬不可能再回去做個討海人的。儘管他心中對故鄉有無限依戀，漁民們卻只把他當作一個異鄉人而已。於是，知識分子王拓開始單戀他的故鄉。他的早期作品（一九七〇年代前半），多半取材於故鄉八斗仔。

收在第一部創作集《金水嬸》中的八篇作品，其中有七篇的舞台是八斗仔。〈一個年輕的鄉下醫生〉是唯一的例外，但是字裏行間仍然流露出濃厚的鄉土色彩。而且這部作品的主要人物都是故鄉的異鄉人。「村裏的人都稱呼義雄「陳先生」，也稱我「林先生」，連輩份算高的土炭伯公都是這樣的。」（〈一個年輕的鄉下醫生〉）

如此一來，王拓的「單戀」愈發不可收拾。《金水嬸》八篇之中，幾乎所有的角色都是漁民。他以細緻而寫實的筆法，描述漁民們日常生活中的無奈，頗有日本的「自然主義」之風。第二部創作集《望君早歸》的舞台轉移到都市的商業社會，但是其中〈望君早歸〉的背景還是八斗仔漁村，而且故事是根據他三哥的死難遭遇改編而成。

由於學校幾乎是王拓從漁村脫身的唯一轉機，因此在他的多數作品中，都可以看到學校或升學問題之類題材。王拓本身是藉著這種方式離開家鄉，而後以教職爲謀生之道，所以能夠輕而易舉地描寫這類題材吧！〈墳地鐘聲〉透過一位老先生的眼睛，對教育界的腐敗現象做了一番輕描淡寫。而在〈海葬〉中，漁民賴水旺爲兒子的升學問題傷透腦筋。〈蜘蛛網〉描寫因爲母親去逝而不得不放棄唸大學的少年的悲哀。〈祭壇〉和其他作品略有不同，內容描寫一位大學畢業後任教於中學的青年，一心想回母校任教，於是千方百計討好大學恩師，而且處處扯同窗後腿。將凡夫俗子那俗不可耐的醜陋面，以戲劇性手法表現出來。在〈炸〉之中，一位殷實的漁民染上賭博惡習，最後不惜觸犯禁止炸魚的法令，終於因炸魚而賠上一命。可憐他只不過是想籌措兒子的升學費用而已……

〈一個年輕的鄉下醫生〉描寫一位青年在村人期待下，進入台大醫科就讀，後來放棄留美獎學金，回到沒有醫生的家鄉服務。然而，當四周的現實環境使他大失所望之時，都市生活的美景再度浮現在他心中，於是他陷入苦惱之中，無以自拔。〈金水嬸〉述說了一個悲慘的故事。故事中的母親含辛茹苦，一手栽培兒子們唸完大學，誰知兒子們出人頭地之後，竟然棄雙親於不顧，甚至把債務完全推到他們頭上來，結果父親再度發病而撒手塵寰。唯一令人感到安慰的是故事的結局——金水嬸被討債鬼逼得逃離八斗仔之後，替人跑腿賺錢，一點一滴地清償債務，從這樣的生活中找到了活下去的意義。

王拓先描述升學是脫離貧困漁村的唯一途徑的事實，接著又描寫那些脫身成功的人們往往變得冷漠無情，而那些守著家鄉堅苦奮鬥的人們反而比較富有人情味。不過，這些漁民的現實生活之艱辛也是可想而知的。他們每天都活在死亡的陰影下，時時探尋著死裏逃生的可能性，而這種可能性事實上是少之又少的，王拓忠實地說出了這個事實。他的處女作〈吊人樹〉是他的文學生涯的起點指標，在這篇作品中已經可以看出相同的筆法。下面是作品內容的概要：

三月二十八日聖母媽祖生辰那一天，太陽炎熱得像爐火一般，八斗仔漁村處處都是節慶的氣氛。阿旺伯的兒子賴海生在廣場上拚命地舞獅。他舞獅的主要理由，是爲了祈禱妻子阿蘭的精神病早日痊癒。少女時代，阿蘭去台北做女佣，和一個男人交往過密，她父親擔心她受騙，硬把她帶回村裏，讓她嫁給海生。從此以後，她變得很神經質，而且從去年年底開始病情越來越嚴重。當時，村裏來了一個賣膏藥的，通常，賣膏藥的不會在冬天來的。這個男人把膏藥拿給村民看，並且講了一個非常有趣的故事。他說他出來賣膏藥不是爲了做生意，而是爲了找尋一個女人。那個女人懷了他的孩子，可是她的父親以誘拐未成年少女的罪名控告他，使他被捕下獄。出獄後三年來，他爲了找她，走遍了台灣各地。這時，阿蘭和丈夫海生帶著孩子一起來看膏藥，當她一看到男人的臉孔時就變得面無血色，一個人先回去了。後來，男人看到海生帶來的孩子，就目不轉睛地盯著他看。第二天，他發狂似地敲擊銅鑼，把膏藥免費送光之後，在賴家門口的大榕樹上吊死了。從此以後，阿蘭的精神病更是嚴重。廣場上的抬神轎和舞獅，使大拜拜的氣氛達到最高潮。海生拼命舞獅，祈禱妻子的康復。隔天早上，阿旺伯想去打掃門前的廣場時，發現了吊死在榕樹上的阿蘭。

老漁夫頑固地著根於大地上，甚至切斷了年輕一代的生路，讀來令人不勝唏噓。而漁村熱鬧滾滾的大拜拜風俗，在王拓筆下有如妙筆生花，引人入勝。接下來是第三篇作品〈海葬〉，故事中又見爲兒子升學問題而苦惱的父親。

也是媽祖生辰的三月二十三日。白天的戲台已經落幕了，人們在廣場上賭得正興起。賴水旺來到阿花婆的逍遙茶室散散心。白天，林老師去他家訪問，說服他讓兒子海生唸大學。不錯，林老師說得對。年輕人應該出去見見世面。回想三十年前，他也曾有過這樣的機會。村子裏爲了大拜拜而請來一個戲班，各家各戶分別招待他們住宿；那時，分配在他家的是秋桂和秋菊二位女演員。他迷上了秋桂，她叫他出去看看外面的大世界，使他有茅塞頓開之感。當時，他不敢向父親表明心跡；但是後來收到她的信時，他和父親之間起了爭執。後來，如果父親沒有死於海難，也許他會有不同的人生。儘管如此，他覺得兒子海生對他不孝。枉費他造了一艘新船，海生卻好像一點也不想繼承他的衣缽，做個漁夫。夜空星斗消失無蹤，突然下起雨來。水旺想起秋桂，想著海生，也想到自己的一生，不由得感到無比的空虛與寂寞。

身不由己而不得不終老漁村的男人，當他面對兒子想唸大學的心意時，卻也免不了一番心理掙扎。假如父親賴水旺如願以償，兒子繼承了他的衣缽，那麼這個兒子將來就會成爲〈吊人樹〉裏的賴海生吧（〈吊人樹〉中的「阿旺伯」想必就是〈海葬〉中的「賴水旺」）！這個時期的王拓並沒有在作品中，明確地判斷年輕一代離開漁村的作法是對是錯；他只是一五一十地描寫上下兩代站在人生的叉路上僵持不下的情景而已。同時，他似乎也有意在一連串作品之中，暗示一輩子著根於漁村，是一種悲慘得難以言喩的現實。

可是，以「升學」做爲離開家鄉的跳板，是否眞的能爲他們帶來平安呢？作者不見得有樂觀的看法。第一，對一般漁民而言，他們根本沒有能力離開漁村。因此而造成的悲劇，在下一個階段的作品〈炸〉之中，描述得很清楚。第二，即使有人能順利離開漁村，也是絕無僅有的例子；而且往往給留在漁村的親人帶來更大的艱難，如〈金水嬸〉便是一例。脫離漁村的人們習慣了都市生活之後，執意想保有他們的新生活，甚至不惜把養育自己的人踩在脚底下。頭頂炎陽，四處行商，辛苦拉拔六個兒子長大成人的金水嬸，卻因而失去丈夫，又負債累累，以致於亡命他鄉。由此可見，〈海葬〉的賴水旺並不是杞人憂天而已。

前無出路，後無退路。七〇年代前半期，王拓懷著無限摯情，以全副心力描寫那個沒有任何出路的漁村的現實面，十分生動感人。在這些作品中，看不到理想，也看不到解決之道；這段時期，王拓的作品風格，和過去日本的自然主義作家的作風如出一轍，讀者看到的是映在他眼底的漁村眞相。

III 都市叛徒

一九七五年發表〈金水嬸〉之後，王拓的創作出現了長達兩年之久的空白。在這兩年中，是否沒有任何作品呢？此時此刻難以下定論。七〇年代後半期的作品有兩個明顯的變化，相信讀者們都可以看出來。其一，故事背景從漁村轉移到都市。其二，作品中的人物動態上，開始出現明確的現實批判。

先討論第一個變化。收錄在《望君早歸》之中的五篇作品，有四篇的舞台設定在大都市。〈望君早歸〉是唯一的例外，它的創作動機比較特殊，是爲了悼念七年前死於海難的三哥而作。而且，主角的行動模式，不同於〈金水嬸〉之前的作品。現在來讀讀王拓第二階段（七〇年代後半）的作品，就從開頭第一篇中篇小說〈春牛圖〉開始吧！

地點是台北市內一家叫「華倫藥品公司」的中小型藥品銷售公司。五年前，劉昭男和大學同學邱德彰一起成立了這家公司。他們曾經在同一家製藥廠一起做過推銷員。成立以來，業績快速成長。但是，劉經理對邱老闆的經營方針有所疑問。公司成立時，名義也登記在邱的名下。業務員的工作量很重，待遇卻不好。因此，業務員的流動率很高，如今以人手不足爲由，分派劉昭男跑外務。他強忍怒火，帶著新助理趙秀燕跑醫院、跑藥房。公司方面爲了促銷，用低級照片和色情書做贈品，甚至還強迫女性業務員和醫生發生不正常關係。在月初的業務檢討會上，邱提出了比過去更苛刻的工作條件。忍無可忍的劉昭男在大家面前批評邱德彰，全體業務員和他同步，放棄了那一天的工作。但是，隔天，邱成功地將他們各個擊破，劉陷於完全孤立。劉拿著公司逃稅和違法的證據文件與邱抗爭，但是在同學的調解下，收了二十萬元和解費，退出了公司。幾個月之後，他四處奔波，找不到合適的工作，連生活費也沒有著落。那時，他接受了吉春藥房高老闆的提議，決定販賣春藥圖利。雖然他一度拒絕了這項提議，但是孩子得了急性肺炎需要錢付住院費，因而債台高築，不得已只好接受了高的提議。

題名中的「春牛」一詞，是指在立春前一天的豐年祭上，被主祭者鞭打的紙牛。本文中則是指祈求事業有成的供品，用來諷刺稍有良心的經營者。這是王拓離開漁村之後的第一篇作品，發表於一九七七年四月。內容描述一位經營者想要抗拒苛刻的工作條件和貪得無厭的銷售戰，卻落得一籌莫展，最後終於成了商業公司內的唐吉訶德。

〈春牛圖〉發表在《中國時報》人間副刊。同年五月，又在該報發表短篇小說〈車站〉。內容描寫一個被工廠裁員而失業的男人，不但從此一蹶不振，甚至把妻子賺回來的僅有的生活費拿去買醉，還對妻子拳打脚踢。女人忍無可忍，抱著襁褓中的幼兒，流落在車站的候車室。身無分文，前途茫茫。男人來接她回家，可是她一點也不肯妥協。最後還是因爲擔心留在家中的兩個孩子，才打消了離家出走的念頭。在作品中，作者所描述的不只是失業造成了天倫夢斷這類常見的題材；這篇作品的主題，倒不如說是女性對意志薄弱的男人的暴行，給予最嚴重的抗議之後，卻又被迫放棄她的抗議。

繼上述兩篇都市小說之後，七〇年代後半期的第三篇作品〈望君早歸〉，背景又回到他的故鄉八斗仔。不同的是，他爲這篇作品寫了獻詞，說明本作品是爲了紀念七年前死於海難的三哥，並且向獨自撫育遺孤的嫂子致敬。此外，作品中的主角邱永富，是水產學校畢業的漁業合作社職員——這一點使本作品和過去的漁村小說之間，出現了決定性的差異。

邱永富代表遇難的兩艘漁船的漁民遺族，出面向慶昌漁船公司交涉，據理力爭。例如：遇難之際，公司方面未曾展開搜索行動；發給遺族的撫恤金太少；調解人漁業合作社理事長、見證人市政府官員及船公司三者之間有不可告人的關係等等。但是，調解委員會只有公司單方面的說明就結束了，從此沒有再召開第二次會議。不久之後，連每天的生活費都成問題的遺族們，拿了公司發給的三萬元撫恤金便失去鬥志，脫離戰線了。這段期間，遇難的華豐一號船長的妻子秋蘭，聽了算命的人的話，相信丈夫一定會平安回來，於是每天看著大海，望眼欲穿。婆婆金水嬸和她的生母擔心她會自殺，夜裏也難以成眠。某日午後，一羣人敲著銅鑼，抬著桶棺湧進慶昌船公司的辦公室。桶棺內裝著飄流到海邊來的漁民的屍體。這是由邱永富帶頭的漁民們的抗議行動。金水嬸心中充滿了感動，在窗裏看到這一幕的秋蘭淚如泉湧。

雖然只是一篇小說，但是從成立的過程來看，可能大部分情節都是眞人實事吧！遇難的華豐一號船長王萬福是王拓的三哥，而他的妻子秋蘭則是王拓的嫂嫂。海難發生之後，船公司的處理態度和小說情節大概相去不遠。而且，作品中的金水嬸應該是王拓的母親。如此一來，王拓用以表現漁村人物之極致的理想女性「金水嬸」，很可能就是把他的母親加以形象化而來的；在他的記憶中，母親始終溫暖著他的心。不過，〈望君早歸〉中的金水嬸只是個配角，而死去的三哥或等待三哥回來的嫂嫂，也都不是主要人物。作者筆下想要塑造的人物形象，其實是邱永富這類叛逆型的知識分子。即使舞台在漁村，但是人物形象確實是屬於七〇年代後半期。

〈獎金二〇〇〇元〉的舞台又回到台北市內。地點也是〈春牛圖〉中描述的華倫藥品公司，但是主題並不是經營者之間的內部紛爭，而是企業老闆和從業員之間激烈的階級對立。在戒嚴令下的台灣，這必然是個近乎禁忌的題材。作品中詳細描述一位高中畢業的年輕推銷員，想要爭取二〇〇〇元的工作獎金，以便買一件大衣送給懷孕中的妻子，因此騎著摩托車四處奔波，直到夜深人靜時。結果出了車禍，被送醫急救。公司方面只支付了二千元的住院費用，從第二個月起就停發薪水。大學畢業的年輕職員——一位實習業務員——目睹了事情的全部經過，一氣之下，把老闆痛罵了一頓，然後拎著自己的薪水袋，衝入雨中的市區，直奔醫院去了。「你這個吃人肉、喝人血的東西，×你媽的！你不是人！」的怒吼，在法律禁止勞資糾紛的台灣，恐怕是勞工們唯一的抗爭手段吧！

〈一個年輕的中學教師〉的主角是台北市一所中學的國文老師，他曾任敎於花蓮某中學，卻由於傾心於提倡個人主義和自由民主的胡適，而寫了一篇〈胡適——一個新文化的開拓者〉發表在學生刊物上，結果成爲他被迫離開該校的原因。然而，台北這所中學的敎職員休息室的氣氛，對他這個理想主義者而言，也不見得令他滿意。

「在台北這樣的環境裏，他反而強烈地感到一種在花蓮那樣偏遠的鄉下所不曾感到的現實生活的威脅，那裏的人倒還有一點人情味，而台北——噢！什麼都是錢呀！老師們還在學校裏作股票生意、推銷珠寶。……」

他愛上他的同事——一個現實的女老師，結果失戀了。失戀後，他把身上僅剩的生活費拿去買了一瓶高粱酒，喝著酒和著淚水，逐漸沉入夢鄉……

七〇年代前半期，王拓寫過〈祭壇〉，主角也是中學敎師。那位敎師俗不可耐，描寫得很戲劇化。而這一回的中學敎師倒沒有那麼戲劇化；在「理想與抱負」四處碰壁而粉碎之後，青年敎師感受到極大的挫折感——這應該是作者在本作品中的描寫重點吧？

從上述作品的內容來看，可以發現王拓的小說以一九七五年爲分界線，前後有明顯的差異。七〇年代前半期作品以漁村爲背景，在抒情格調中有濃厚的鄉土色彩，而作者所愛的八斗仔漁民，終究沒有找到通往未來的出口。王拓描寫他們的筆觸也僅止於「自然主義」式的描述，其中沒有任何理想，沒有任何解決方法，只有無奈的現實眞實地呈現在你我眼前。連那些有千載難逢的機會，而能脫離漁村的少年們，也逃不過相同的筆觸。

七〇年代後半期，王拓把小說的舞台從漁村轉移到都市，同時開始關心各種社會問題，例如：近代勞資關係的畸形發展，失業所造成的家庭問題，以及瀰漫各地的拜金熱等等，並塑造出與這些問題抗爭的叛逆型人物。這些人物多半是大學畢業的知識分子，他們的抗爭行動往往是死路一條。作者早期描述的漁村知識分子，作爲總是和故鄉的期待背道而馳；如今，他開始摸索知識分子的另一條新路徑，塑造完全相反的人物形象。從「自然主義」式的描寫，轉而嘗試「寫實主義」式創作的王拓，後來也被迫在更苛刻的條件下，選擇了和這些受挫的知識分子一樣的命運。我們可能有一段時間見不到作家王拓了。

Ⅳ　從評論到實際行動

王拓也是個評論家，據說很久以前他就發表過文學評論集《張愛玲與宋江》〔註四〕。但是，筆者並沒有看過那篇文章，所以在此只能依據一九七七年九月出版的《街巷鼓聲》，探討王拓在評論方面的特色，同時也補充說明與他後來的動態相關的若干事實。先看看收錄作品一覽表。

〈從當代小說看知識分子的迷惘與徬徨〉
〈當代小說所反映的台灣工人〉
〈俄羅斯草原上的鼓手〉
〈是現實主義文學，不是鄉土文學〉
〈廿世紀台灣文學發展的動向〉
〈讓文化建立在我們土地上〉
〈歷史潮流中的進步與倒退〉
〈瘋狂邊緣——談洪通和他的畫〉
〈期待一個藝術家的成長——看朱銘木刻的感想〉
〈期待一批現代的「陳達」〉
〈梁山泊的崛起與沒落〉

以上十一篇評論的發表時間，大約是一九七五年二月到一九七七年五月之間的兩年多〔註五〕，和小說第二部創作集《望君早歸》的創作時間大致重疊。不過，作品收錄順序不是依據發表年代先後，而是把內容相近的作品收集在一起。如果要分類的話，最前面的五篇是和文學有直接關係的評論；接下來的〈讓文化建立在我們的土地上〉，是承續前五篇的論調而發展出來的鄉土文化論。中間的〈歷史潮流中的進步與倒退〉和〈梁山泊的崛起與沒落〉，與其說是評論，倒不如說是學術論文。前者討論胡適的思想與文學研究的關係，後者是依據《水滸傳》原作分析宋江的思想。〈瘋狂邊緣〉以下三篇，各談論畫家、雕刻家和音樂家——他們的作品都紮根於民族傳統之中。

開頭的〈從當代小說看知識分子的迷惘與徬徨〉，透過四篇小說探討高度商業化的台灣社會，如何受到金錢至上的功利主義和拜金主義的毒害；而知識分子處在這種社會風氣中，又如何陷入了「迷惘與徬徨」之境等問題。同時也針對自孔子以來輕視勞力的傳統加以批判，並且盛讚在泥土地上生根、勞動的樸實民衆，說他們是最理想的人物形像。

〈當代小說所反映的台灣工人〉（發表刊物不詳）是一篇作家論，評論有「台灣唯一的工人作家」之稱的楊青矗。這篇評論不僅是上選的作品和作家論，同時也意圖以尖銳的筆觸，分析台灣社會的僱用制度之不合理，以及社會制度的殘缺不全。如果說王拓想在這篇評論中，假評論楊青矗的作品之名，實則討論他無法在自己的小說中觸及的勞工問題，也未嘗不可。

〈俄羅斯草原上的鼓手〉（一九七五年二月二十七日《中國時報》人間副刊）一文，談到遭受蘇聯政府迫害的諾貝爾文學獎得獎作家索忍尼辛和巴斯特納克，以及他們的支持者。台灣的知識分子可能有不少人望文生義，以爲這是一篇單純批判蘇聯文藝政策的評論而已。筆者則認爲，在長達三十多年的戒嚴令下，處在無人敢談論國家大事的社會中，這篇評論正是王拓所選擇的暗喻法——是否只是筆者太多心呢？讀讀下面兩段文章，難道讀者閱讀之時不可能代換成其他狀況嗎？

> 國家是全國每一個人的國家，不是一個黨或一個個人的私有財產，因此在面對統治者的謊言與不義時，眞誠的愛國者如巴斯特納克、洗尼阿夫斯基、但尼爾與索忍尼辛，就不得不把歷史的眞相揭發出來了。
>
> 他們不怕俄國的落後與黑暗，因爲落後總會有進步，黑暗終於會漸近光明，如果有更多像巴斯特納克和索忍尼辛這樣的人——眞正熱愛他們所生長的土地，眞摯地關懷和他們在同樣的土地上生長的同胞，攜手並進，同甘共苦，那麼落後與黑暗是不難克服的。

如果用這兩段文章來印證作家王拓的整個文學活動的脈絡，就不難明白這些文字確實具有十分深刻的意義。

「鄉土文學」一詞在台灣由來已久。最初是指日據時代的台灣作家爲了抗拒日本統治，因而特意以台灣作爲題材所寫出來的作品。但是時下的「鄉土文學」，當然有和過去全然不同的意義。一九六〇年代，台灣文學受到歐美文學影響，一面倒向西洋文學，而喪失了本土性。現在所謂的「鄉土文學」就是爲了反抗這股西化風，而盛行於一九七〇年代的文學。不過，王拓稱之爲「現實主義」——即「寫實主義」(realism)文學。〈是「現實主義」文學，不是「鄉土文學」〉（一九七七年四月《仙人掌》第二期）的內容，就是評論這種「現實主義」文學之所以產生的由來和必然性。他所謂的「現實主義」文學，其內容具有下述特色：

這種「現實主義」的文學是根植於我們所生長的土地上，描寫人們在現實生活中的種種奮鬥和掙扎、反映我們這個社會中的人的生活辛酸和願望，並且帶著進步的歷史的眼光來看待所有的人和事，爲我們整個民族更幸福更美滿的未來而奉獻最大的心力的。

比這篇文章晚一個月發表的〈廿世紀台灣文學發展的動向〉（一九七七年五月《中國論壇》第四卷第三期），一方面從日據時代開始著手，對台灣現代文學史作一番鳥瞰；另一方面更詳細地申述大致相同的寫實主義文學觀。簡而言之，這是一篇很徹底的功利主義文學論，它的視點百分之百設定在民衆的立場上。接下來發表的〈歷史潮流中的前進與倒退〉（一九七七年二月《夏潮》第二卷第二期），有一個副標題——「也論胡適思想及中國文學」。這篇論文對胡適在白話文學史上所扮演的積極角色，給予高度評價。而且也肯定他的著作〈白話文學史〉，和有關舊小說的考證，自有其意義。但是另一方面又嚴厲批判胡適的不是，說他不該在五四運動之後，「以西洋資本主義社會的價值觀念爲基礎」，用來解決所有的問題。同時期發表的小說〈一個年輕的中學教師〉的主角李文舉，對胡適倒是倍極禮讚，內容和他的評論大相逕庭（由此可知，小說中的知識分子有某種程度的戲劇性）。

〈瘋狂邊緣〉（一九七六年三月十四～十五日《中國時報》人間副刊）以下三篇，各彰顯民族傳統的薪傳者：畫家洪通、雕刻家朱銘和音樂家陳達。從這幾篇文章中，可以看出王拓對民俗藝能有很高的評價。不過，他倒不是一味禮讚而已。尤其對陳達另有一番評語——他擅長彈奏月琴，吟唱傳統歌謠，又是即興詩人，因而博得「民族樂手」之名，有廣大的樂迷。可惜歌謠題材都是三十多年前的陳年往事，已經難以滿足現代的「新要求」了。在這個時代，還是需要「新的陳達」。

最後的〈梁山泊的崛起與沒落〉一文，沒有記載發表時間和發表刊物。也許在這部評論集中，是首次發表的作品吧！它的副標題是〈論水滸傳的「官逼民反」並評宋江的領導路線〉。一般都認爲「官逼民反」是《水滸傳》的主題，夏志淸在《中國古典小說》

中則另有見解，但王拓仍然支持「官逼民反」的說法。宋江本來是無意「造反」的。在小說中，「替天行道」和「忠義雙全」這兩個相互矛盾的口號常被相提並論。前者是「與統治者相敵對的，是站在被壓迫民衆的立場」，後者則是「忠於朝廷」之意。最後，宋江想把「招安」導向對他們有利的方向，目的是「光榮的投降」，結果他們都被殺了，梁山泊的武力於是乎完全瓦解。

以上的論旨是王拓針對《水滸傳》原文所作的精闢分析。寫這篇學術論文的王拓，他的身分應是中國文學研究者，而非評論家。其中當然也不乏論者的暗喻——主張與民衆並肩作戰之必要。而同樣是學術論文的胡適論也可以讀出相同的暗喻。

評論家王拓比作家王拓饒舌多了。在小說中揮灑不開的題材，便在評論中發揮得淋漓盡致。雖然他的評論多半得借助於暗喻，但是即使不能直接表達，讀者還是能夠充分理解他的弦外之音。有時，間接的表達方式反而更能加深讀者的印象。

然而，他終究不會甘心待在暗喩的世界裏。一九七八年，他「競選民意代表，致力於社會改革和爲大衆爭取人權」，終於被捕下獄。當時，他爲了參加「國際人權日」紀念大會，從台北趕到高雄；三天後，和許多黨外人士一起被憲警人員逮捕。這就是震撼台灣社會的「美麗島事件」。目前（指一九八二年本文作者執筆之時），王拓因「叛亂罪」而被判六年徒刑，楊青矗也走上相同的命運，正在服刑中。王拓曾善意地批評楊青矗是「台灣小說界的異軍」。這批一九七〇年代活躍於台灣文壇的作家們，他日是否能重新執筆，再展雄風？現在筆者也無法預知。不過，衷心喜愛他們的文學的許多台灣人士，必然比任何人更期待著這一天的到來吧！

（一九八二年九月十三日完稿）

本文原載於《中國語學文學論集》——伊地智善繼、辻本春彥兩教授退官紀念（一九八三年十二月）

原註：

註一：鍾言新〈訪問王拓〉。收錄於評論集《街巷鼓聲》（遠景出版社，一九七七年九月初版）附錄之中。本處引用該書第三版（一九七九年八月刊）。王拓也在訪問中提到，他希望在一九七七年年底以前，出版他的「第三本書」，書名『從書房到街頭』。大概就是指《街巷鼓聲》吧！

註二：張默芸〈王拓和他的小說創作〉（人民文學出版社，「新文學論叢」一九八二年第一期）七一頁。

註三：介於二者之間的〈旱夏〉，未見其文。

註四：參見第一部創作集《金水嬸》（一九七九年三月三版，香草山出版有限公司）內頁說明。

註五：〈當代小說所反映的台灣工人〉及〈梁山泊的崛起與沒落〉二文之發表時間與發表刊物皆不詳。

註六：高鵬〈台灣省文學簡介（下）〉（中國社會科學出版社，「當代文學研究叢刊」2）

譯註：

自然主義 naturalism 是十九世紀後半，以法國為中心而流行於歐洲的文藝思潮。最大的特色是以銳利的眼光剖析社會黑暗面，再以科學方法與科學態度描述這些社會問題。而所謂「日本的自然主義」，其社會性與科學性相當稀薄，作品中沒有理想，也沒有解決之道，只有抒情與感傷，把現實生活中的悲哀和幻滅描寫得十分徹底。大約在明治三十五～四十三（一九〇二～一九一〇）年之間流行於日本。

王拓小說評論引得

許素蘭　編

說明：

1. 本引得，依發表或出版日期之先後順序排列，以一九九一年十二月卅一日以前國內發表者爲限；海外出版者，列爲附錄。
2. 若有舛誤或遺漏，容後補正。
3. 本引得承蒙中央圖書館張錦郎先生提供資料，謹此致謝。

篇名	作者	刊(書)名	卷期(出版者)	出版日期
1.王拓的〈海葬〉	白冷	青溪	五七	一九七二年三月
2.試評〈金水嬸〉	許南村	中外文學	四：一〇	一九七六年三月
3.談王拓的〈金水嬸〉	心吾	台灣日報		一九七六年十二月十八日

4.再談王拓〈金水嬸〉	胡坤仲	台灣日報		一九七六年十二月廿二日
5.墳地裏哪來的鐘聲？從王拓的一篇小說〈墳地鐘聲〉談起，兼爲「鄉土文學」把脈	銀正雄	仙人掌	一：二	一九七七年四月
6.由王拓〈金水嬸〉看文學如何反映現實	方健祥	台灣時報		一九七七年八月八日
7.寫實文學中新起的道德力量——序王拓《望君早歸》	蔣　勳	仙人掌	二：一	一九七七年十月
8.王拓〈金水嬸〉與〈金水嬸〉批評	董保中	聯合報		一九七七年十月四日
9.評王拓《望君早歸》	李漢呈	台灣時報		一九七八年一月卅日
10.七〇年代的使命文學——論楊青矗和王拓	何　欣	中外文學	六：一一	一九七八年四月
11.現實與藝術——論王拓	屈洪範	前衛叢刊	二	一九七八年十月
12.王拓的寫實小說——析論〈金水嬸〉與〈望君早歸〉	陳　肯	自立晚報		一九七九年八月十九日
13.關懷現實的漁村子弟王拓	高天生	暖流	二：一	一九八二年七月
14.關懷現實的漁村子弟王拓	高天生	台灣小說與小說家	前衛	一九八五年五月

15.政治小說？唉！——評王拓《牛肚港的故事》	龍應台	自立晚報		一九八五年十一月十九日
16.詛咒與夢魘——台灣小說中的告密者	高天生	自立晚報		一九八七年九月一日
17.「台灣農村作品簡介」系列——金水嬸	徐淑眞	自立晚報		一九八八年六月五日

附錄

方美芬 編

篇名	作者	刊(書)名	卷期	出版日期
1.王拓的代表作——《望君早歸》	李 凡	讀書	一九八〇：六	一九八〇年
2.台灣鄉土作家王拓的小說創作	陸士清	海峽	一九八一：二	一九八一年
3.王拓和他的小說創作	張默蕓	新文學論叢	一九八二：三	一九八二年
4.立足鄉土、著力寫實——試論王拓小說的特色	蔡美琴	暨南學報（哲社版）	一九八二：四	一九八二年
5.台灣鄉土作家王拓	劉蔚文	福建文學	一九八二	一九八二年

			：四	
6.台灣當代文壇的一隻春燕：試論王拓的小說創作	楊建國	蒲峪學刊	一九八七：三	一九八七年
7.《牛肚港的故事》藝術結構管見	許建生	台灣研究集刊	一九八七：四	一九八七年
8.從《台北，台北！》看王拓創作的突破	黃重添	台灣研究集刊	一九八八：一	一九八八年二月
9.評王拓的〈炸〉	王晉民	中國當代文學作品選輯（下）		一九八一年
10.試論王拓的創作精神	蔡美琴			

王拓生平寫作年表

方美芬 編
王　拓 增訂

一九四四年　1歲　生於基隆八斗子。台灣基隆人。本名王紘久。

一九七〇年　27歲　國立台灣師範大學畢業，曾任花蓮中學教員
九月，短篇小說〈吊人樹〉刊於《純文學》。

一九七一年　28歲　一月，文學評論〈談張愛玲的《半生緣》〉刊於《青溪》。
二月，文學評論〈《西遊記》的新評價〉刊於《現代學苑》。
六月，短篇小說〈墳地鐘聲〉刊於《純文學》。
七月，短篇小說〈海葬〉刊於《台灣文藝》。
八月，短篇小說〈蜘蛛網〉刊於《純文學》。

一九七二年　29歲　分別於三月、四月，發表文學評論〈「怨女」和「金鎖記」的比較〉、〈介紹一本散文集——《流言》〉。
九月、十月，於《現代學苑》發表論文〈梁簡文帝的文學見解及其宮體詩〉。

一九七三年　30歲　國立政治大學中文研究所畢業。
論文：袁枚詩論研究。
〈閒話《白蛇傳》〉刊於《中國時報》。

一九七四年　31歲

二月，短篇小說〈祭壇〉刊於《現代文學》。

八月，〈一些憂慮——談歐陽子的《秋葉》〉刊於《文季》.，散文〈廟〉亦刊於同期《文季》。

十一月，短篇小說〈炸〉刊於《文季》。

文化評論〈好古與崇洋〉刊於二月六日《中國時報》。

文學評論〈俄羅斯草原上的鼓手〉刊於二月二十七日《中國時報》。

三月、四月，分別於《幼獅月刊》發表文學評論〈唐代神異小說所表現的兩種人生態度〉、〈《三國演義》中的定命觀念〉。

五月，短篇小說〈一個年輕的鄉下醫生〉刊於《中外文學》。同月，完成〈梁山伯的崛起與沒落——論水滸的「官逼民反」與宋江的領導路線〉。

一九七五年　32歲

〈梁山伯的崛起與沒落——論水滸的「官逼民反」與宋江的領導路線〉刊於《台灣政論》創刊號

發表文學評論〈當代小說所反映的台灣工人——談楊青矗的《工廠人》〉

報導文學〈跟我來訪恒春〉刊於四月號、五月號《夏潮》雜誌。

五月廿五日，文化評論〈讓文化建立在我們的土地上〉刊於《中國時報》。

八月，短篇小說〈金水嬸〉刊於《幼獅文藝》。

應《台灣政論》之約，完成文化評論〈歷史潮流中的前進與倒退〉，後因黃信介、張俊宏認為不宜而未予刊登。

文學評論〈從另一個角度談張愛玲的小說〉刊於《中國時報》。

一九七六年　33歲　三月，文化評論〈瘋狂邊緣——談洪通和他的畫〉刊於十四、十五日《中國時報》；〈期待一個藝術家的成長〉刊於二十三日《中國時報》。
四月二十五日，〈從當代小說看知識分子的迷惘與徬徨〉刊於《中國論壇》。
七月，出版第一本文學評論集《張愛玲與宋江》（藍燈文化事業公司）。
九月，出版第一本小說集《金水嬸》（香草山書屋）。

一九七七年　34歲　二月，〈歷史潮流中的前進與倒退〉刊於《夏潮》。
三月廿五日，文化評論〈期待一批現代的陳達〉刊於《中國論壇》。
四月，短篇小說〈春牛圖〉刊於《中國時報》；文學評論〈是「現實主義文學」，不是「鄉土文學」〉刊於《仙人掌》；本文曾收入尉天驄編《鄉土文學討論集》，後收入一九八六年名流出版社出版作家合集《彩鳳的心願》，引發一場激烈的鄉土文學論戰。
五月，文學評論〈二十世紀台灣文學發展的動向〉刊於《中國論壇》；短篇小說〈車站〉刊於《中國時報》。
六月，短篇小說〈望君早歸〉刊於《中國時報》。
七月，短篇小說〈獎金兩千元〉刊於《中外文學》。
八月，短篇小說〈一個年輕的中學教員〉刊於《現代文學》。
九月，出版短篇小說集《望君早歸》（遠景出版公司）；文學評論集《街巷鼓聲》（遠景出版公司）。〈擁抱健康的大地——讀彭歌《沒有人性，那有文學》的感想〉刊於十、十一日《聯合報》。

十二月，〈「殖民地意願」還是「自主意願」？——讀孫震「台灣是殖民地經濟嗎？」的感想〉刊於《中華雜誌》；此文係辯論稿，《聯合報》黨同伐異，自失立場，唯恐得罪巨室官僚而拒登此文。

一九七八年　35歲

發表論評〈評王文興教授的「鄉土文學的功與過」〉（《夏潮》四卷三期）、〈市長不是官，是民僕——訪問台南市長蘇南成〉（《夏潮》四卷四期）、〈請以實際行動保護漁民權益〉（《夏潮》四卷五期）、〈出賣民衆權益的人，一定會被打倒！——訪問台北市議員康水木〉（《夏潮》四卷五期）、〈爲民主政治而奮鬥——訪台灣省議會議員林義雄〉（《夏潮》四卷六期）、〈寫給平常人看〉（《夏潮》五卷一期）、〈有批評，才有進步！——訪台灣省議會議員周滄淵先生〉（《夏潮》五卷二期）。

七月，短篇小說〈妹妹，妳在哪裏？〉刊於《雄獅美術》。

八月，自費出版社會政治評論選集《民衆的眼睛》。

九月，自費出版政治評論與報導文集《黨外的聲音》。一週後即遭警總查禁。

十二月，登記參加國民大會代表選舉候選人。

一九七九年　36歲　參加《美麗島》，並創辦《春風》雜誌。

十二月，因高雄事件被捕，並受刑六年。

一九八一年　38歲　二月十五日，兒童故事〈咕咕精和小老頭〉初稿完成於台北監獄。

三月十六日，兒童故事〈小豆子歷險記〉初稿完成於台北監獄。

一九八二年　39歲　四月十日，兒童故事〈英勇小戰士〉完成於台北監獄。

八月廿五日，長篇小說〈牛肚港的故事〉初稿完成於台北監獄。

一九八三年　40歲　八月廿七日，長篇小說〈台北．台北〉，初稿完成於台北監獄。

一九八五年　42歲　元月十六日，〈牛肚港的故事〉第四次修訂，時已出獄三個月。

論評〈苦難．理想與文學〉刊於《台灣文藝》九十六期。

一九八六年　43歲　三月，爲「校園文學專輯」撰寫〈救救我們的孩子吧〉（《台灣文藝》九十九期）。

五月，爲《台灣文藝》一〇〇期撰寫〈努力、突破〉一文。

一九八八年　45歲　一月十三日，論評〈歷史的夢境〉（評林柏燕「江建亞」）刊於《中國時報》。

八月五日，論評〈陳映眞、劉賓雁終於會面了〉刊於《中時晚報》。

一九九一年　48歲　十二月，當選第二屆「國民大會代表」。

國家圖書館出版品預行編目資料

王拓集 / 王拓作. -- 初版. -- 台北市：前衛,
1992[民81]
283面；15×21公分. --
(台灣作家全集. 短篇小說卷, 戰後第三代：2)
ISBN 978-957-9512-61-9(精裝)

857.63　　81001519

王　拓集

台灣作家全集・短篇小說卷／戰後第三代(2)

作　　者　王　拓
編　　者　施　淑
出 版 者　前衛出版社
10468 台北市中山區農安街153號4F之3
Tel: 02-25865708　Fax: 02-25863758
郵撥帳號：05625551
E-mail: a4791@ms15.hinet.net
http://www.avanguard.com.tw
出版總監　林文欽
法律顧問　南國春秋法律事務所 林峰正律師
出版日期　1992年04月初版第1刷
2010年01月初版第5刷
總 經 銷　紅螞蟻圖書有限公司
台北市內湖舊宗路二段121巷28.32號4樓
Tel: 02-27953656　Fax: 02-27954100

Printed in Taiwan　ISBN 978-957-9512-61-9
定　　價　新台幣250元

3 名家的導讀

首冊有總召集人鍾肇政撰述總序，精扼鈎畫出台灣新文學發展的歷程、脈絡與精神；各集由編選人寫序導讀，簡要介紹作家生平及作品特色，提供讀者一把與作家心靈對話的鑰匙。

4 深度的賞析

每集正文之後，附有研析性質的作家論或作品論，及作家生平、寫作年表、評論引得，能提供詳細的參考。

5 精美的裝幀

全套50鉅冊，25開精裝加封套及書盒護框，美觀典雅。